文学宁夏

## "文学宁夏"丛书编委会名单

主　任：崔晓华

副主任：庚　君　雷　忠　郭文斌

编　委：漠　月　李进祥　闫宏伟

统　筹：吴　岩

# 一条鱼的战争

金瓯 著

作家出版社

金瓯，满族，原籍北京。1992 年开始
文学创作，现为中国作家协会会员，宁
夏作家协会副主席。

# 文学是这块土地上最好的庄稼

崔晓华

　　塞上金秋，天高云淡，风清月明，"稻花香里说丰年，听取蛙声一片"。在这诗情画意的美好季节，我们满怀喜悦的心情，迎来宁夏回族自治区成立六十周年。

　　宁夏地处祖国西部，是中华远古文明发祥地之一、丝绸之路重要节点，优秀传统文化遗存丰厚，自然历史内蕴丰富多样，历朝历代文人墨客留下数以千计的诗词文赋，譬如人们耳熟能详的"大漠孤烟直，长河落日圆""蝉鸣空桑林，八月萧关道"等，表达了诗人或豪迈或忧伤的爱国情怀；宁夏是革命老区，1936年，红军长征途经这里，留下灿烂的革命文化，毛泽东书写了脍炙人口的光辉诗篇《清平乐·六盘山》。古往今来，文学的特质、精神的象征、家园的意识，深刻地嵌入其中，并且流传至今，仍在流传。"长风破浪会有时，直挂云帆济沧海。"岁月蹉跎，沧桑巨变，伴着九曲黄河悠远的涛声，我们回顾自治区走过的历程，一幅幅画面徐徐展开：艰辛、曲折、繁荣、辉煌。"思理为妙，神与物游"。宁夏大地半个多世纪所发生的翻天覆地的变化，回汉各族人民日新月异的生活，以及改革开放四十年，特别是党的十八大以来取得的新成就，让我们感慨、激动、振奋。对于宁夏文学，对于宁夏作家，这既是记忆，也是现实，更是根植人民、观照时代、承接历史、面向未来，而"出人才出作品"是最丰盛最具正能量的"活性因素"。

文艺的春天阳光普照。二十世纪八十年代之初，宁夏文学事业步入繁荣发展的快车道，宁夏文坛开始呈现人才辈出的可喜局面，其显著标志便是——"宁夏出了个张贤亮"（著名评论家阎纲语），脱毛之隼搏击长空，成为享誉中国和世界文坛的著名作家。与此同时，以张贤亮为代表的一代作家，用自己的成就和影响有力地带动和促进了宁夏的文学创作，以及宁夏作家群的形成，这是一支颇为壮观的、以青年作家为主力军的队伍，并且呈现出良好的势头；他们的作品给文学界增添了异彩，给广大读者留下了深刻印象；他们突破地域的局限，向全国文坛迈进，终于实现了宁夏当代文学的跨越式发展。

2016年5月，中国作协主席铁凝以《文学照亮生活》为题，将公益大讲堂的首课放在宁夏西吉县。原因是宁夏西吉县是中华文学基金会命名的全国首个"文学之乡"。宁夏的作家，有相当部分出自西吉，形成密集之势。西吉的作家们有这样一句话：文学就是西吉这块土地上生长得最好的庄稼。铁凝主席掷地有声地补充了一句：文学不仅是西吉这块土地上生长得最好的庄稼，西吉也应该是中国文学最宝贵的一个粮仓！表明了中国作协对宁夏文学的高度关注和重视。

生活滋养文学，文学照亮生活。

关于宁夏作家的成长，很有必要进行一次简要的回顾。宁夏作家大多数来自基层，出生于二十世纪六十至八十年代。众所周知，那时的农村和乡镇偏远落后、艰苦寂寞，长期生活在这样的环境中，经历的困苦和磨难充满了他们的记忆，在这样的记忆里，似乎是苦难多于欢乐，乃至重叠着父辈们流浪、迁徙的背影和脚印。但是，他们也有独特的优势，脚下是历史文化积淀深厚的塞北大地，这样的地气会潜移默化地影响他们的性格和气质，后来伴随着解放思想、改革开放的步伐，他们又接受了良好的文化教育，强烈地产生了精神生活的基本需要和诉求，而这种需要和诉求必须通过心灵劳作得以实现，他们因此怀有宗教般神圣和虔诚的文学梦想。于是，从二十世纪九十年代开始，宁夏青年作家经过多年的艰苦跋涉和磨砺，终于营造出一道亮丽的文学景观——以其朴实的生活经验和历史记忆、独特的生命感悟和言说方式，发出本真的、诗性的、充满灵智的声音，显露出文学突围的意义和价值。改革开放以来，宁夏的中青年作家，一方面由于长期浸淫于西部的人文气候和特殊的历史文化环境，另一方面本着对传统文学资源的信仰和坚守，使得他们的作品在书写和表达上，继续保持着古典文学特有的诗意，以及民族语言特殊的美质。尤其重要的是，在全球化语境下，宁夏作家不跟风、不时尚、不焦躁，内心安静，他们通过带有浓厚的地域性、本土化的写作，以及对西部整体的文化关怀和持续不断的挖掘，呈现出来的是西部大地上的传统与现代、历史与现实、敏感与顽固、苦难与信念、理想与追求，是西部人的宽厚、隐忍、执著、抗争、牺牲，等等。同时，他们的作品由于客观、真实的叙写，因此又有着社会学、历史学、民俗学的意义和价值。正是他们对传统文学资源的坚守和继承，从而取得了令人瞩目的文学成就。宁夏作家群的形成和崛起，以及他们的人文立场、精神向度、情感因素和创作风格，不仅预示着西部文学的广阔前景，也不断丰富着当代中国文学的意义系统。

概括地讲，这六十年是宁夏经济社会发展取得辉煌成就的六十年，也是宁夏文学不断繁荣兴盛的六十年。作家队伍生机勃勃，新人不断涌现；文学创作空前活跃，高潮迭现；文学作品硕果累累，产生了一大批记载历史、见证变迁、叙写西部、反映时代、宣传宁夏的独具特色的优秀作品。

庆祝宁夏回族自治区成立六十周年之际，我们编辑了这套二十卷本的"文学宁夏"丛书。这套丛书的出版，是宁夏文学事业的一件大事。宁夏文联高度重视，几经酝酿，广泛征求意见，本着好中选优的原则，给予确定。入选该丛书的作家系"60后""70后"和"80后"，既有作家、诗人，也有评论家，他们创作的优秀作品情厚境美、韵味深长，具有浓郁的生活气息、地域特色和时代特征，有的荣获鲁迅文学奖、少数民族文学创作"骏马奖"、庄重文学奖、茅盾文学新人奖、《人民文学》奖、《诗刊》奖、《小说选刊》奖、《十月》文学奖等重要奖项，有的多次荣登中国小说学会年度排行榜；有九名作家作品集入选中国作协"21世纪文学之星丛书"；大量优秀作品被国内有影响力的期刊和选本发表、转载和选入，还有相当部分作品被翻译成多种文字推介到国外。这套丛书的出版，是宁夏中青年作家的又一次集体亮相，也是对宁夏文学成就的进一步展示，旨在精要地反映宁夏文学的优秀成果，以便读者能够比较全面地了解宁夏文学创作的基本面貌，为研究者提供较好的选本。这套丛书的出版，也是给宁夏回族自治区成立六十周年的献礼。总之，这套丛书的出版，意义重大。

　　"好雨知时节，当春乃发生。"宁夏地处西部，西部是中国文学的广阔沃壤。人民是大树，作家是小鸟，小鸟只有栖息在大树上，才能够自由地歌唱。在此，真诚地祝愿宁夏作家们以社会主义核心价值观为统领，秉持以人民为中心的创作导向，绽放更加绚烂的文学之花；真诚地祝愿宁夏文学沐浴着古老黄河的神韵，乘着新时代的强劲东风，向着中国文学乃至世界文学的浩瀚大洋奔流而去……

（作者系宁夏文联党组书记、副主席）

# 目录 CONTENTS

# 刀锋与伤口

　　我一直长到十二岁才知道，因为年纪小，身体不够强壮因而就得受别的孩子欺负的时代已经结束了。在那之前，我一直是个孩子，直到有一天我有了两毛钱。

　　这两毛钱是这样来的。有一天爸爸回家后特别高兴，我不记得他为什么高兴，但我记得他从没有这么高兴过。那天下午我家里乐融融的，爸爸一个劲地围着妈妈"嗷嗷"地怪叫，一声比一声长，妈妈一边推搡着他躲着他，一边递给我两块钱，让我去买一瓶好酒来。我跑了出来，小孩做事都是这样，跑到了小卖部。我不知道什么样的才是好酒，所以就买了一瓶最贵的，一块七毛八分钱，又用两分钱买了一个泡泡糖，拿着酒和剩下的两毛钱回家。到家后把酒放到饭桌上，举着那张崭新的两毛钱票子要交给妈妈，但爸爸拦住了我。他一边叫着："嗷，给你了，嗷，给你了。"一边拉着我的手左摆一下，又右摆一下。对了，我想起来了，那天爸爸有了工作他才那么高兴，爸爸原来是有工作的，后来没有了，全家都靠妈妈一个人的工资，后来他的工作又有了。对了，全想起来了，他还说让妈妈再给我生个妹妹，而妈妈说他"疯了"。

　　我拿着那两毛钱，心里真是高兴。

　　这意味着我将会有十个，既不是九个也不是八个，而是整整十个崭新崭新的花珠子，就是那种中间有三条花瓣的红绿黄白黑的玻璃珠子，不是那种什么都没有的"水泡"珠子，如果是"水泡"的话，两毛钱足足可以买二十个。

那一年我十二岁，我十二岁以后就再也不想当小孩了，在十二岁那阵我不仅是个小孩，还是个班长。那天中午放学，我给同学们整好队就出了校门，刚出去就让人给截住了。他们一共四个人，是对面三中的，都叼着被口水浸湿了半截的卷烟，长头发，戴着黄军帽。他们拦住了我的整支队伍，像老师检查衣着卫生似的，从头挨着搜钱和东西，连女生都不放过。我不知道该怎么办，前边的同学都回过头来看着我，后边的同学也站在队伍里看着我，我们的队形仍保持完整，这支完好的队伍都看着我一个人，而我则在找老师，希望出现一个老师，可这时连一个老师也看不见，见鬼了，一个都没有。这种事以前发生过，五·三班就被抢过，这回终于轮到我了。我只能往前走，走向他们，我知道我不能说"跑"，我是班长，所以必须维护班长的名誉。我迎向他们，一边走一边打定主意，如果他们打我我也决不还手。

这时候他们搜到了苏红，苏红不情愿地扭了一下身子，脑后的两把小刷子"扑棱"一下晃动起来。有一个小子，他们当中个头最矮的一个，在她的头上打了一下，小刷子就不动了。

事后我问苏红，他打你疼不疼，苏红说不疼。可能，因为那一下怎么都不能算重，但当时我一下子就燃烧了起来，脑子一片空白，像个被点着的"二踢脚"似的。

我扑了上去。

我扑向那个小个子，他比我高半头，虽然如此我还是够到了他的脖子，我死死地掐住了他的脖子，这是我唯一的一招，然后他向后倒，在倒的过程中我感觉自己的双脚已离开了地面，就像吊在单杠上做摆动一样。他的头撞在了地上，他吓坏了，我深信他眼睛里流露出的那东西正是恐惧，那时我陡增了信心，还来得及对自己说：如果一对一，他不是我的对手。

接下来的事是同学后来告诉我的，一共有十种说法，其中我最愿听苏红的那一种，她说："他们在打你。"那时事情已经结束了，他们撕烂了我身上所有可以撕烂的东西，拿走了我身上所有可以拿走的东西，包括书包、班门的钥匙、家里的钥匙和一只鞋，当然，还有那鞋里藏着的两毛钱。苏红说："那个小个子打你打得最狠。"我说："当然了，他怕我。"苏红又说："咱班男生也真是的，一个帮你的都没有。"我说："别怨他们，他们还是孩子。"这时我仍在呜咽，眼泪、鼻血，以及地上的土糊满了我整张脸，我早已发怒似的赶走了其他同学，因为他们全都看见我被打哭了。

我靠着苏红的肩膀，一步一步地向家里走去，一边流泪，一边安慰自己：我并没有哭，而是眼泪自己流出来的。其实我非常清楚自己的的确确是被打哭了，我从来没挨过这么狠的一顿打，简直就是"暴练"。苏红透明的鼻翼一扇一扇，但她始终没有哭出来，街上的行人用一种十分该死的眼神看着我们，我一点也没有感到害羞，也没有畏惧，苏红也没有。后来我们俩终于走不动了，我的小腿肚子钻心般地疼，就坐在路边的台阶上，她的脸上沾了一点我的鼻血，我哭着给她擦，她一动都不动，我把手上和着眼泪和不知什么地方出的血和的黑泥全抹到她脸上去了，她一动也不动，由着我抹，由着我擦。

我在家休息了两个星期才去学校，在这期间，苏红每天都要来我家，带给我老师布置的家庭作业。但实际上我连"吃饭"的家伙——书包——都丢了，而且我的手也不允许我进行这项工作，于是她一切包办，给我买来了新作业本和铅笔，还带来了一个她一年级时用的小花布书包，每次她都先用"我的"作业本把作业做一遍，边做边讲，然后再回家做她自己的，第二天一起交给老师。我并不懂她给我讲的究竟是什么东西，我觉得这些四则运算法则不过是一些家常话，比如今天上课谁又用力碰了谁过线的胳膊了，谁又揪了谁的小辫了，以及谁谁哭了一鼻子给老师告状去了，等等。

我被这个姑娘惯坏了。

身体恢复后的一个星期一的早晨，我去上学，在半路碰到了一个同学。他很尊敬我，没敢笑话我的小花布书包，但他告诉我，我已经不是班长了，某某某是班长，某某某掌管着新的班门钥匙，我很难过，但我没说什么。苏红没告诉我是怕我难过，但迟早我会知道的。后来也没人说什么，老师也没对我说什么，新班长也没对我说什么，没有人向我解释我为什么不是班长了，反正这件事就这样了，大家都默认了，自始至终没人提起这件事，就好像我从来就没当过班长。

而且我没有了课本。

我曾经跟踪过那个小个子中学生，并把他堵在巷口问他要书包，他说他们把书包扔了，我问扔在哪儿了，他说忘了，我盯着他看，他低下头，转身走了。苏红提出要把她的课本给我一半，今天她数学我语文，明天我数学她语文，我拒绝，她又要去告诉老师，被我一把按住。我恨老师，我不能向我恨的人要求什么。我不敢告诉父母，挨打的那天没说，我就再也不愿说了，父母太伤心了，责骂我了好多日子，埋怨我不该惹事，如果我不是受伤太重的话，相信父亲是会打我的，这是我家的家教，只要在外面和别人打架，不论对错，回家都要挨揍。

从那时起，我心里最摆脱不了的一件事就是失望，对老师、对父母，都怀着深深的失望，而且我也知道了失望是什么，那就是你深知道那是什么，也深知道它会怎么样，然后你还得一步一步地被它拉着走，就这么跟着它去了。

因为我堵了一回那个小个子，他们一伙人就开始没完没了地堵我，这段日子我总觉得有十年那么长，成天盘算着怎么才能躲过他们的围追堵截，走哪条路，什么时间走，每走一步都得东瞧西看，仔细观察。曾发现过几条"安全通道"，后来都中了埋伏，再后来就懂了要注意变化，要神出鬼没，不能墨守成规。其间又挨了好几次打，都没第一次那么重，因为我已谙熟了逃跑的法门。也曾和他们中落了单的对打了几次，互有胜负。他们因为我是小学生，出手就格外狠，我有所教训也就有所准备，但从此就声名狼藉，学习一落千丈，成了学校里有名的坏学生。我说过我十二岁时就不想当小孩了，从十二岁起我主修"逃亡"这门课程，总结经验，练习和实践"打人""挨打"这两种技巧，开始逃学，开始逃离一种学习而进入另一种学习状态，仿佛一只野生的小兽，自离开母亲的那一刻，就开始一点一滴地，学习着生存。

终于，他们给我了处分。

我在万人面前被宣布为坏人。

我不在乎了。


天刚开始黑的时候我们会了面，互相对视一眼后就把目光收藏起来了，不久就离开了大路，隐入路边的小树林里。在那里我折下了许多杨柳树枝，编了两个伪装用的草帽。少女苏红静静地站在一边，看着我工作。月白如昼，斑驳的树影落在她脸上，那面容端庄而凝重，我真该好好看着这张脸，能看多久就看多久，因为这已是世间所剩无几的美丽之一。那时我甚至以为，历史会在此处悄悄停顿一下，以便更详细、更全面地为我们记录。

我们翻过了墙，虽然我们知道附近有一处豁口，但我们还是决定翻墙。我把她拉上墙头，一起跳了下去，声音很大，我们伏在那里，声音久久都不愿离去。她的小花布书包带子断了，我命令她抱着书包，然后说："走吧。"

操场空荡荡的显得很荒凉，月光的明亮正对照了教室的阴沉，一扇扇窗户排列整齐而又目光险恶，我的手伸进书包，摸出了一块砖头，我的书包里全是这个，她的也是这个。这时候我们没有互相看，没有询问，没有犹豫，比画了一下就投了出去，脆弱的玻璃一块块分解、掉落，在月色下迸裂成惨白惨白的一丛丛小星星，随着清脆动听的破碎声明灭，仿佛长长的一声叹息，终于归于寂灭。然后是另一块，另一个教室，另一次心动……

我们逃了。

逃了之后我们又逃了一段，在惊惶中不自觉地拉了手，握得很紧，渗出了汗，身后翻飞着那个断了带子已经死去的花书包如同一个永远飞不起来的风筝兜满了风。这时已经顾不上翻墙了我们一口气跑出了豁口跑到了路上这完全不是我先前的计划了我们根本顾不上了我们呆站在那里手还拉着手。上面是洞察一切的夜空，前面是生意盎然的万家灯火，我们尽情地眺望着那灯火，手拉着手，流泪。

从那时候起我一直有一种岁月感，或者说我感到的是时代本身、是年龄、是公元纪年、是社会和历史都到了一定程度的那个点，或者干脆就说成是懵懂。在这个点上，我是我了，我知道自己是谁了，能是谁了，我的大脑开始悄悄地几乎是静止不动地染上了一丝丝的铁锈，仿佛血液不动声色地就渗入了一块生命旺盛的肌肉中一样。我彻底地被打败了。

打败我的，是几个狠狠的耳光。

我拖着自己往家里走，后来我再也记不起那究竟是个什么季节，从记得的人们的衣着上，从北半球七月份太阳的所在纬度上，都明白无误地表明当时正是夏季，但我为什么感觉到自己无比的臃肿，而且浑身有彻骨之寒。我是把自己拖回家去的，我一心要回到家里去，因为家里有妈妈，因为妈妈有子宫，以前我曾在里面待过，现在我仍想待在里面，而且，永远不想出来。

那里是我的故乡，我始终保持着一个最舒服的姿势，比任何时候都舒服，就像所有的胎儿一样，我甚至还不懂得如何呼吸，但我知道，这没有关系，有妈妈为我做一切，帮我吃饭，帮我吸氧，有妈妈爱我，她常常哼着一支奇怪的歌，关于战斗的歌，并隔着肚皮轻轻地摩挲我。我是她怀的头一个孩子，我知道她是幸福的，就像知道自己的无忧无虑一样，在里面舒服地伸伸懒腰，或是打个滚，吓她一跳。这里面的地方已经是够大了，我很快活，相当的快活，因为我并不知道自己是谁，要干什么，不懂恐惧、斗争和暴力，不明白什么是人什么是兽。包容我的是一个纯粹的爱的怀抱，我幸福极了也傻极了，所以自诩自己已经很懂事了。

当然这都是它们闯进来以后的事。


现在我要讲述的是一桩罪行的始末，这罪行的内容只有残忍，现在我要开始讲述它。现在在远处，在西北方向的远处响起了隆隆的巨声，我知道那是风，我知道那场风已经来了。它之大，并不仅仅由于它携带的沙土，并不仅仅是能用风的级别来衡量的，在它隆隆地响起来之后，它之大已经象征了自然本身。它隆隆地开来了，速度不快，像一趟重载的列车那样不慌不忙，从容不迫地开过来又开过来，随手拨拾着沿途遇到的一切。它甚至都不是一场风，更像是一个人。这个人知道自己的能耐有多大，他很清楚自己无情的破坏力，狞笑着，不紧不慢地开过来又开过来，欣赏对手的恐惧，碾碎对手有意或无意的抵抗。他还并不仅仅是风，或是人，或是自然，他还代表了一种精神，一种前进，理由十足。除此之外，他还具备了有史以来人类所有引以为豪的品质，包括坚忍、忠诚，对荣誉的渴望，还有团结、严肃，做事情的一丝不苟……他太强大了，强大得让所有与他有同样理想的东西都没了指望，强大得无论国界，无论肤色，无论信仰，无论人类搞出来的种种可怜的小玩意儿都通通没了意义，这些东西，只能被动地、几乎是屈辱地对他有所解释。我所讲述的罪行同他没有关系，他当时只是一场风，而且这场风还没有如此恐怖地刮进我的心里。

我和苏红同时摘下了头上的柳条伪装，尽量把它往远处扔。记得当时我还曾以一个少年人的笨拙替她擦了擦不知什么时候糊到脸上的黑印子，努力地作出了一个微笑，企图减轻两个人都深深感到的压抑。但我分明记得我当时的惊慌失措，我突然一下子就失掉了全部的镇静和自信，气急败坏地揪住了她的衣领，并大声叫着："谁也不许告诉听到没有你听到了没有谁也不许告诉。"然后，就丢下她，一个人失魂落魄地走了。

这就是我第一次被打败的经过，这还不是那罪行本身，远离那罪行还差着十万八千里呢，我这以后又有几次自己打败了自己，但回想起来，总不如这一次这么彻底，这么干净利落。

那一天，我的头顶上飘着蒙蒙的细雨，细雨弥漫了天空，天空弥漫了无数个"为什么"，这些个"为什么"提出了无数个问题，其中最令我头痛的问题是我的答案为什么总是"不为什么"。因为下雨，母亲让我多加了一件衣服，并换上了爸爸的雨鞋，我的头上戴了一顶只有稻草人才愿装备的草帽。这一天我必须去学校，这一天的前一天我接到了通知，知道有一个人要倒霉了，并且是一个我最熟的人要倒霉了，这个人触犯了无情的纪律，更该死的是她不仅触犯了还让逮住了。我那时又是个孩子了，用一双孩子的腿走向学校，我发现它并不可靠，总想软下来，往地上一坐了事，我死命地驱使着它，因为我不想错过那个场面，或者说我必须亲眼看见那个场面才会令自己信服。天上只有细细的雨滴没有一丝风，云彩几乎凝住不动，而我却感觉到那场风已经伴着罪行一起来了，它不会放过我，它已经认准了我是它的猎物——一支威力强劲的猎枪指向了我的胸口，在它的逼视之下，我张大了嘴巴，一点声音也喊不出。

台下黑压压站满了人，他们是我的同学以及低年纪的小同学们，我来晚了，悄然立在了最后。不知是会场的气氛还是雨的浇淋，大家的表情都很麻木，各式各样的避雨工具使得人和人之间保持了一定的距离，私下的说话声被限制到最小的音量。各班的老师像牧羊犬一样逡巡着，时刻准备揪出不守会场纪律的人，我四下看了，我的班主任不在下面，他在台上。

她也在台上，而且是最突出的一个，和"六一"表演新疆舞时站在同一个位置，也是一个人。不过这一次她低着头，从后脑勺上高翘的辫梢的轻轻颤动或许又可推理出她在饮泣，但无论怎样她没穿维吾尔族服装，身后也不是乐队，而是她父亲。她身材高大的父亲已经快消失在她单薄的身影里了，虽然她努力地把自己缩到那么小。我目光的焦距指向纵深，只能指向纵深只能去看那些影影绰绰戴眼镜的人那些三三两两站在后台台口的人那些坐在桌子后面喝茶讲话的人企望从他们的脸上看到怜悯看到宽容看到饶恕我听不见她在说什么也绝不再把目光移到她脸上，绝不！我感到痒痒也绝不去挠一把因为我知道那是从自己的眼中淌出的大滴大滴的泪水所以我马上对准自己的脸上猛击一拳把那些讨厌的东西震落出去洒到地上。前面轻轻地"轰"了一声，好像汽车在点火，接着又"轰"了一声，终于一阵低沉的缓慢的不包含任何感情成分的闷雷向后面滚来了，我不明白他们笑她什么，但肯定是在笑她，我绝望到以为连我在内的整个人类都对她忘恩负义了，她拥有的优点能让全校的人全市的人全世界的人嫉妒，现在完了，她这样算什么？我算什么？我们都干了些什么！

　　我请求救命。

　　救自己的命。

　　并且很想把自己成功地救出去。

　　所以我拨开人群往前走。我那时不是一个勇敢的人，而且以后很长时间内都不是，我往台前走的时候并不知道自己在干什么，只是一种本能，一种求生的需要，我的身体不受大脑的支配了，它自治了，但它同时也是懵懂的，不然它不会在最后一刻停下来，它被后来发生的彻底地吓蒙了。

　　那个做父亲的只一闪就到了她的对面举起宽厚的手掌有条不紊地大扇耳光不断地加工那张曾让我万分心醉的面庞直到它变成了猪

肝一样的颜色并在坚持不懈的扇打之下迅速渗出了血。她的头部随着两只手掌的左右运动剧烈地甩来甩去鲜红的液体飞溅滴落流淌到人们脚下刺激着欣赏者和观看"杀鸡"的"猴们"的官能神经使之极度兴奋极度不自然不舒服以致发生了极度的悲哀情绪而且，而且我总以为因了那两只机械手臂拥有了核动力所以它永远没了停下来的可能。只能用残忍解决问题，为什么他只会用残忍解决问题？台前善良的同学们再也笑不出来了他们他妈的再也笑不出来了太让人好笑了他们在这残忍面前流露了太多的幼稚太多的温情，你们太嫩了你们往后退了是不是怕血溅到你们身上，我不怕，我早已满脸是血了我还怕什么，我的血多得是，你再打也打不完，我身体里有骨头，骨头里有一种红骨髓就是专门造血的，血里还有一种叫血小板的东西是专门让伤口愈合的，再说我身体内的再生功能又不是吃素的，它会玩命地替我工作，这一部分用不着理性，只是本能，只有本能没有背叛我，我和本能是"你中有我，我中有你"，你们永远也别想拆散我们。

我一个人，一个人静静地看着台前像是爆炸般喷溅出的血鲜艳悦目。这是她的血，她的血和她的人一样让我百读不厌，留恋不舍，秀气，温柔，甚至还有一丝淡淡的树的香味。我对她犯下的那桩罪行不感兴趣，对自己犯下的那桩更大的罪行不感兴趣，也感不起兴趣，这时我已没有任何恐惧，那些令我深深不安的东西已经完全从我身上消退，我明白我这时只有一种心情，那就是全身心地崇拜这些血：它怎能如此的令我惊讶，又怎能如此的令我感到出血是多么酣畅淋漓的一种痛快啊。

1998 年 3 月 25 日

# 前面的路

　　银川和青铜峡之间相距七十多公里，我是早上八点出发的，快骑到吴忠时是十点钟多一点，天是阴的，好像要下雨的样子，为此我出了更多的汗。这时我停下来喝了一口水，几个还没上学的小孩在一旁打量着我，我想摸一下其中一个的脑袋，他很机灵地躲开了，其他的小孩开始笑他，开始动手把他往前推，他死命地抵抗着，和他们几个推推搡搡，就在这时我脑子一转，想试试另一条路，也就是他们身后的那条路，我猜想这条路可能更近一些，因为它很可能不用穿过吴忠市直接到达青铜峡，这样我既可以看看新的田原风光，而且可以节省大约三十分钟的时间。

　　我几乎在决定的同时就出发了，逐渐加快把速度保持在每小时二十公里以上。一开始我还很高兴，这条路上人和车都非常少，路边有大片大片的稻田，很多农民在田里安静地插着稻秧，偶尔有人抬起头看我一眼，手遮在眉前，腰部缓缓地转个小角度，就又低下头去继续干。农妇们都带着鲜艳的头巾，星星点点地散落在水田的四处。但走着走着就不对劲了，这条路没有一点要拐弯的迹象，等我发现这一点后已经骑了有一个多小时了，我大致判断了一下，如果在我所能看到的地方没有拐弯处，那么只有两种可能，一种是这条路根本不通青铜峡，那么我就得掉过头往回走，这就是说，我非但没有节省时间，反而多浪费了两个小时；另一种是这条路通往一个与吴忠青铜峡成等边三角形的地方，那里还有一条路通往青铜峡，这样，我大概就没有节省任何时间，但是我走了一条新路。正是这最后一条使我坚定了走这条路的想法，不幸的是，大约一个小时之后，我看到了一块牌子，上面写着"黄羊滩农场"，这下我才彻底地傻了眼了。

原来我刚才看到的那些农民都是农场的工人。现在正是农忙季节，场部和家属区连个人影都没有，我还是不甘心再花四个小时到青铜峡，这几乎就是平时从银川到青铜峡所用的时间，于是我停了下来，吸了一支烟，来来回回想了一遍，青铜峡现在应该是在我目前所在地的西南方，如果在这个方向上有条路的话，那么肯定可以通到青铜峡，于是我就往这个方向找去，找了好半天，没有这条路，于是我又想，说不定这条路是往西的，出去以后才往南走。

我又上了路。

这是我在旅程中犯的第二个错误。这条路正像我想的，往西走了一会儿就折向南，但还没等向南，又向西，渐渐地，路的两旁开始荒凉，出现了沙子一类的东西。我知道这下是彻底地完蛋了，现在我要是从原路到青铜峡要花六个小时，也就是说不出意外的话，到达目的地是在晚八点以后，而刘老五告诉我他下午四点钟要上班，让我务必赶三点以前到达，现在的时间是北京时间下午两点二十一分，我从车子上下来，点着一支烟，陷入了空前的失落与迷茫。到目前为止我还没有吃饭，水只剩下一个瓶底，包里的几块糟心面包我原来根本没打算吃，现在倒好，几口吞下去还连点感觉都没有，实在没办法，打起精神再上路吧，这荒郊野地的，住没地住，吃没处吃，至少先找个有人烟的地方再说，于是又走。

还好，没走几步就遇上个放羊的老头，我向他问路，当他听说我是从银川来的要上青铜峡去，大约眨了有二十秒钟的眼睛，好像今天阳光太强烈了让他无法看清任何东西，然后他说："娃娃，你把路给走错了。"他的话刚刚说完，天就开始下雨。

闲话少说，言归正传，我是第二天的凌晨零点三十分找到刘老五的，他刚下夜班，正要回家去，我远远地看见是他就喊了一声，他在原地愣了一下，走了过来，当时我正脱了鞋坐在一堆砖头上，觉得自己的每一个脚趾头都有乒乓球那么大。雨已经停了，地上一洼一洼的水在路灯下闪着幽幽的光，每一洼都让我想起一个伤心的故事。刘老五走到我面前，扶起车子，然后对我说："走，吃饭。"

后来我一直在想刘老五为什么不问问我那天的经历，他走到我面前，扶起车子，说："走，吃饭。"然后在以后的十几天里每隔两三个小时说上一句类似"走，吃饭"之类的话，好像这世上没有什么事不在他的预料之中，没有什么话能值得让他一说。除了"走，吃饭"，我只听到他说过半句像是只为单纯表达一个什么意思而论的话。当时我在一个朋友家，向很多认识和不认识的人宣布我准备骑车旅游。"如果有可能就把整个中国兜了一圈"，李红征首先跳出来发难。他说，你这是想干什么，想出名吧你已经没戏了，早八百年就有人已经把这事干了，什么沿着长城走的，沿着运河走的，沿着长江黄河走的，沿着丝绸之路走的，有徒步的，骑车的，开汽车的，有男的，有女的，有老的，有少的，人家都他妈走遍了走烂了走绝了，你才想起来，你是不是想成为咱们宁夏头一个干这事的，我估计咱们要是认真打听打听没准也已经让人给干了，你还是没戏。他说完大伙儿都哈哈笑，我有点生气，因为李红征这小子从来就这样，不管别人干什么他都在里边乱搅和。我说我从来就没考虑过什么出名，有人老想把自己的屎屙到别人家的坑里。我只不过是想体会一下自由的感觉，一种运动，这种运动从我的心里来，以我的腿来体现，没有人能影响你，也没有人把你当成交通肇事者，你只管走，想走哪儿就走哪儿，在"走"这件事上，你全部的意志都可以以行动体现出来，这就是自由的感觉，我就是想用这种方式来取得我的自由。我说了这些话后大伙儿都不笑了，我看着大家，觉得自己马上高大起来了。其实我想骑车出去既不是像李红征说的那样，也不是像我刚才说的那样，我只不过就是想旅游，又没多少钱，又有的是闲时间，所以干脆骑车得了。没想到我的话把大伙儿给镇住了，我正想哈哈一乐，给大伙儿说明我的真实想法，这时突然从角落里传出一句话："你想自由吗？天和地就把你束缚住了……"这人说了半句再不往下说了，大家都掉头看他。他就是刘老五，当时我不认识他，后来我们成了朋友。

"你想自由吗？天和地就把你束缚住了。"

路上我一直想着这句话，刘老五背着他的大军用背包，里面鼓囊囊地装着我俩所有的衣服、干粮和水，以及修理自行车的全套工具。虽然他说过这句话但他还是接受了我的邀请，和我一起出来，我甚至不知道他是否向单位请了假。这会子我们正一起溜一个大坡，车速快得难以想象，而且越来越快，车把晃得快控制不住了，我们分开了一点距离，相视一笑，我先捏闸让车子慢下来，刘老五一直没停，直直地冲了下去，我想叫他慢一点，想了想就又噎了回去。他知道自己行还是不行，这一路上总是他在照顾我。

有一点让我非常恼火，我总感觉到在他眼里我是个女人。他总要照顾我，提醒我是不是累了休息一下，其实他的身体也不见得比我好多少，要不就是问我热不热，那眼神就像如果不是骑在车上的话，他马上就会来摸摸我的脑门。住旅馆由他登记，吃饭由他付账，买冷饮，买水，买烟，他理所当然地认为这一切都该由他去做，因而态度强硬，不容我插半点手。包括他肩上的那个大包，本来我也准备了一个大包，而且一路背到了青铜峡，但他非要把所有的东西都抢过去自己背着，最后连我的包也被叠好了放到他的包里，他才踏实了。我想要的是一种伙伴关系，不想当被他带出来玩的姑娘或是小家伙，但他似乎并不懂得这一点。尤其是我俩爬牛首山的那个大坡时，这个坡算得上是银川平原的南入口了，在两山之间，坡度非常大，而且很长，据说解放军就是在这里把马鸿逵的部队彻底打傻了。爬坡前我们休息了一下，我提出把东西分成两份，一人背一个包，他执意不肯，后来就开始爬坡。天太热了，我估摸着这是老天特意挑选了这样一个天气来给我们罪受，如果你脱掉衣服你将马上被烘干，如果你不脱衣服那么你就得处在一个由衣服裤子、裤衩袜子所组成的黏黏糊糊的又臭又热的湿泥里。我双手推着车把，几乎每走一步就得捏住闸休息一下，然后眼看着自己手背上的皮像烤脆了的鸡蛋皮一样"啪啪"地裂开，向上翻翘着。刘老五在我后面，我看他也不行了，因为我听见后面的喘气声像火车拉汽笛似的，都这样了他还要说话，他说："你要是不行了就把车子搁这儿，你先上去待会儿我下来推。"说实话我当时真的很感动，我知道他说到做到，我要是个女人我马上就脱了裤子让他干，一点也不含糊，将来他去要饭我也铁了心跟着他一起去，可问题是我不是女人，我应该算是他的伙伴，作为男人我必须完成自己的那一份，我把这作为我行为的准则，所以当他说完后我简直难受极了，不过还没有难受到感觉被侮辱的程度，就是一种不痛快，极不痛快但因为对方绝对的好心而不得不压抑住，忍住，咬紧了牙沉默不语。要是说这话的换了李红征我肯定这会子已经骂到他第八代祖宗了，但是对他不行，我得忍着。

到了中宁后我准备和他好好地谈一谈，我"决定"请他吃饭，要了四个菜，五瓶啤酒，他一言不发，由着我摆布，等我们坐好了准备要吃的时候，我突然感觉到在他面前我怎么还是像个女人，就好像他是由着我这个"女人"郑重其事地作一回决定，郑重其事地花一回钱。要是我把我准备要说的话说出来，我敢打赌他一定会举双手赞成，分给我一个只装两三件背心的小包，意思意思，满足一下我的"虚荣心"，然后在什么问题都"没有"的情况下，望着我这个"小可爱"的一张满足的笑脸，出发。

想到这一点后我沮丧得连个屁也放不出来了，到底一句话没说，闷着头吃完了饭，回到旅馆后我躺在床上吸烟，他则去检查自行车。我看他是重新把自行车拆装了一遍，一直花了足足有四个钟头，到晚上十二点多才回来。这时我已经准备睡了，他又去研究地图。我躺在床上想由他去吧，当个女人我也认了，已经骑到这儿了，总不能吵翻了分手，何况他并不是有意让我难堪，如果换个人不定高兴到什么份上呢，睡吧。

我就睡了。

我们一路骑到了泾源，刚一进泾源我就感觉老天对我们的考验一下子结束了，凉爽，湿润，柔和，到处都绿得像能滴出水来，看不到一点我们一路上司空见惯的荒凉的黄土地。还有牛，白色的房子，看上去比川区悠闲得多的农民，连刘老五的眼睛都冒出光来了，我们停留在山顶，简直想一辈子不走了，就站在这儿，好好把眼睛里所缺乏的绿色补充补充，黄土高原上烈日所泛的白光塞了我们满满一脑子，塞得又胀又痛。

在泾源住的第二天，我们步行去了一趟老龙潭，在路上有一辆旅行面包车从我们身旁经过，车上的人从窗口伸出脑袋，叫着："看哪看哪，两个徒步旅游者。"我冲他们招招手，心情特别好。那辆车很快就没影了，我们又追上了一个老大爷的毛驴车，他邀请我们坐上去，问了很多农村老大爷式的问题，后来我们嫌他的车太慢，而他又舍不得让驴快走所以我们就又步行前进。说实话这是我们七天来走得最为轻松的一段路，昨天休息得不错，我们的身体大概也正好适应了这种高耗能的生活，轻轻松松就到了。

关于老龙潭一直有一个传说，也就是说人们大都只能找到老龙潭三眼潭中的前两眼，你费尽千辛万苦也只能找到前两眼，假如你碰巧了或是由于不知什么原因找到了第三眼，假如是这样的话，据说那一眼非常小但非常深，小到大概就像一口井，深到差不多会穿过地球。据说是这样，这时你往里一看，你就能看到一条龙的幽灵，这就是那条龙的鬼魂，那条泾河老龙的鬼魂，他被魏征斩了后孙悟空又杀了他的全家，所以他就在这里千百年地徘徊不去。据说你只要看到他你就会绝望到要跳下去，据说他的悲惨心情能感染所有的人，而只要你跳下去就必死无疑。

在路上我对刘老五讲了这个传说，刘老五非常喜欢，他说："对，跳下去，只要能找到我就跳。"

遗憾的是我们连那第二眼都没有找到，我们一直找到下午四点钟实在不行了才走的，这里的森林太密了我们担心会迷路，再说干粮和水也带得不够，又缺乏防身的武器，山里有豹子和野猪这我们早就听说了。那第一眼潭非常令人失望，潭底的那点水连我的脚丫子都漫不过去，天下闻名的泾河在这里只有一尺来宽，当然了它用不着有多宽，因为这是河之源，也许它觉着这就够了。

　　这一路上还是刘老五背包，虽然好多东西都放在旅馆了，比如说修自行车的工具什么的，包还是挺沉，从老龙潭回来的半路上，我发现刘老五瘸了，我问他是怎么回事，他说没事，我说不可能没事，你已经明显走不动了。他说没事，我一下就火了，跳过去抢包，没想到他软得跟团棉花似的，我的手刚拉了一下包带，他就倒了，我吃了一惊，愣了愣就扑过去给他脱鞋。他没有一丝力气阻拦我，他但凡能动是不会让我把他的鞋脱下来的，他的那种强硬态度我已经领教得够够的，不然我以后不会拒绝和他同行。

　　鞋脱下来后，我有点想哭，又想一下子把他掐死。他说："我买错鞋了。"没错，是买错了，造这种鞋的工厂应该被原子弹炸掉，最好是连里边的人一起炸，一个活口都不要留。我穿的是名牌鞋，这时就知道名牌鞋的好处了，但造名牌鞋的人也该死，因为他非要卖得让我的朋友买不起。总之我现在什么样的心思都有，看着他那两只烂得快露出骨头的臭脚，我都快吐了。内疚，深深的内疚，感动，感动得想哭，可是事情本来不应该是这样，为什么他非要让事情发展成这样，发展到让我无地自容的地步。我知道他不是故意的，知道他对我好，可我宁愿被活活烧死，宁愿他把我当成傻×，也不愿内疚，不愿被感动，不愿有找地缝钻的感觉。不是事情到了这一步想逃避责任我才这样说，我天生就讨厌这些东西，看书时如果这本书敢感动我，我立马就把它从窗户扔出去，看电影也一样，它只要露出一点这样的企图我马上就退场，我打心眼里不需要这些。一路忍啊忍啊忍着他，到了还是把自己扔沟里了，这他妈的到底还让不让人活。

　　我示意让他自己爬到我背上，他死活不肯，一怒之下我把他扛了起来，没走两步我俩就一块儿跌到地上了，他像个被日本兵抓住的小妞一样乱踢乱动，还想咬我，干脆我也坐到地上，和他面对面，这时候挖个坑把他就地活埋的心都有。吸了两支烟后，我决定不走了，破天已经黑得连路都看不清了，星星全他妈出来了，起的什么哄！

第二天一早我们搭了一辆到县城赶集的三轮蹦蹦车，老乡们啧着嘴感叹了他的臭脚以后，建议他找点干土把脚糊上，我想不出这样做的理由，大概是嫌他的脚影响市容。我们先到了县医院，给那双脚做了全面包扎，打了消炎针，医生护士的狗屁好奇心之类的事，就不说了，我现在一门心思就想找个舒服点的车把他送回家去。自打给他脱下鞋后，我俩就再没说过话，直到把他交给了一个眼泪汪汪的姑娘，这才是他该照顾的对象，我说："再见。"他也说："再见。"

从这以后我开始过一种最为平静的生活，上班，吃饭，上班，吃饭，看电视，睡觉，偶尔也和朋友们一起坐一坐聊一聊，但是一直没有再见过刘老五。我打定主意，如果谁在我面前说刘老五半个"不"字，比如李红征这种人最有可能，我就拿榔头夯到他的脑门上去，但是如果有人再让我和刘老五一起出去干个什么，那就请他拿榔头夯我。

世界上的事就是这样，你无法预知后面发生什么。在从老龙潭往回走时，我们还兴高采烈地说着翻过六盘山，直下西安一类的废话，实际上那时该发生的都已经发生了，只是结果还未显露出来罢了。直到我一拉包带，他"扑通"一下跌在地上，我们所有的美梦，半年多的准备就全部玩了完。

说实话我的心情非常糟，谁也别想从我这里掏出关于这次旅行的半句话，我会毫无来由地破口大骂。刚到家时我就把留了五年的头发铰了，把以前的那些衣服全都送给一个做拖布的，天热之前买了两件白衬衫，天冷之后买了一件羽绒服，并且接受了一个防疫站工作人员所表白的无聊爱情，准备在孩子生下来之前跟她结婚。就是在这个时候我听说了刘老五的故事，据说这两年多来他一直在继续这种"被天地的束缚"的活动，先到北京，又到了黄山，然后又到了北京，在穿越科尔沁草原的时候据说他的身影上了外国电视记者的镜头，但他还是拒绝说话，反正你"逃不出天地之外"去再说还有什么意义。所以他又骑到了西安，据说他那时的目标是西藏，他要不歇气地一直骑到拉萨去，在布达拉宫前面停下来照张相，然后再不歇气地骑到新疆，骑到天山，在牧民的帐篷里喝上一碗奶茶，吃上一盘手抓饭，听大伙儿给他唱支壮行歌，再往哪儿走？可能是青海吧，再不就是云南，啊，对了，西双版纳，反正他不会没处去。但是他遇到了一个问题，这个问题以前我也遇到过，他选错了路。

他不仅选错了路，还选错了时间。

据说那是春季，春季会发生好多事情，比如草木要发芽，猫狗要发情，山要发山洪之类，这都是常识，一般人应该掌握的。他先是选错了路，他选择了翻越秦岭到成都走康藏公路，这就错了，他应该选择 109 国道从西宁走青藏公路，或到乌鲁木齐走新藏公路，其实他最应该走的路是直接回家，否则不定会碰上什么。这一回他只不过是碰上了春季常有的山洪，谁知他下回会不会碰上山体滑坡，地震，火山爆发，龙卷风，或核战争什么的，总而言之他非得碰上这么一回才能老实，这一回是山洪。

据说他是眼看着那股子水冲下来的，先是听见了好大的动静，然后眼看着前面的一辆白色面包车翻了个个卡到路边的树上了，回头一看，后面水也下来了，把他围到了中间，接着自行车就倒了，他一下子飞到了半空中，到了空中后两条脚还依着惯性蹬了有五六秒钟，好像他仍然骑着那辆破车似的。在空中他看见那辆面包车"呼啦"一下就没了，然后他掉到了河里，浑身一激灵，才开始往过明白。

据说他掉进的是渭河，具体是哪条河大伙儿也说不明白，反正西北就这么数得过来的几条河，泾河我到过，尺把宽，绝对淹不了他，黄河就更不可能，黄河绝不会为了淹他专门绕到秦岭边上去，所以可能是渭河。据说他一掉进去，是连淹带呛就明白过来了，昏头涨脑地开始用爪子刨腿儿蹬就游起来了，这得感谢祖宗有灵，要不是老祖宗费了老鼻子劲修了几条引黄灌溉的水利工程，在宁夏哪有地方让他知道在河里游泳的滋味，以便取得经验，挽救自己的生命。他一直被冲着走了七八里地才从河里爬上来，浑身上下只剩了一条裤子和一条裤衩，连头发都快被拔光了，全部装备丧失，全部资金丧失，可能是淹明白了也淹糊涂了，精神头儿还挺足，马上就顺着河往上走，遇到第一座桥就又上了路，走饿了就唱张楚的《上苍保佑吃完了饭的人民》，走累了就唱崔健的《让我睡个好觉》，一直走到碰见个好心的农民送给他一双鞋一件背心，两个饼子和五毛钱，这全得靠走，还得靠碰。那件背心连虱子都不愿在上面待，那双鞋据说是双旧"老解放"，更确切的叫法应该是"帆布凉鞋"，我敢打赌他一定想到了自己被洪水抢走的那一双，我愿意相信水抢走的是双名牌鞋，不然人家也不会抢。

据说他用那五毛钱买了一张站台票，开始可耻地盗窃铁路部门的应得收入，然后被捕获，在列车员和乘警宽宏大量地不予追究刑事责任之后，他感激涕零地甩着那头还有百分之四十在一尺五以上的长发，开始开展爱国卫生运动，从头扫到尾，一共十五节车厢，以至他远在青铜峡的女友这辈子也不会对任何一个看上去肮脏、匪气，或者下贱的人悄悄地在心里皱一下眉头了。

他所做的这一切，都让我非常恼火，因为他让我又一次加倍深刻地认识了以前曾经认识到的事实，即我在他面前狗屁不是。

据说他刚到家时一米七五的个头体重只剩下四十公斤多一点，放在秤上都站不稳。他女朋友像侍弄婴儿一样喂了他一个多月，眼见着他会爬了，会走了，会说话了，就又张罗着去上班，上班刚刚三个月，多一天都没有。他们单位每月的七号发工资，他八号到的我家，就像从地底下直接冒出来的一样，要求借我的自行车。

我老婆正临产，肚皮撑得都透明了，走路得我托着肚子，他敲门进来，背着一个新的破包，看了看我老婆，"噢"了一声，撂下二百块钱，我让他收起来，他不干，我差点一拳砸过去，他才收了起来。我敢说他身上连五百块钱都没有，倒是挺大方，一进门就撂下二百，跟个大阔佬似的，我老婆生孩子，她爹才给了她一百五。

我估摸着他从我家出去直接就奔拉萨了，我家就在 109 国道边上，路比较好找，这回他大概不会走错了。

# 我从天上掉下来的朋友

我们肯定是先喝上了，反正杯子现在是满的，几乎所有人的手都扶在上面，等着有个笨蛋发出号召，然后把它干下去，再倒满，再号召，再干了。这样干肯定是有好一会儿，不然不会没人听见他的脚步声，因为他走起路来比较特别，半里地外都听得出来。因为他是个瘸子，天生就是，一条腿比另一条长出了 10 公分，这样的话，如果他用左腿站着，身高就是 184 公分，而如果用右腿站着的话，就只有 174 公分。他一生最大的本事就是能把人烦得要死，在每一件事情上他都能做到这一点，我敢打赌他在量身高时，肯定每隔三秒钟就换一条腿，以便让那个倒霉医生浑身冒汗，恨不得把面前这个婊子养的宰了才解气。

所以当那扇门"砰"的一声，先是在门框里蹦了足足有三十秒的疯狂"的士高"，然后弯成了一张弓，一下子碰在墙上，震得桌上杯盘"哐啷啷"地乱响，大伙儿不用看就知道是谁来了。他总是踹门，踹别人正在骑着的自行车，踹敢跟他找对象的女孩的屁股。我估摸如果他不能拿脚踹点什么，他大概就会认为他左腿的这 10 公分就白长了，不如锯掉的好。

满屋的人都是一个德行，咬着牙，紧闭着眼，肩膀耸得跟驼峰似的，等着他说点什么，这是他的开场白，每个人都在心底里跟着他一起念："哟嗬，所有的骗子都来了。"念完后"嘿嘿"一乐，走进屋里，接着念："见到你们我很高兴，你们这帮杂种。""杂种"两字一出口，大家马上就轻松了，个个站起来和他拥抱，问好，互相拍拍脸蛋，目的是，把自己的手印子印上去，这个过程大概只要十分钟就完了，然后他脸红得就像挨了县太爷的板子，把随便一个什么人推开，坐到人家的座位上去，拿起面前的那杯酒，像往下水道里倒一样灌了下去，再拿起筷子吃一口菜，再灌一杯，就这么一连灌上五杯，稍稍停顿一下，斜着眼问大伙儿："最近有人想跳楼吗？"大伙儿齐声说："没有。"再问："有人想泡妞吗？"再说："没有。"然后他说："再说没有就什么都没有了。"然后大伙儿就哄笑一阵，他再灌自己一杯酒，左腿往前一伸，右脚往前一伸，脑袋倒在椅子背上，最后是双手耷拉下来拖在地上，就这么着就睡着了，给大伙儿留上半个小时到四十分钟的时间自由活动。

这一切都快让我腻味透了，我并不明白我怎么能在这么个傻 × 的阴影笼罩下过了五年，这阵子我真想扑上去把他咬死，但也不是一下子就咬死，而是慢慢地咬，先咬掉鼻子，再从脸上咬下一块肉来，最后咬耳朵。我估摸泰森咬霍利菲尔德的时候准是把他腻味透了，这个光头总是一上来就撞碰泰森的鼻棱，然后一有机会就用他那颗满是臭汗的该死的光头在伤口上没完没了地蹭，这种搞法，就是换了如来佛也得把他的耳朵咬下来，倒不是说泰森是个什么好东西，问题是任谁也受不了他的这种腻味。这就好比你本来想认认真真地好好下一盘棋，可是不知从哪儿冒出来个笨蛋傻头傻脑地给你边乱出主意边乱动手，最后弄得你除了想把棋盘一脚踹了以外什么都想不了了。

没有人请他，他自己就来了，他准是把脑袋伸到窗外闻了一下，就能知道今天有人聚在一起喝酒，什么时间，什么地方，都是些什么人。反正没有哪次喝酒他不是一脚把门踹开进来的，而且也没有哪次喝酒他是受到了邀请的。大头有一次跟我说："这个傻怂挺有意思的。"我说是挺有意思，不然他也不会大老远地拐着腿，一趟一趟往来跑了，不然他也不会就仗着爹妈给的五块钱零花每个星期都能美美地喝上一顿酒了。

小光买的那箱酒就放在我脚边，已经喝掉了七瓶，现在还剩下十三瓶敦敦实实地等在那里，我估摸着今天又是什么也剩不下了。大头和二头都在这儿，这哥俩合起来就能干掉四瓶，这会子离星期一上班还早着呢，还有三十多个小时呢，所以过上一会子他俩没准又能干掉四瓶，再加上"古捣"，再加上"烂粘"，他们两人又能干掉三瓶多，然后是我，小光和这个瘸子，还有两个不认识的，谁知道还要不要再买呢。这个时候我还真有点想"嘀咕"那个狗娘养的，他一滴酒都不喝，可就是喜欢把大伙儿召在一块，他来做东，回回都是这样，看见大伙儿划拳喝酒他就来劲，就舒坦。有一回他笑话大头的拳臭，让大头打了一拳，把嘴打歪了，我现在还能记得他一只手托着下巴，一边吸溜着哈喇子不让往下流，一边盯着大头和五三划拳，痛得龇牙咧嘴，但还是不停地说："臭，真臭，臭到家了……"他可比这些傻子强多了，他从来不生气，你把他怎么着他都不生气，还是回回请你喝酒，没钱就去借，借不到了就偷，后来终于给自己捣了个"高墙圈禁"。当然了，他也是个大傻子，我们这儿没有谁不是大傻子的，可谁都没他傻得这么好玩，这么仗义。

这会子四十分钟已过，瘸子该醒了，他醒了之后第一件事就是伸出左手的那两根粪叉子，直直地举在面前，对旁边的人一斜眼，说："眼睛瞎了，上烟！"头一回他这么干的时候挨了两个大嘴巴子，左边的大头给了他一个，右边的二头给了他一个，几乎是同时给的，所以他的脑袋就像什么事也没有似的，纹丝没动，可他的这副德行到今天都没改，直到把大伙儿磨服，没人再跟他较这个劲了。所以现在他又伸出两个直直的指头，大喝一声："眼睛瞎了，上烟！"就会有人受不了这个腻味，把烟给他夹在指头中间，等着他再说一声："点上。"再拿出打火机给他点上，他深吸一口，慢慢喷出来，头也不侧一下，学着香港电影的派头，短短地说一声："谢了。"接下去他就要开始演讲了。

不过这一回并没有这样，这一回他刚刚摆好架势，双眼直视桌面，半低着头，后脑勺、脖子以及脊背都挺成了一条直线，耳朵竖起，目眦尽裂，正要大喝一声"听着！"忽然门"砰"一声开了，伸进来一个小脑袋，大伙儿一看，原来是李红征，就都站了起来和他打招呼，屋里马上乱成了一锅粥，自从这小子泡上了马休家的苏红，大概有半年没在附近露面了。我看着瘸子，他一直没挪窝地就那么挺着，那个"听着"的"听"大概还没出来就噎在嗓子眼了，憋得直翻白眼。李红征走过去搂了搂瘸子的肩膀，挨着他坐下，抬起头环视了一下大伙儿，说："大伙儿还好吧。"大伙儿都说好，他就说："好就好，好就好。"然后端起瘸子的杯子一饮而尽，说："自罚一杯。"小光说："你不是从我们这儿毕业了吗？怎么又回来了？"李红征笑了一下，挥了一下手，示意大伙儿坐下，然后说："我要结婚了。"

一时间大伙儿都半张着嘴，好像刚想说话就给噎了回去，李红征说："我要结婚了。"大伙儿谁都没说什么，不过好像都有一年多没喝过一口水了，喉咙上下动了动，咽了口唾沫。

"你说什么？"小光说，"你要结婚了？"

"对。"李红征说。

"和谁？"瘸子边在桌上敲着一双筷子边说。

"苏红。"他说。

他说完后就把身体摊开在那把椅子上，好像他终于可以放松了，好像他多年来一直担惊受怕的某件事终于过去了。他眯缝着眼睛，看着大伙儿，而大伙儿在他前面围成一个扇形，每个人的身体都前倾了 25° 左右，好像大伙儿在这儿组成了一个吃惊的上腭板，而他就是那条舌头。

"你最近没去过灵武吧？"大头说。

"早晨起来没发烧吧？"二头说。

"也没有打摆子出冷汗吧？"小光说。

"脉搏还正常吧？"我忽捏了一下他的腕子。

"古捣"往前蹭了蹭，"嗯"了好几声，说："李红征，你没忘吧。"

然后大伙儿就像排练好的一样一齐往后撤了一步，好给李红征让出个说话的地方，于是瘸子一步就退上了一把椅子，好像大伙儿不过是往后闪了一下，以便让他冒出来似的。他站在椅子上，双手乱摆，几乎同时向六七个方向乱晃，就跟他是一架雷达什么的一样，大叫一声，音都变了：

"甭管是谁，同志们，给他看瓜呀！"

于是大伙儿好像才明白过来似的，一拥而上。

这是多年以前所定的一条规矩，无论谁想在三十岁以前结婚，必须看瓜，法定时间三十分钟，实际执行时间，不得超过五十分钟，于是由我和小光按住他的肩膀和头，大头、二头各扳一条腿，就着他坐着的那把椅子，一下子就给他架上了。我敢打赌李红征从来没有这么近的距离看到过自己的屁股。他脸憋得通红，一双眼睛转来转去，不过那眼睛实在不像是他自己的，好像他已经失去了它们，不再能控制和使用它们了一样。他的嘴动了动，上嘴唇动得慢而下嘴唇动得快，就这样动了好一会子，然后他说话了，白白的牙齿一闪一闪，腮帮子鼓了起来，那话也好像并不是说出来的，而是像吐掉泡泡糖或是被打掉的牙齿什么的，一口口"噗""噗""噗"地吐出来的。

"不是说好了过了三十就不看了吗？"他说。

这时候大伙儿大部分已经坐下了，只留下大头摁着他的双腿以便让他把姿势保持下去，一直到大伙儿满意了为止。

"不是说好了三十了就没事了吗？"他又说了一遍。

大伙儿互相看了看，都带着一副大惑不解的神情。

"但是你并没有到三十岁。"瘸子说。

"我到了。"他喊。

"但是你没有。"瘸子又说。

这种样子只持续了不过一会儿工夫，然后大伙儿纷纷端起酒杯，给李红征也端了一个，就这样不断地干杯。等到把李红征放下来的时候，我们已经把所有的二十瓶酒全部喝完了。

瘸子早就不见了，不过一会儿他还会回来，带着一个我们谁都不认识的人，并且管这个人叫朋友，介绍给我们认识，让这个人给大伙儿上烟。

"你叫什么来着？"瘸子说。

那人胡乱说了个什么名字，反正也没有人真正想知道。说实话都喝了不少，眼已经花了，但我多少还能明白这周围都有些什么事儿，比如说现在只剩下我、李红征、小光、瘸子、新来的家伙以及"嘀咕"我们几个人了。

"嘀咕"也是瘸子有一回喝完酒带回来的，他进来的时候笑眯眯的，好像和大伙儿早就认识了似的，瘸子每介绍一个，他都点头问好，并且不停地擦他的不停往下流的清鼻涕，那天他一定是感冒了，不过大伙儿没有一个讨厌他的。他总是请大伙儿喝酒，而且从来没和谁生过气，说实话我这会子还真有点想这家伙。

小光冲着里屋嚷嚷，又说着让谁去买酒什么的，我扭头一看，原来"古捣"和大头在那儿躺着，正说着要再买一箱酒什么的，可是钱不够，小光拿出了皮夹子，凑在眼睛底下使劲地翻着，什么也没翻出来，"古捣"和大头除了说话，我看连翻身的劲都没有。我把手伸进兜里拿出了一大把东西，放在桌上慢慢地数，一直数到了一百三十七块二毛五，然后大头说他还有一百块钱在兜里，然后"古捣"哼哼几声，然后"古捣"又哼了几声，我扭头问新来的家伙有多少钱，结果这个婊子养的说："我要是有钱能来这儿吗？"我很想生气，可是没生出来，于是我干了一件二十八年来最大的蠢事，那时我肯定是想都没想，或者说想了也跟没想一样，就把话说出了口，结果说出之后把酒都吓醒了一半。

我冲着瘸子说："你身上有多少钱？"

为这句话我一定会后悔到五十年以后，我看见瘸子扭过了身子，好像为了这样一句话也必须拿出在联合国大会上发言的风度和仪态来回答似的，好像像这样的一句话他都等了有整整十年了，他的脑袋不断地仰起，仰起，嘴抿得像桃子身上的那条缝，然后他说："一块钱。"要命的是我居然还没有听明白，或者说耳朵听见了脑子里没有相信，结果又给他一个表演的机会。

"多少？"我说。

他仍然抿着嘴，把手挥了一下，像是在赶一只已经纠缠了他整整一星期的苍蝇。

"好吧,"他说,"那就,一块三毛四。你看,全在这儿了。"

如果李红征没有抱住我的两条腿,把它当成个枕头什么的睡了快有一整天了,当时我一定会蹦起来,把屋顶撞个大窟窿,然后就从那儿跑出去,一直跑到新疆去。

这时"古捣"又开始哼哼,这次他哼得比任何时候都长,最后他终于让我听清了两个字:"买酒。"小光还在没完没了地翻着他的皮夹子,新来的那个笨蛋抱着剩下的几乎没怎么动的那盘鸡猛吃,于是我说:"到新疆去——"他的嘴停止了嚼那只死鸡的动作,满脸冒着油光,瞪大眼睛说:"新疆?"于是我又说:"到新疆去——"于是我终于把那两个字说出来了,我说:"买酒。"他看着我,那个婊子养的就那么瞪着眼睛直愣愣地看着我,好像他这辈子再也没有这么糊涂过了,接着他一下子把脑袋仰到后面去了,就像从一张相片到另一张相片那么快。那后面是墙,我看他都快把脑袋戳到墙里面去了。

我听见他在那里自言自语,他像是满嘴都嚼着砖头瓦片什么的一样,说:"都是疯子。真是一群疯子。"

依我看全屋里的人就我还有点力气,我揪着李红征的头发把他的脑袋拉了起来,他的脸刚好对着我,不过眼睛是闭着的,依我看就是用撬棍也没办法把那双眼睛弄开。这个笨蛋的嘴巴就像是一眼间歇喷泉,我记不清楚他一共喝了多少,这阵子他每喘一口气,都能顺便从嗓子眼里带出来一大嘟噜酒,从嘴角的两边挂了下来,好像那是他的透明胡子。

我的裤子全让他给弄湿了,我把他的脑袋扔到了一边,然后他的身子就像系在绣球后面的带子一样跟着飘了过去,然后那个绣球连蹦带跳，轱辘到桌子底下去了，而且好像一轱辘进去，就马上爆炸了。我低头一看，那里面已经挤了四个、五个人，李红征是第六个，他一进去就把那里头的人全部搞醒了，你也看不清都是谁，反正只见一大堆脑袋、胳膊、腿在那里滚来滚去，一会儿这个冒出来了，一会儿那个冒出来的，间或还有那么一个谁弹起来砸在桌子面的下面，给大伙儿配音。他们就像是一大堆蛇或是专门养来喂鸟的一大堆虫子，互相缠着挤着，或者干脆说成是一大堆活动的肉团，到处都是不断乱动的脑袋、胳膊和腿。

不过还有一条腿不是他们里面的，而是属于双肘支在桌面上的瘸子。那是那条长一些的腿，它非常准确、有力、迅速地踹着那些偶尔想离开大伙儿的脑袋、胳膊，更主要是屁股，以便让它们再回到那堆不断乱动的肉团里去。我看了一眼瘸子，如果你光从他桌面以上的表情来判断，就是打死你你也不会相信他的腿原来在干这个。

瘸子的脚让桌子底下的人保持着旺盛的活力和斗志，他们不厌其烦地尖叫和咒骂，不停地撞着桌子。这时我听见有人喊"救命"，原来是新来的那个家伙被那个肉团里伸出的一条胳膊或者说是象鼻子或者说是章鱼的脚一把抓住，没命地往里拖，然后在瘸子的那只43号的大脚的帮助下，终于把这个笨蛋塞到那团肉蛋里去了。我真懒得管这些事，反正这些人都是瘸子不知从哪儿捡来的，他要是捡来了又愿意拿脚踹着玩，那谁也管不着。

说实话他只捡过"嘀咕"一个好人，要是"嘀咕"被搅进去了我也许会想想办法把他拽出来。不过依我看大伙儿也不太愿意让"嘀咕"这样的好人搅进去，大伙儿好像都有点照顾他的意思，就不让他搅，可是他没跟我们搅过，倒和公安局的搅和去了，所以我真不知道这是为什么，说实话我一点儿都不知道他干吗要这样。

"古捣"走过来拉了拉我的袖子，他的名字用当地话念起来和英语里的"good"一模一样。他是个口齿不清的笨蛋，平生唯一的爱好就把自己的浑身都糊上泥巴。瘸子把他带回来的那天外面正下着大雨，碰巧还真把他俩给洗干净了，瘸子一路上一高一低地踹着他的屁股把他赶到了这里，就像赶着一头迷途的羔羊。

"这个傻怂正在公园里玩泥巴，我把他给带回来了。"瘸子说。

那时我们只有四个人，一共才能喝十一瓶酒。

"古捣"拽着我的袖子，一边哼哼一边给我指大头，这时我看清了大头并没有坐在地上，而是坐在二头的肚子上，二头的嘴张得跟一条刚捞上来的鲇鱼似的，我的天，原来这群婊子养的一个都没走，都塞在不知哪里的犄角旮旯里，一不留神全出来了。

我挪过去把大头推倒，他就像个木桩子似的直愣愣地倒了过去，支在了墙上，屁股还坐在二头的肚子上没挪窝。我又使劲拉二头，把这小子拽出来，让他也靠在墙上，他总算把那张咧腮帮子的嘴合上了，眼睛睁了睁，看那意思是如果嘴闭不上，眼睛就睁不开。我没等他说话，就说："二头，还喝吗？"他的脑袋转着圈地一阵乱动弹，我弄不清楚到底是点头还是摇头，于是我又说："傻小子，还喝吗？"没想到背后有人说话了：

"你他妈才是傻小子呢。喝！"

说话的是大头，可这边的二头却一个劲地点头，好像这话是从他的嘴里跑出来的。这哥俩是一对酒傻子，我从没弄清楚他俩是干吗的，好像在大学里的专业就是喝酒。

我把大头按住，一个接一个兜地掏那一百块钱，后来终于让我掏着了。我把所有的钱集中在一块儿，一共是不到二百五十块，这些破烂儿被我揣进兜里，然后我就推门走了出去。

外面可真舒服呵。这会子不是氮肥厂放氨的时候，所以一点尿骚味都没有。这会子也不是冬天、春天或者夏天，所以也没有那么多的灰到处乱进。姑娘们都在街上走来走去，好像她们整天所干的就是走来走去，让大伙儿都干瞪眼看着似的。我寻思我得去找一家什么批发部之类的铺子，好把我兜里的这卷子破烂儿花出去，还得找一个管送货的铺子，不然还不如到哪儿去睡上一觉呢。这帮笨蛋除了把你烦得要死，简直一点其他的能耐都没有。

长话短说，等我回到这个狗窝的时候，几乎一切都正常了，在拐角的沙发上坐着一个姑娘，然后瘸子的声音在满屋里乱逛。

李红征睡着了。"古捣"睡着了。屋里的味道比一个猪圈强不了多少。我让那个送货的傻小子把酒放到桌子旁边去，他死活不干，放在门口就跑了。那个姑娘看着我，我不用猜就知道她是谁，而且我还知道她之所以这样看着我是想让我帮她把李红征送回家去，她一个人可干不了这活。

不过这一点门都没有，李红征还得喝上一瓶才能走人，就是我同意他走别人也不能同意。她很聪明，所以她懂了，于是她站起来，坐到桌旁，冲着我说："还等什么，拿酒来啊。"我就一气开了六瓶酒。

在第五瓶喝完以前，简直连一个说话的都没有，大伙儿都低头小口咂着杯里的酒，好像他们多会尝滋味似的，连瘸子都不例外，而实际上他们的嘴里就是爆炸上一个手榴弹都不会有什么感觉。她挨个儿看着大伙儿，被看到的人很想冲着她乐上那么一下，不过除了把这个意思稍稍地表达了一下以外，并没有什么实质内容，每个人都是一张麻木的脸外加一双空洞的眼睛。"嘀咕"要在就好多了，他没准能把这事办成。

这些人哪，以前他们人人都有一个姑娘，扎着小辫或者干脆就散着，一天到晚围着他们团团转，哼哼叽叽，不知道有多少话说不完。又是这个，又是那个，逮个岔儿就要跑到哪儿玩上那么一趟，拍一大堆照片，完了后又围上了，看一张说一张，哼哼叽叽，哼哼叽叽。可临了临了，一个都不见了，就好像你才有一天看不见她们，等看着的时候就都已经嫁了什么收税的，放债的，在电视里说话的，要不就是什么卖东西的，开饭馆的，然后她们几乎是异口同声邀请他们到她们家里去玩，好像她们这次不过是碰上了一个以前不知在哪儿认识的没什么联系的朋友。然后这帮子笨蛋就变得蔫头耷脑的，在一个什么时候被喝傻了的瘸子捡回来，来了以后就没一个想走的。

现在好了，现在非常好，李红征要结婚了，而且这个概念还活生生地和大伙儿坐在一起，任谁也没办法把这个活生生的现实当成李红征的构思或胡说八道。她还坐在桌旁，手里端着一大杯明晃晃的、炫人眼的酒，递来递去，递来递去，她每喝上一口，大伙儿就得喝上一整杯，然后在第六瓶喝完的时候，有四五个人，就像是同时被子弹击中，大喊一声，口中狂喷，倒了下去。

说实话这是一场战争，不知什么跟什么在较量，但这的确是一场战争。剩下的人表情非常严肃，他们必须做到集中精力以一种谨小慎微以便把整个身体所剩的能量及空间合理分配，然后迎接挑战时才能够准确、有效地调动它们使自己尽量挺住，不在最后一刻的到来决不败下阵来。酒一杯一杯地喝着，连喝完酒把杯子放到桌上时都是轻微的，几乎没什么声响，大伙儿不再说话，不再看什么了，也不再听什么了，大伙儿精神内敛，注意着自己体内最微小的变化以便做出对策。

我逃过了这场战争。我司职倒酒。我开始打开第七瓶，第八瓶，第九瓶以及第十瓶，我的手没有颤抖。

# 零度体温

## 1

出门的时候我照了一下镜子，脸色不太好，有点泛绿，还有点发黄，下巴上有块紫，眼窝是黑的，总之没有辜负他们给我的外号。这很平常，一年前我的脸就是这样，两年前也比这强不到哪儿去。有一次他们说："你小子要是个画画的，没准还有点出息。"这话等于没说，因为我不是个画画的，我的脸就算再多上五种颜色我仍然不会画画，就算我把头发也染了也不成。我的眼睛不好，两只眼睛的视力加起来也不到0.5，当然还有点散光，对这一点我倒是挺得意，因为我从来认不出别人，我也不戴眼镜，因为戴了也没用，所以别人只好来认我，他们认我的时候把我认得很准，像认自己家的自行车一样，他们总能知道那上面的别人谁也不去注意的记号，另外，最后一点，我还是个色盲。

出门的时候我很快活，快活的时候我就唱歌，我唱的是老崔的《宽容》，《宽容》总是第一个从我的嗓子眼里蹦出来，如果老崔没写过这首歌，我琢磨没准就让我给写出来了，我和这歌挺投脾气，就像那个张炬死的时候，许巍唱了首《两天》，大伙儿听了之后，还以为是张楚写的呢。说实话，我对自己挺满意的，这一切的一切是这么糟，可这一切的一切都糟得让人满意，街道是这么脏，下水道是这么臭，小妞们是这么势利，可这全都跟我没关系，我是我，他们是他们，这多好。

就在这时我听见老西叫我，他总要走到我的身后才叫我，想吓我一跳，可这个单纯的愿望从来没有实现过，我习惯让别人从任何角度叫我，哪怕是从地底下叫，我也不在乎。他问我去哪儿，我如实说了。这是我的诚实，我是个诚实的人，我愿意做一个诚实的人，虽然我从不还钱。他提着他那个小包，说："过来。"我就过去了。他说："走。"我说："去哪儿？"他四处看了一下，说："你家。"我们就走了。

我俩并排走的时候，他说："顺便问一声，这次能还吗？"我说："还那样吧。"他就不说了。一直到家，我挽起袖子，把胳膊伸到他跟前，他就开始抽，快到 100 的时候，他说："多少？"我想了想，说："200 吧。"他就抽了 200，拔出来，四下看了看，滋到了墙上，然后那些血就开始顺着墙往下流。

头几次他都滋到地上了事，人不管干什么要是老没有变化他就没兴趣往下干了，后来就开始往屋顶、墙上、马桶里、花盆里滋。只有一次我觉得可惜，就请他滋在了我嘴里，结果第二天我拉出的屎就像羊粪蛋一样，又黑又干，打在马桶上"叮叮当当"地响，后来我再没干过这样的蠢事。

老西这个人的好处是从不废话，该干吗就干吗，一声不吭，干完就走，这点挺让我喜欢的。还有就是他往墙上滋血的时候并不瞎滋，有时候画个猫儿狗儿的，有时候写几个字，而且他干这事的时候还挺认真，一笔一画的，上次他有时间，就写了"李红征我日你妈"这几个字，因为李红征打过他，把他的鼻梁打蹋了，后来不知他又从哪儿弄了根骨头给撑起来了，现在看着蛮精神的，比以前漂亮多了。

我记得以前看过一本美国佬写的小说，挺薄的一本，叫什么忘记了，说的是一个傻×为了让大伙儿看得起自己就玩命地请大家喝酒，不管什么样的大傻×都往家里请，一闹一个通宵，可大伙儿还是不尿他，到后来他没着儿，自己的妞也跑了，最后死的时候除了自己的老爹站在那里叨叨，旁边连个人影子都没有。我琢磨老西没准就是这么一个人。趁俩糟钱，不知道该怎么花，整天觉着别人对不住自个儿，还一门心思老想让别人尿他这壶，可全银川市的人除了我跟他借了两千块钱以外，连一个愿意搭理他的人都没有。

我俩走到新华街的时候分了手，他照直去了他那个铺子，我呢，还得去练我的鼓。在路上我算了算，这六个月我一共攒了三千五百块钱。加上借了老西的两千，共计五千五百块，等到下月发工资，没准就够了，去北京住上个一半年的，慢慢泡吧，要不怎么办呢，人总得有个奔头吧。

我一到了就开始敲，这半年我一直都敲的是基本功，一点花活没练，上次去听了军利的几堂课，他说练这些个鸡巴玩意儿都没什么用，还是把基本功练扎实了，怎么都好办，我还真有点信他的话，这一练就是半年。昨天计了一下速，四连击已经快到一百二了，可今天怎么连九十都打不到了，越打越打不到，我越打越心疯，就把上衣脱了，过了一会儿又把背心脱了。就这么着一直到十一点，还是没戏，胳膊就像让人捆上似的，手腕像是上了夹板，脚脖子直发软。又过了一会儿，我觉得自己体内好像有什么东西在离我而去，就像有人顺手拧开了一个水龙头，然后就不知干吗去了，让那个龙头敞开淌着，喷着。我慢慢地离开了鼓架，向墙边摸过去，那儿挂着一条湿毛巾，是我早就预备好的，但我怎么也找不见它。这阵子我就觉得从后脑勺一直到脚后跟硬得好像一条铁棍，而我身上的其他部分软得像稀泥，结果随着我慢慢地往地上坐下去的时候，那根铁棍就开始往出褪，它离开了我的后脑勺，离开了脖子，让我的脑袋像皮球一样摔到了胸口上，接着我的腰也被放弃，脑袋掉落到地上和脚待在一起。我成了一件被人扔在地上的衣服，而且这件衣服也正在变得模糊，我知道自己要死了，死在这个耗子都不愿待的屋子，充满着汗酸和馊馒头的味道，如果我有灵魂的话，这阵子他也一定离开了我，蹲在房梁上嘻笑。我的死轻如鸿毛，我的生命一文不值，而且直到此刻，我那融化了的身体还有一小截从未派上过用场。我知道自己要死了，对此我毫无办法，实在是对不住老西啊，枕头下面的五千五百块钱里还有六百块是他的呢，可现在全便宜房东了。我蹲在房梁上，瞧着地上的一摊污水里的两个水泡，那是我的眼睛，我用它看了看，看了最后一眼（它也快顶不住了，作为水泡，它的表面张力已经到了极限）。我发现墙角处立着一根毫无光泽的黑色铁棒，正在迅速地变得冰冷和干燥，鼓架上挂着一条浸满汗水的毛巾，它是湿的。那条毛巾让我挂在那儿了，我真该死啊。

## 2

我的眼珠融成了两滴清泪

我的眼泪砸地成坑

我掉进了坑里

——《挽歌》

3

在银川市我一辈子只认识两个人。一个是老西，他一直都带着他的那个针筒来找我，找到了抽一管子血，用来顶账，100CC顶替一百块，200CC顶二百块，两个月来他已经抽走了一千四百块钱了。另一个是李红征，李红征从来不找我，我们是在舞厅里认识的，那天他打了老西，所有的人都去拉架，只有我没有，我没有是因为我从不拉架，并没有其他原因，结果他认为我支持他打老西，其实我不支持任何人打任何人。我问他借了两块钱，他很奇怪，想了想就给我了，我拿这两块钱去吃了一碗面。第二天，我又遇见了他，就问他借二十块钱，他没说话，又给我了，然后他就一直等着我第三次向他借二百块钱。我知道他绝不会在第三次借给我二百块钱，实际上我知道第三次他甚至连一块钱都不会借给我，所以他这辈子都别想等到我向他借第三次钱。他可比老西精多了。对老西这种人，我头一次就要向他借两千块钱，我在借的时候就知道他晚上就会来要。

其实我还认识一个人，只不过我一直不愿意提他，他是唯一一个让我在这个世界上还能想到有"悲伤"这个词存在的人，他叫马休。

1998年是最奇怪的一年，我不清楚这一年我是怎么过的。好像我刚刚进入1998年就马上把它过完了。直到现在我还记得马休梳得一丝不乱的头发，上面喷洒着一些闻着怪舒服的发胶，一尘不染的皮鞋，纯黑的上衣和裤子，以及那揣在兜里的每当需要便跳出一支，宁肯三天不吃饭也不曾舍弃的扁盒三五牌香烟。他的打火机值上千块钱，可他还是经常需要朋友的接济才吃得上一日三餐，他可以张口问我借钱，从来没有超过十五这个数目，那是因为他要去买一盒香烟。

我愿对他倾囊相助，每当看到他那迷离的目光，嘴角神经质地牵动，泪水就悄悄地往上涌，在此以前我甚至忘记了自己身上还存在着这样一个器官。在那一刻，我离他是如此之近，又是如此之远，我不知道自己是否在呼吸，是否已然被空气所雾化。我爱他，这是一种什么样的感情，也许那个用头发擦干别人双脚上泪水的人，她能帮我，她能告诉我她是怎样被那个人额头上的光所吸引。我认识他的时候他正和一群姑娘在一起，我像知道自己一样知道她们，她们每个人都能连眉头都不皱一下就让一个老西那样的傻×倾家荡产。我悄悄地攥着我的鼓槌，为每个夜晚三十八元五角的报酬使劲，他坐在那里，她们也坐在那里，像一群绵羊那样安静。

这时，有个姑娘走了进来，她的身后跟随着那个著名的李红征，她没有理睬迎上来的领班，径直走到马休的跟前，打了他一个耳光。

接下来的情景令人惨不忍睹，那群姑娘好像被弹射出去一样从沙发里蹦出来，好像她们根本不需要双腿和腰肢的发力，就能直接从沙发里蹦出来一样，向她扑了过去。她们用饮料泼她，用杯子砸她，用手袋，用鞋，把手头能拿到的一切东西都扔到了她的身上，很快，她的身上扑满了人，她们撕她的头发，打她，咬她，把她推倒，用脚踹，用口水啐她，使她满脸流血。有那么三四个人，围住了李红征，定定地像寻找一样地盯着他的眼睛，她们可以在两秒之内弯腰，脱下那种后跟像钉子一般尖锐的高跟皮鞋，用它来给他开瓢。李红征一动不动，他的脸就像我鼓槌下的那张鼓皮一样空洞、坚硬和没有生气。别的乐手都停下了手中的活，呆呆地看着这一切，只有我的鼓声在大厅里回响，这是一首歌的延续，这首歌的名字叫《孤独的人是可耻的》，它说，孤独的人，他们想像鲜花一样美丽，一颗骄傲的心，飞舞，跌落在人们的脚下。它说，这是一个恋爱的季节，大家应该相互微笑，搂搂抱抱，这样才好。后来我又开始打另外一首歌，它说，让上苍来保佑这些随时准备感动，随时准备出卖自己，绝不想死，也不知所终，吃饱了饭，已经有些撑的人民吧。

突然，几声尖叫，像扔在人群里的一颗炸弹，使所有的人四下散开。姑娘们发现，她们所极力殴击的人，被另一个人的身体覆盖着，她们后来所有的进攻，都落在了这个人的身体上。这个人像条毯子那样紧紧地裹住了她，一动不动，亲她那张溢满鲜血的脸。

4

鼓槌在我的手中跳动，我的手早就发黏了，我们乐队的吉他手好像才醒过来，他的屁股顺势往后一撅，一抖手，即兴来了一段索罗，弹完后，他愣在那里，屁股仍然撅着，拿起右手放在眼前看了看，又拿起左手看了看，慢慢地回头去看贝斯手。直到这时候他的屁股还是撅着的，好像他弹完后就再也想不起来把屁股收回去，好像他这样举着双手撅着屁股从下往后歪头的姿势值得保持一辈子似的，贝斯手，二吉他和那个从来弄不懂属7和弦到底是哪几个音的键盘手都傻傻地看着他，好像他的头上一眨眼间就长出了一对犄角，而且刚长出来就马上捡到了一百万的美钞。我当然知道这小子干出了什么，这小子刚才在最后的一小节里弹出了二十二个音符，这是他这一辈子想也不敢想的速度。鼓槌累了，不想动了，大厅里除了一两声隐隐的抽泣，静得发黑，过了好长的一会儿，我看见贝斯手的双手在胸前合拢，发出了"啪"的一声，接着散开，又合拢，又发出了"啪"的一声，二吉他和键盘手也跟着干，他俩的节奏比他要快上两拍，一阵单调的掌声淹没了我的耳朵。只有这时这三个傻×才稍稍有点讨人喜欢——他们已经傻到根本看不见那些舞台上血腥制造者的冷酷目光。我的双手垂了下来，鼓槌好像要从我的手中挣脱一样飞了出去，"当"的一声，击中了大镲，大镲的声音击中了两个人，一个是吉他手，他好像这会子才从噩梦中惊醒，直起腰往后扔下吉他就跑了，我估摸他准能在天亮之前跑到北京。另一个是李红征，他一屁股坐在了地上，冲着天花板仰起栽满胡子的脸，不知羞耻地"哇哇"大哭起来。

## 5

他坐在我的床上，冲我笑了一下，从上衣口袋里掏出了一个白色的小纸包，然后说："你不在乎吧。"我说我不在乎。我走到院子里，一手拎着一个鼓槌，开始打那个汽油桶。

他说："我把什么都卖了。"

他的手很僵硬，像是硬塑料做的，拿着那张碾满药面的纸，一直在抖，可他没让它们洒出一丁点儿，然后从兜里掏出那个银子一样惨白的打火机，绕了一圈又一圈。他吸的时候并不像别人那样贪婪，那样不顾一切，满脸都是被满足的欲望，他皱着眉头，好像很不耐烦，马马虎虎地把鼻子伸过去就算了，但我知道他一丝一缕都没有浪费。

"我完了。"他笑着说，显露出一种在夏日阳光下穿洁白衬衫的纯洁。

我敲那个桶，我想让它像汽车发动机一样"轰轰"地响。马休走了出来，他靠在门框上看我打鼓，我回头看了一眼，我看他并不想说话，他的手插在裤兜里，全身只靠右脚撑着，他在发抖。

整个下午我们就是这样度过的。他左脚的脚面上凹下去了一个两厘米的小坑，刚好能放进一个手指的指节，头上至少有六个口子，其中有三个是三角的。我说她们可真是一群好样的。他笑了笑，说这没什么，他打十二岁起就经常这样。他让我看他的手，手掌当中和每个手指的第二指节各有一道高高的粉红色肉棱，他曾经两只手各抓着一把刀的刀刃，并撅断了其中的一把。"为的是逞一时之勇。"他说。这群姑娘可真可怜哪。一开始她们以为和他一样了他就会爱她们，到现在她们甚至连自己为什么成了现在这个样子都弄不清楚了。

我一直在想我为什么碰巧就来到了一个银川这样的地方，如果一直待在北京该多好，虽然北京也一样糟心，可是糟得平静，至少落差不会这么大，这也许和气温有关，也许是天气所决定着这一切，这里离天空更近。

现在，我需要大量喝水，以准备我的眼泪。

她们慢慢地动了起来，完全像是一群炸了群的绵羊在慢慢地归队。她们的眼神投向了舞池的中心，那劲头就像是要把眼球投出去摔在那里摔成一摊摊的汁水和一丛丛腾起的黑色粉末。那里的大理石地面有一堆东西升了起来，那是两个紧贴在一起的人体，他捧着她的脸，带着她一起往上升，他们的脚垂向地面，在那上面滑动，留下黏黏的黑色轨迹，他们向门口飘去，他们被上帝抓在手里，向更远的地方飘去，她们不由自主地跟了上去，仍然像一群绵羊，乱哄哄的，没有节奏也没有韵律，在门口处稍稍停顿，然后呼啦一下，像潮水那样，退了出去。

我挽起李红征，他像一具尸体那样湿重，我说走吧走吧，就拖着他往门口走，他的抽泣变成了冷嗝。我估摸他能活到七十岁，可他剩下的四十多年能有什么意义呢？直到他躺在一座大医院的雪白床单上等着咽气为止，他的心里还在想着能够用这四十年的光阴换取一个机会，能够在今天晚上重新选择该怎么做。可话又说回来，人在这个时候，在事到期临头的时候，总是这么愚蠢，这可是一点指望也没有。

我把他扔上了出租车，像砌一块砖一样把他砌到了座位上。我们从高潮上退下来啦，我们又退到了平常的生活，到了这个时候我可一点也不愿意再说这件事了，到了这个时候我们又是一堆破烂了，我得打起精神来，明天早晨九点钟，老西准又会在街角处等我，向我讨回他的那点公道，我会给他的，只要我能给的，我都愿意给。我又抖擞着那双老腿往回走了，我把鼓槌落在了歌厅里，我头一回忘了自己的老伙计，就让它在那里躺着吧，明天歌厅不会有生意，后天也不会太有，可是到了大后天，大家又都像往常一样回来找乐子来了，大家都会乐意忘掉这件事，忘掉这是我们的生活经历了，就是这么简单。

他早上出去了，我在读一本压在枕头底下的书，这阵子书里正在讲一个老头，他倒了大霉，坐在灰堆上，用瓦片刮自己身上的疮。我不喜欢这里的每个人，他们全都认为自己有理，争来争去，有一个最有理的出来骂他们，说他们错了。我的手向前探过去，那里有我的钱，它们变薄了，马休拿走了一部分，他干吗不全拿走呢？反正再过两个月我也用不着了，再过一天他也花不成了。我的手再往前探，那里是他昨天喝剩下的啤酒瓶，一共七个，排在墙角，我的中指顺着瓶口滑了进去，微微一弯，提起了一个，我一看，刚好是第五个。

它怎么也不会是第八个。

## 6

这世上并没有约伯

他只是个寓言

——《犹太法典》

## 7

外面起风了，风从西南刮来，越来越大。

我一直尾随着她们，他带着她跑不远，她们也跑不远，这是唯一一件我想知道究竟的事。我看见她们在展览馆的大门口停了下来，我知道在对面公共汽车公司的大牌子后面藏着一把长剑，另外的四把插在门前的榆树丛中，但都没有那一把那么长，那么锋利。这是她们的男友们为了防备像马休这样的人突然出现只不过看一眼就能带走他们的那些时刻准备着这一刻的女友们而精心策划的，对这一点他们倒从没有企图保密，他们也正想让马休这样的人明白这一点，因而会有所收敛，而他们的女友则期望马休们知道后反会以更激动人心的方式将她们带走，因此他们全都极力地宣扬这件事，弄得除了警察无人不知。现在她们拿到了那些剑，像一群马一样跑了起来。

我也跑了起来，我开始大叫，我把我的双腿用不完的力气用在了喉咙上，我穿过她们，从后面撞她们，用手分开她们，我叫，我跑，我非常害怕。一切都在晃动，许许多多的黑影，霓虹灯，在柏油路上打出一串串火星的脚步声，让我冲在了最前面，风从后面推着我，也推着其他人，一起往前跑。

"站住。"

前面有人说。我立即就站住了，他站我前面，衣衫破烂，神色黯然，就像是直接从地底下钻出来的一样。我看着他，喘着粗气，我的肺像台开了锅的蒸汽机，使我不停地抖动，目光模糊。他双腿分开，散漫地站在那里，就像是一座山。

的确是一座山，因为只有山在这样的大风中才会连衣角都不动一下，他眨了一下眼，我开始向后退，背后的脚步声已经减弱，我知道她们也停了下来。他把目光投向了她们，那是一双双没有表情的眼睛，那眼睛里射出的也不是目光，而是沙粒，是那种干燥，冰冷，只有冬季的西北才能出产的沙粒，这种沙粒能在瞬间使面对它的眼膜破碎出血，只有将眼膜磨练出老茧的人才可与之对视。

我稍稍侧了一下头。

我看到她们缓缓地围了上来，正在迫近，我又开始往前走，我不想死在这里，我开始跑，绕过他，一直跑，一边跑，一边回头。她们和他已经是黑压压的一堆了，他们挤在一起，不知道在干什么，也听不到一点动静。一些甜甜的怪味涌上我的舌根，让我浑身发紧，我想喊，可一点也喊不出来，我贴着墙角跑，只听见自己的心在往出撞，它在不断加速的简谐振动中突然突破胸膛，于是我飞了。

我一下子飞了起来，脚在空中蹬了几下，感觉着不断地升高，升高……

"是马休吗？"

她问。

天哪，她的声音使我有一种想扑地变水的愿望，我想在这大地尚未上冻之前就渗下去，涓滴不剩。于是我依然飞着，身体突然拉长，好像我能见到的一切，都在向着绝对静止的状态急速接近。

## 8

他晚上没回来。

确切地说他是死在了街角上。一大早老西来敲我的门，他撇了撇嘴，说："这条街上有一万多个警察。"

他们抬走了他，把他扔到了一个长方形的冰柜里，并在三天以后用一些特别锻造的小刀把他拉成一条一条的细肉，以便找出那些个头更大一些的刀胡乱造成的伤口的宽度和深度。有几个工人拖了一条橡皮水管去冲他躺过的那块地，她们互相之间开着有关男人和丈夫的玩笑。他死得毫无意义，给许多素不相识的人添了麻烦。

老西临走的时候扬言要对李红征施行报复。"人我都找好了，"老西说，"就是三牛他们一伙。"我对此毫无反应，马休死了，杀他的人会被杀，可是我再也听不到那个声音了，她说："哎呀，不是马休呀。"过了一会儿她说："对不起，害您跌了一跤。"她又说："要我搀您起来吗？"最后她说："实在不好意思，我站不起来了。"

我像个傻瓜一样趴在地上，地很硬，因此我跌落时并没有把地砸出坑来，但我在感觉上是砸出来了，我的感觉出了错误，实际上我也并没有飞出多高多远，绊我的那个人就在我身边，目光所及的，是一只小得不能再小的脚放在鞋上，有一只小手还在揉它，手背的指根处，有并排的五个浅涡若隐若现。这就是那个罪魁祸首了，这一连串的糟糕事都是它引起来，我实在不能相信就是它打了马休的脸——

有时候我们必须先学会唱歌才会说话，先会飞才会站立，我们不必会哭了，才会悲伤，看见了空旷才想到凄凉，它是我们固有的。它在黑夜里穿着黑色的风衣。那些黑衣人穿过被人遗忘的走廊，拉开虚掩的门，有同样黑的风同样冰凉的手，有同样涌堵的喉咙，在静寂中缓步移动。有时候我们会听到，听到一枚硕大的钢球在自己胸膛里绝望地滚动，听到胃里咝咝作响的午饭，正愤怒地化成青烟，灼烧我们的食管。雨水会在雨天落下，带给你前日太阳的消息，所以我们不必，在列车晚点的时候感到焦急，你的皮肤会因此而衰老，你缺少的也并不是时间，而是活着，所以当有时候有生命来到你的眼前，你不必先学会了敌视，才去懂得爱怜，所以有时候歌声会在最不敢奢望的时候为你打开双眼。现有的一切，已足够我们的一生。

马休的左脚已经坚持了四十八分钟，他离最近的一个姑娘距离不超过1.5公分，在我趴在地上长达一小时二十分钟的过程中，他平息了这场骚乱。虽然实际上他并没有平息它，它将在四天后的一个凌晨要他的命，但现在看上去已经没有什么继续下去的意思了，他不得已地打了她们当中几个，她们也太冲动，当然他也尽量克制，让自己的脚在一条枪尖般锋利的鞋跟下面坚持了将近五十分钟，他早就学会了如何面对一双空洞的眼睛。

在去过医院之后，我俩把她送回了家，他直到死去的那一刻，都不知道我叫什么，她也一样，在他们的生活中，我始终是一团雾气，像鬼魂一样跟着他们。

我把马休带回了家，他睡在了我的床上，几乎在躺下的同时就睡着了，他的嘴虚张着，有东西从里面跑出来，又在快要散失的时候被吸进去，也许这就是他最后的东西。我不知道他俩的故事，他既然没讲给我，我就不知道，我戴上耳机，听 Enigma 的歌，这时候就是 Enigma 给我讲这个故事了，我有耳朵，所以我会听。现在我想说出我的名字，虽然它并不重要，也没多少人会相信，但我是相信的，我没有看见始，我只看见了终，我也不是基督，我只是凡·高。

我的名字叫作凡·高。

9

四十年后

一只小鸟

像树叶一样

飘了下来

在最后的时刻


开始歌唱

——《短歌》

## 0

头天晚上，他住在了一个好像会随时倒下来死掉的小伙子的屋里。屋里没有生火也没有任何取暖的装置，从窗户到最后的屋角，都弥漫着一层淡青色的隐隐约约的烟雾。这些烟雾也没有一丝一毫的流动的痕迹，仿佛是一些极细微，但同时也是极为沉重的青色颗粒，均匀地散布悬浮在室中所形成的。屋里的摆设极为简陋，昏黄的墙壁上满是一些像是液体流动后的斑斑锈迹，而且只有一张床，放在了屋子的中央。

靠近窗户的一个屋角是专门用来堆放垃圾的，那里有各种颜色的油迹斑斑的塑料袋，吃剩下的白薯皮，擦过什么东西的纸张，以及几本厚厚的散了页的发黄旧书。这个屋角的衰败而又迟暮的气味同时也充斥着整个屋子，窗户没有一点曾经在五年之内打开过的痕迹，玻璃上糊着撕过的旧报纸，黄泥巴，黑乎乎的肮脏的油类物质以及一些说不上名堂的东西。因此，从早晨到晚上，这间屋子的光线是没有什么明显的变化的。

这样的屋子在银川市每月的租金不超过三十五块钱，它们散布在一些从来无人光顾的死角里，没有搞清过房东都是干什么的，他们脸色灰暗，几乎从不露面。

在拐过街角的二百米处有一个小卖部，它出售最便宜的啤酒和几种不带过滤嘴的香烟，他早上醒来后不得不拖着一条瘸腿再走上三百米才能到一个稍稍好一点的小卖部，买到人家已经放了三年也无人问津的扁盒三五牌香烟。他还要试着再转过两个街角去找到有公共汽车牌的地方，从那儿离开这里。她昨晚有机会告诉他她住在哪儿，她说得很急促但也很详细，于是他终于等到了这班半小时一趟的车，上车的时候卖票的小伙子搀了他一把，把他放在了一个靠窗的座位上，车上只有两三个乘客，车开后他递给那个小伙子一支香烟，他俩像是一对老相识那样谁也不看谁地默默吸着。车走得很慢，这里的人谁也不急着去办什么，窗外一排排光秃秃的洋槐在风中发抖，偶尔会有一大股被风卷来的黄沙使它们模糊。风像蛇一样行走，在后面留下蜿蜿蜒蜒飘忽不见的尾巴。他坐在那里，几乎什么也没有想，他就像要把自己交代出去一样去见她，他记着她的门牌号码和具体所在的位置，他必须要去见她，这不是由什么人来决定的，不由她，也不由他，而是由一些谁也无法改变的因素。比如，你如果活着，就得一天天地长大，比如，如果你出生，你就会死。

所以他也并不急着赶路。在换车的时候他走进一家早点铺吃了一顿慢条斯理的早餐。在那里他又干坐了半个多小时，等着店里的伙计给他找钱。然后他就上了车，这辆车上没有空座位，他就坐在了发动机罩上，司机抬眼看了他一下，嘴唇动了动，终于没有说什么，售票员是个梳着两条细辫子的小姑娘，她机械地大声报着站名和乘客注意事项，那声音好像是由另一个喉咙发出来的，和她的形象很不相称。乘坐这趟车的都是些上班或者下班的工人，他们也像他一样，能坐着的时候就坐着，除非遇到无可奈何的情况，否则没有浪费体力的必要。

他在街口那儿站了有十分钟，推算了一下楼群的编号规则，然后慢慢地走过去，很多人会用一种特别的眼光看他，十年前他也许会为这样的眼光打上一架的。路过市场时他买了一大篓橙子提在手里，那些橙子又大又圆，跟上过蜡一样亮丽可人，她的手甚至不能握住其中的一个，而只能托着拿它们，他想起小时候她用两只手捧着吃苹果的情景：眼睛在苹果上面一眨一眨，过上一会儿，猛地一闭，在苹果上咬出一个小坑。

他刚敲了门门就开了，好像她是坐在门边上等他似的，她想接过他手里的篓子，他没让，径直把篓子提到了厨房里。这里的一切都是新的，厨房还没有用过。

"这是你的新房吗？"他说。

她点点头，走过来从后面搂住他的腰，脸贴着他的背上。她已经仔细地打扮过了，但没让脸上看出化过妆的痕迹，眼窝和嘴角处的青紫仍然没有褪掉，还是有一些微微发肿。

客厅里应该挂有大幅照片的地方只有一两颗钉子，他坐下来，点着了一支香烟。她一直看着他，等到他把屋里统统打量了一遍，回过眼来看她的时候，走了过去，坐在他的旁边，蜷起腿，她穿着厚厚白色棉袜的脚看上去还没有他的手长。他又重新去看对面空白的墙壁，她则看着他那只拿着香烟的手，那只手颤抖着，仿佛烟头上的青烟是被剧烈放射着的什么东西，仿佛这东西放射出去之后产生很强的后坐力以至让这只手无法保持平稳似的，等到它的能量终于衰竭的时候，她站到了他的对面，为他解开了第一颗纽扣。

"我为你留了十三年。"她说。

现在他们终于赤身裸体地相见了，现在他们互相轻唤对方，呼吸渐渐变得急促，表情渐渐变得兴奋，皮肤渐渐变得红润。她揪住了他的头发，他看见了她的犬齿，呼出的热气灼伤对方的胸膛，他们都变得沉甸甸轻飘飘的了，他的每一个动作都让她的双脚乱踢，剧烈地摇头——黑发摇成了一棵在台风中拼命挣扎的树。就这样上去又下来，上去又下来，当他退出来的时候，那些处女的血一下子溅到了床单上。

"我终于留到了。"她说。

他是麻木的，十三年前他曾尝到过这些血的香气，那些从台上飞溅下来的血浸润过他的嘴唇。其实她不知道，其实那时候他就以为已经得到了她的处女之宝，这些年来他的内心一直拼命叫着：她是我的，她是我的，她是我的，我的，我的……突然他像挨了一枪一样皱起眉头，立起了身子，天哪，她在吸他，她还想要什么，还想要什么，这么些年他俩除了一阵一阵的死亡什么也别想得到。

下午的时候他们睡了一会儿，他睡在沙发上，她睡在里屋的床上，他反而比她更不习惯这种两人的生活，他很想在中午就走掉，可不知道怎么张口，所以他们冲了澡就都睡了。其实她一直在等他走过去和她睡在一起因为这样才能完结才能使她和他都回到同一点上以便为那个决定效劳他们可以一起回到黑暗当中一起在黑暗里厮守万劫不复不再给别人机会了不再有别人，即使，即使能不看着别人也不让别人看着自己或者干脆闭上眼睛互相抚摸或者能够知道对方就在手能摸到的地方也就好了，是的也就好了。她离开了床站在了客厅门口，看他入睡，他的眉头那么黑地皱在一起，对此他不会说什么的，他会在她在身边的时候微笑，那笑容从开始到结束，就像你往一口黑乎乎的井口扔了个什么，你看着它慢慢地消失，一点一点地消失，直到你再也看不见它们了，你也再不能得到它了，因为它再也不会回来了。

他轻轻地咳了一下，是那种压抑住的闭着嘴的轻咳，他的身体因此振动了一下，放在胸口的手掉下来垂到了一边，就那么一下子滑到了一边，摇了两下不动了。她知道自己不行了，她实在忍不下去，她跑到了卫生间，打开面盆的水龙头，把脸埋了下去就让眼泪直接融入水里去好了，就让它们直接去吧。"我这是在满面流泪。"她想。她抬起头手扶在面盆的两边，看着镜中的自己，嘴已经张得不像样子了，不要出声不要出声，她像剧烈呕吐似的上下晃动着，好像她要吐掉的不仅仅是胃，不仅仅是她那两片紧贴在胸腔里的肺，还有心，还有肝脏，她甚至还想吐出骨头，把它们一截截地吐出来，眼看着它们变软，融化掉，从面盆的底洞流出去，她把脸再次地埋进去，像干呕一样地哭了起来。

等他醒来时，发现她就坐在沙发边的地上，歪着头看他，左手拿着一个新的烟灰缸，右手夹着一支香烟。他坐了起来，发现她脚边还有几样东西，那是她早就准备好的。

"不行。"他说。他是站起来盯着她的眼睛说的，不由她不信。

"我要走了。"他又说。

她"嗷"地叫了一声，跳起来扑到了他的身上，其势之猛，仿佛她是由蹲踞的姿势直接扑上来的，她的双腿盘在他的胸口上，双手在他头上乱打，开始喊，开始哭。他一步步地往后退，慢慢地靠到了墙上，后来他发现她没劲了，就用手托着她让她往下滑，可她又抱住了他的头，把脸贴在了上面，他感觉到一股冰凉的细流一直钻到脊背后面去了。

"好了好了。"他一直说着，把她放到沙发上，这时她不怎么闹了，她又像是个乖乖女，他抚摸着她的头发，不断吻她的耳朵她的脖子她的额头，她的饮泣一声长于一声，渐渐安静了下来。过了一会儿，等他的手停下不动了，她的手摸了过来，虽然说话时鼻子有点囔，可还是让他听清了，她说："来吧。"

于是他们又在一起了。

　　下楼的时候她执意要把他送下去，可他还是硬把她留在了屋里。风基本上停了，月亮又大又圆，连那些残留在天空的大朵白云都照得清清楚楚，这时已经没有公共汽车了所以他叫了出租车，从那儿直接去了新华街。他找到他们，拿到了那些钱，他要把钱还给那个会打鼓的小子，所以他又叫了一辆出租车。

　　可是他已经叫人跟上了，这是他最大意的一次，这些人不喜欢他活着，他给了他们一个理由让他们杀死他，他打了他们的女朋友，又在这么短的时间在公开场合露面。他完全可以等到她们不是他们女友的时候再出来。那样的话就没人会记得这件事了，那时候她们已经消失在一家家鸽子笼或比鸽子笼大一点的房间里，去干一些诸如做饭和打麻将之类的无聊事，忍受丈夫的咒骂、殴打和酗酒，或者干脆对骂和对打，最后被打得跪在暖气片旁嘤嘤地哭，但嘴里仍然用一些最肮脏最恶毒的话语回击，再次招来劈头盖脸不分轻重的殴击，到了那时候她们不会再有往日的豪情了，接替她们的是一些更年轻更有身手的姑娘。她们总是这样一批批被生产出来，又是这样一批批地选拔上阵的。她们的男友，也是这样绝望地生活在很少能够像样地活到三十岁的境况里，最先的在相互的殴斗中丧命或者在殴斗胜利后被人抓起来打掉脑袋，剩下的分成两拨，一拨不是在监狱里待到六十岁就是在三十岁不到或刚过的一个早上或者中午或者晚上吸了那种掺了半数石灰的白色粉末之后，眼一翻嘴一张身子一挺就那样倒下去了。而旁边的人不是想到先把他往医院或者干脆往火葬场送去，而是马上把他浑身上下搜个精光，虽然他们什么也搜不着，然后就在四五个月之内躲得连影子都不见，让一些戴着大盖帽穿着白大褂的永远不怕麻烦的人把他们当成无主尸首在报纸上登出来，在最不起眼的角落里，登上一张比小拇指甲盖大不了多少的让人恶心的照片，这样就算是对他们交代过了。

他太大意了，所以他们扑过来时他还没有转身，不然他总能击倒跑在最前面的那一个的，实际上他刚想转身，肩胛上就挨了一消防斧，他斜斜地倒了下去，脊柱刚靠在墙上，使他能够看着他们动手。有三把刀从三个不同的方向砍过来，其中的任何一把他都躲不了，这是些比他要小上五六岁的孩子，和他一般大的那拨现在剩下的已经不多了。他听到了刀分开皮肉"咯噜""咯噜"的声音，他知道这回是活不成了，他开始往下坐，抬头盯着他们，他浑身上下的残破根本抵挡不住这第二次攻击，他们好像也发现了这一点，所以停止了协同作战，围了上来，他们都凑近了看他。他肩胛上那个利斧砍成的伤口已经开始冒泡了，有一个小子用手指在上面蘸了蘸，抹到了他的脸上，然后那个小子扔掉了手里的那把砍刀，从腰间拔出了一把更小、更细也更锋利的匕首，在他的脖子上飞快地一拉。

他把眼睛闭上了，脖子一软，"哗"的一下，胸口那里全都热啦，他想起她泪眼婆娑地在他身上运动的那个认真劲，禁不住就笑了。他的手摊在两边，头垂在胸前，一股黑黏的暖流从胸前淌下，不断地缓慢地向前延伸，他感觉着它们的行走，感觉着体温下降为零。他想着她，笑呀笑呀……

1999 年 1 月 16 日

# 小花猫

我还小的时候，有一天妈妈带弟弟去串门，晚上回来的时候，带回来一只小花猫。

那时候我家住的还是平房，里外两间，门外有一间小厨房，只能站得下两个人，里间是爸爸妈妈住，外间是我和弟弟，每天晚上，我们都能听见老鼠的声音，但我们从来不知道它们住哪儿，生活得怎么样。当然，老鼠的尸体是经常见到的，它们大多是血肉模糊的一团，要不然就是柏油路上的一张几乎和路一样平的鼠皮。妈妈和爸爸早就商量要养一只猫，没想到，带回家的是这么小的一只。

这只小猫刚到我家就打了一个哈欠，引得全家人都笑了一通。我们把它放在饭桌上，然后围坐在饭桌周围，观察它的一举一动，那个晚上基本上就是这样度过的。睡觉的时候，爸爸找来了一个鞋盒，在里面垫了一条毛巾，把它放了进去，关灯以后，我希望它能"喵喵"地叫上几声，但它没有叫。

小猫的胃口很好，善于吃馒头，很多时候，它都是独自在家，我们没有办法猜想它在干什么，但似乎，也就一直这么过下来了。它干过所有的小猫都干过的事情，扑毛线球，扑灯绳，扑乒乓球，扑所有我们早已司空见惯的东西。弟弟一直在密切关注它的成长，每天晚饭时他都要向全家汇报小猫的学习进度。妈妈不失时机地诱导着弟弟，说小猫今天学了这么多东西，那么你呢。弟弟虽然默不作声，但也悄悄地皱起了眉头，他今年已经九岁了，我心里一乐，九岁的孩子已经不喜欢这种被愚弄的感觉了。我也同样没有和爸爸妈妈交流这件事情，虽然我已经十二岁了，但我也经常受着这种低能的愚弄。

小猫长得很快，按照猫的计算方法，没两年它大概就会撵上我俩，率先进入成年的行列。它仍然十分好动，现在已经能自由地上下家里的任何一张床，并且能够通过椅子为阶梯，跳到饭桌上去。家里发生了一些变化，剩菜不再原样放在饭桌上，用一个纱罩罩起来，而是收到了碗柜里，在它没有学会更多的规矩之前，要尽量减少对它的诱惑。不过看样子它对某些规矩持天生的排斥态度，比如对十分珍贵的肉食品，它会在柜顶上去拨拉柜门，然后一个鹞子翻身钻进去，当然我们并没有看到它究竟是怎么进去的，以我的想象，这是它唯一的可乘之机。于是不得不在碗柜上上锁。它是个聪明的家伙，这是十分麻烦的，爸爸曾经呵斥过它，说，如果你想吃肉，可以自己去挣。这是指老鼠，因为老鼠仍然每天每夜地烦我们，但同样也没人相信，一只不到一岁的猫会抓老鼠，包括爸爸在内。

现在它已经不睡鞋盒了，不知从哪天起，它被带进了弟弟的被窝，享受着人类的待遇。我和弟弟必须十分小心，它就睡在我俩中间，不过就是离弟弟近一些罢了。有一天，我已经困了，终止了和弟弟睡前聊天活动，但这个时候，老鼠们已经集合好了，准备胡闹。它们好像吃准了这家只有一只小猫，而在小猫没有长大之前，必须留给它们一段自由活动的时间，好像它们早就认定了这是作为一只老鼠的天赋权利。而且越接近那个期限，就闹得越凶。

今天晚上，它们又开始了，小厨房里带头嚼了起来，我很纳闷就小厨房里的那点东西，它们嚼了这么长时间怎么还没有嚼完，而且破坏得也不是那么严重——它们一定是在细细地嚼，反复地嚼，唯一的目的就是折磨拥有这座小厨房的家人的神经，这实在令人气愤。过了一会儿它们又开始啃门，啃床底下的什么破玩意儿，它们连脸盆架子都啃，还有洗脚盆的沿儿，这肯定是一次有预谋的睡眠破坏大行动。说实话，当时我困急了，可心里的怒火一次次地翻腾，我敲床边子，它们只不过停止两三秒钟，好像只是要听听是什么人在这里发疯，就又欢天喜地地干了起来，里屋的爸爸反倒质问我乱敲什么，说了还睡不睡了之类的无聊话。我没有办法，只能忍受来自父辈和鼠辈的双重压迫。没过多久，一支老鼠的小分队窜上了房梁，开始咬那张一碰就要落下大量灰尘的可怜的顶棚了，不知它们有什么样的本领，竟能把纸做的顶棚咬得"咯吱吱"响，好像在享受脆皮饼干似的，这一切简直糟透了，我睡意全无。

我把小猫从被窝里揪了出来，弟弟哼哼了一声"干什么呀你"，他居然早就睡着了。我想了想，也不敢十分出声，就把小猫扔到了地当间，它一落地就"喵"了一声，显得十分委屈，这种叫声不仅没能震慑到老鼠，反而受到了老鼠的嘲笑，"嚼、啃、咬"的三个声部变成了大音量的合唱，掀起"黑夜交响曲"第一乐章的第一个高潮，我懊恼之极，全身都缩进了被窝，把头蒙了起来。如果我是一家之主的话，明天一早我就要拆房，把这帮蠢货全赶出来。

小猫"噌"的一下跳到了床上，从我的身上轻跳过去，钻进了弟弟的被窝，弟弟小声说："快来快来。"快来快来快来快来快来快来……

这孩子已经不可救药了。

第二天上学的路上，我把他叫住，对他说："张大志，你已经被'战天斗地足球队'永远地开除了。"张大志是我弟的名字，张大志眨了很长时间眼睛，然后说："为什么？"我说："你不像个男生，像个女生。"他又开始眨眼睛，说："为什么？"我宣言已毕，所以我转身就走，没有必要和他黏乎下去。他跟了上来，仍然在问为什么，还要加上为什么呀哥哥，企图动摇我的意志。所以我又站住了。

"因为你不配。"我说。

他看着我，眼神黯淡了下去，不过一会儿又神气了起来。

"你说了不算，"他找到了救命稻草，"你是后卫，小虫哥哥说了才算，他是前锋，我找他去。"

"我是队长。"这阵子我必须蔑视他的无知，"所以我说了算！"

他的头低了下去，"好吧，"他说，他自己开始往前走了，"不参加就不参加了呗，你们连足球都没有……"

这太恶毒了，太恶毒了。我站在原地，看着他小小的身子走远，谁会相信这是一个九岁的孩子说出的话呢？他才上小学三年级啊。

放学的时候我俩仍然是一起回来，不过是我走前他走后，排着队。

一进家门，小猫从桌上蹦了下来，又蹦进了弟弟的怀里，这么缠人的猫我还是头一次见。弟弟的眼神马上眯缝了起来，嘴里"喵喵喵"地叫，还带着某种轻快的挤压和搅拌声，真是恶心极了。这种孩子长大以后会变成什么样子？丢脸是肯定的，现在主要是看丢到什么程度了，以前他老是带女生回家来写作业，现在没有女生肯跟他回来了，要命的是我妈有段时间还老问："马小曼怎么不来了？"这有什么问的，女孩大了知道害羞了呗。

吃饭时他把猫放在饭桌上，他吃一口给猫拨拉一口，爸爸说了好几次他都不听，爸爸也拿他没办法，要是我的话恐怕早就挨上耳刮子了。这就是做老二的好处，我看他恨不得让猫脑袋拱到饭碗里去，爸爸皱着眉头，使劲地看妈，妈发现了，就说："这小东西最近怎么样了？"弟弟头都不抬哼哼说："还行。"

这就是我们家养猫的主要方法。可惜爸爸和我也不是一个战壕的，过了一会儿，他冲我吼道："好好吃饭。一脸的怪相。"

我只能在痛苦中成长。

晚饭后，照例是我们足球队训练的时间，我换好鞋准备出门，妈妈每次都要明知故问："干吗去？"

"训练。"我说。她按了按头发，四周看了看，像是发现了什么不对劲的地方。"怎么不带上大志？"

我只好看着大志，他正拧着身子看着我，旁边的猫也拧着身子。

"我不去。"他说，把身子还原了一点，"反正是跑步。"

"那也得去。"妈妈说，并且走过来指着我的鼻子，"别以为我不知道是谁在捣鬼，都跑了快一年了，天天去，今天倒想起来没意思了。快换鞋去。"

最后一句是冲弟弟嚷的，张大志巴不得地把鞋拎了出来，一通紧忙活，总算没有把左右脚穿反。下面一句一定是那个该死的"早点回来啊，别让我满世界找去"，除了这几句话这几种行为方式她就不会别的，一个成年人浅薄起来是多么可怕，她轻而易举地就能否定掉我千辛万苦建立起来的权威和完全属于个人的所剩无几的生活。

"早点回来啊，别让我满世界找去。"她今天迟喊一分钟，我和张大志已经走远了。

"哥，今天咱们练什么？"走到半道的时候他开始巴结我，而且是一路小跑，满脸谄笑。

"练放屁！"我愤愤地说，"你今天必须给我连着放二十个臭屁，不然你明天还得练这个。"

就这样，我们家里的三个孩子——我、弟弟和猫一起成长。到我上了中学后才知道，这只猫并不是什么好品种，它的模样早就蹿得一塌糊涂，倒像是有人想要全世界所有的黄猫的特点都集于一猫之身。我拿着生物老师借给我的一本养猫大全，死活搞不清它是哪一类，不过上面还有一类是没有记载的，那就是普通家猫，无名小卒，不过总归是猫。

记得小猫刚到我家时，弟弟就给它起了名字，叫作"小花"，十分秀气，虽然到了现在我才弄明白它是一只男猫，但这个名字板上钉钉，一直叫下来了。有时我想也许这个名字叫得不对劲，叫这个名字的猫可能有成千上万只，我没有做过此类考察，但以我家的猫来论，名字主导了性格。我家的小花是坚持和平共处五项原则的典范，坚决不与老鼠为敌。现在虽已长到了一岁半，身材亦已基本定型，但眼睛从来不在夜间发亮，九点四十五分是弟弟上床的最后期限，此猫必定在九点三十五分开始洗脸擦胡子，做上床准备，待弟弟钻被窝后，左手一拍被子，它一个健步跳上去与弟弟相拥而卧，同时闭眼，同时入梦。差不多这个时候，我还在写作业，所以对这一套把戏知道得一清二楚。

老鼠的问题仍然没有解决，而且看样子得无限期地拖下去，爸爸建议用老鼠夹子之类的东西杀一杀老鼠的气焰，但建议被否决了，原因是怕伤着猫，理由提得非常有力：家里能做老鼠诱饵的东西猫同样喜欢吃。猫作为家庭成员，有权得到其他成员的尊重和理解。投毒也被否决了，目前只有挖老鼠洞一法还没有最后商量妥当，总不能为了赶走老鼠就拆房吧。我曾建议不妨拆拆顶棚，结果被斥为"无知到了极点"。爸爸妈妈都是教师，所以他俩有资格指责任何一个孩子无知。

我们的足球队解散了，训练早已停止。对此大家都有不同的说法，比如我妈，她非常支持解散足球队，她说这样我们就可以把更多的精力放在学习上，当时我无法反驳她的这种基本正确的观点，假如较起真来，就要问问她学习什么？难道踢足球不需要学习吗？当然她会马上在学习之后加上"文化知识"四个字，所以有时候我想，我们也不能把大人教得太聪明了，要是老让他们感觉良好，觉得自己还挺不错的，就有可能给一个需要各种营养的被迫"成长"的小家伙留上那么一点子空间，让他好好地喘口气。

王小虫也是支持解散足球的人之一，他是王小毛的哥哥，比我高一年级，但他显然是个笨蛋。这个人毫无运动天赋，大部分时间都在前场乱转，跟对方后卫胡扯，要不然就是把我们已快踢进对方球门的球再踢出来。像这样的家伙，如果非要让他上场的话，只能安排成前锋，因为按照足球的原理和规则，这样的祸害精离本方的球门越远越好，否则不知他能给你弄出什么样的乱子来。他支持解散球队的理由是他突然发现足球一点也不好玩，纯粹是瞎忙活，或者说中国人的体质和传统根本不适合足球的发展。他振振有词，据说是从报纸上看来的，但我根本怀疑他是否有能力读完任何一篇二十个字以上的文章。这个人唯一的下场是被人类所唾弃，他刚开始嚷嚷退出球队时我非常高兴，但他马上就发现了这一点，开始对我的快乐表示不满。他表示不满的方式很特别，他会找出各种狗屁理由说明球队的存在毫无必要，而他正是本着对所有人负责的态度痛苦地选择了退出，并劝所有人响应这一伟大号召。

我们的球队一共有五个人，加上我弟弟是六个，他送给守门员文征二十个玻璃球，左后卫老伍毛一只乒乓球拍，二百多张烟盒分作两份，分给两位中场选手，其中带过滤嘴的烟盒四十多张。这几乎是这个人所有的积蓄，实际上他已经倾家荡产了，轮到我弟弟时他瞪着双眼，显然没有任何办法。但这个人不惜一切代价的劲头真让人佩服，只不过过了一小会儿他就甩下一句"你等着"掉头跑了，这次一定是他作为一个大杂院球队的前锋有史以来跑得最快的一次。他把他家的猫抱来送给我弟弟，成功地解散了这支由我发起的，费尽心血想尽办法才组织起来的足球队。好像我之所以组建这支队伍就是为了让他在两三年后的某一天用一堆破烂儿和一只当天晚上就跑了回去的大龄女猫来把它毁掉。

说实话，唯一让我感到安慰的是我家小花，它对弟弟给它抱回来的那只有忘恩负义家风的狗屁母猫丝毫不假以辞色，连闻都不闻一下。患难见真情啊！我不禁对自己以前如此缺乏对它的了解和认识感到羞愧，并且完全放弃了成见。不会捉老鼠是它的缺点，但谁没有缺点呢？而在大是大非面前仍然保持气节、坚持原则是多么不容易的事情。有的人活着，他已经死了，有的猫没死，它依然活着，不论人或是猫，都终有一死，或轻于鸿毛，或重于泰山……说实话，那时我已经不知道该怎么夸我家的这只猫了。

对于住平房的人来说，老鼠是一种特色，是一种客观存在，必须要正确对待，除非你搬去楼房，混凝土浇起来的那种，否则你就要认可老鼠，也要认可拒绝捉鼠的猫。谁说猫就一定要捉老鼠？整整的一本养猫大全，我翻了好几遍，后来才发现，原先并不曾真正看懂。那上面没有任何一个种类的猫的特点上注明特别能捉鼠的，或者介绍哪只名猫是以捉鼠才登上排行榜的，或者哪只猫因为特别能捉老鼠被卖了大价钱。猫之贵重，在于不捉鼠。这是我人生中第一个伟大的发现，而且更为幸运的是，在我发现这一点时刚刚升入高级中学，随后就戴上了眼镜，变得神气起来。

# 一条鱼的战争

## 六点零九分

六点零九分，李红征到了三民巷的早市。他提了一个菜篮，是苏红半个月前当工艺品买回来的，买回来后才发现没有一个合适的地方放置，于是就放到了厨房，于是李红征就理所当然地把它当作了买菜的工具。

直到前天，李红征才把各种做饭的家什配齐，原因是前天上午他巡视厨房时，感悟到想吃到自己做出的饭仅有微波炉电饭锅吸油烟机等东西是不够的，还必须要有饭碗、菜碟、竹筷等不入流的东西。中午时他去置办了一些，回来后又有了新的发现：虽然他们已有了很多瓶价值在百元左右的芬芳化合物，却没有一瓶香油，也没有只值一块五毛钱的一罐盐或者九毛五一袋的味精或者河南人搞出的十三香调和面之类的更难以入流的东西。

晚饭时苏红的父亲送来了一袋米，这样就大致差不多了，其实他们还有一袋朋友送的泰国米。但人人都知道这是一种只能送人不能吃的东西，所以李红征帮着苏红的父亲把米从自行车后架上取下来拎上楼，直至放到一个他们都愿意用它来放米的柜子里，两人拍了拍手，出了口气，觉得自己或是他们的小日子总算是过起来了。

晚上，又是例行公事，不过两人都闷闷的，事后照例又是苏红收拾。李红征躺在床上，听着她"啪嗒啪嗒"走来走去，一会儿走进卫生间，一会儿走上了阳台，往返数次。他很想睡着，又情不自禁地听着她的声音，实际上他非常想跟着她，看着她做各种无聊事，他很想看她洗脚的样子，但他一直没有动，只是听着。然后她走进厨房了，先在门口站了一会儿，就直奔米柜而去，又停了一会儿，柜子被打开了，她从里面拉出了一件东西。

这时候李红征有点迷糊，好像床头上有个人正在抻他脑袋里管瞌睡的那个拉线开关，已经抻得很紧了，只要再使点劲，"啪嗒"一下，他就睡着了，可是那个人突然松了手，开关并没有响，而是外门响了一下，苏红出了门。李红征马上惊醒了，他甚至支棱起了脑袋，听着苏红"吭哧吭哧"地下了楼，垃圾道被拉开，紧接着"哐"的一声，惊动了整个楼，一件重物带着自身固有的负重感以及与此相符的重低音冲了下去，"轰"的一声巨响，重低音发散，又在每个人的脑袋里慢慢收拢。

李红征坐了起来，只不过停了那么两三秒钟，就又迅速地躺了回去。苏红来到了床边。朝着闭了眼的他看了一会儿，拉开被子睡了。

李红征知道，如果自己不做苏红的丈夫，就永远也不会知道这件事，就算他的想象力再好上一千倍，也不会知道。所以他在他俩第二天仍不得不吃上两顿由别人出卖的食物时还得顶着一个动不动就想往下耷拉的显得格外沉重的脑袋。因为他俩谁也不愿意去打开那袋泰国米，倒不是他们连一顿都无法忍受，而是那意味着他们将必须把它吃完。

终于到了第三天的六点零九分，李红征提着篮子来到了早市，他在市场上整整溜了两个来回，也没想起来要买什么东西，原因是他一直没有找到那个可以围绕着它来展开的主体，亦即，没有那苏红点明要吃的或即便她没有点明但也可能会喜欢吃的东西。正在这个时候，李红征注意到地上有一个鲜红的塑料洗澡盆，那里面吹着许多泡泡，有个东西跳了一下，他往里一看，是满满的一盆鱼。

那么买鱼。他没有亲手捞，卖鱼的提供亲手捞的服务是愿意让每个买鱼的都亲手捞的，但他没有。他走过去，指了指笊篱，又指了指盆儿，那个人跳来跳去，不断地说着"这条？""这条？"直到李红征又指了指台秤。其实李红征也不知道自己到底要哪一条，只不过他觉得多折腾几次总不会大错。于是有一条鱼裹着塑料袋躺在了篮子的底部，接下来的事就简单多了，葱、姜、蒜以及一些他吃过的蔬菜，最初的构思既已完成，一切就以常识来决定。

他回来后接了一盆清水，把鱼放了进去，鱼很安静，鱼没法不安静，没有人会真认为水盆里的一声响是一种吵闹。他看了一会儿鱼，鱼比刚才小多了，看上去只有指头宽的黑瘦的一绺儿。

苏红还没有起床，墙上有一个苏红却精神地醒着，而且打算就这么永远地醒下去。当时为了让这一个苏红永远不过时，李红征想了很多办法。他甚至不让苏红化妆，不让她戴首饰，不让拍到衣服。他对人解释说，化妆是永远的，而化妆的方式不是，首饰和衣服是永远的，而款式和质地不是。有谁能拒绝这样一份精心和细致呢？苏红连一个别扭的眼神都没给他，就听从了他的安排。但也不全是这样的，留住现在也很重要，卧室的那张就完全设计成世俗类型的，按他的话说，世俗的才可能是幸福的。

卧室的门关着，李红征轻手轻脚地走到客厅，慢慢地坐下，沙发本能地响了一声，还好，他终于坐踏实了。茶几上放着一盒烟，烟旁边放着打火机，李红征抱着胳膊入神地看着它们，窗帘还没有拉开，屋里暗暗的，一切都是这么不分明，而一切又是这么安详。厨房里的鱼又响了一声，他抬头看了看挂钟，只有七点一刻，再过十分钟，就可以叫苏红起床了。

他点了一支烟，吸一支烟正好是十分钟。

## 十五点三十分

十五点三十分的时候，李红征看了一眼表，他很夸张地伸开双臂，伸了个懒腰，在伸的同时靠在椅子背上，闭了一会儿眼，寻思着自己是不是该干点什么。如果说以前他还不知道苏红到底能跟他待多长时间，那么昨晚上他就知道了。顶多两年，也许只有一年，但也有可能是半年，三个月，谁知道呢？他离开了皮椅子，给钢笔套上帽儿，扔到了纸上，要是他不去动它，钢笔很可能到死都会待在那儿，钢笔有什么办法？钢笔只好就这么待着。

他走出书房，在客厅里站了一会儿，然后又走到卧室门口，用手背顶开卧室的门，就站在那儿，把卧室上上下下都看了一遍，往前走了几步，又看了一遍。苏红把床收拾得很齐整，看上去很难相信昨晚有人在上面睡过，他走到床前，背着手，眼睛盯着床单的花纹，渐渐地眼睛花了起来，一种接近赭石的蝴蝶老想挤到青紫的鸢尾里去，一次次地接近，一次次地被推开。厨房里突然一阵"泼刺刺"的水声，蝴蝶和鸢尾又重新清晰起来，被固定好了。

他看到蝴蝶的失败，感到很失望，就离开了卧室，推开卫生间的门。卫生间没有窗户，他的手仍然背着，于是就用头去顶那个开关，那是他当初亲手挑选的，每个开关上都印有红黑两色的商标，非常贵。他的头在开关上蹭来蹭去，很不得劲儿，原因是头很不适应这种动作方式，头是喜欢坐而论道的，属于上层建筑，所以头在干这种事的时候显出笨拙来是毫不奇怪的。开关最终还是被打开了，他没有听见开关打开的声音，只觉得眼前一亮，一开始他什么也没有看清，但紧接着他就看见了毛巾，一红一蓝两条，像是直接从商店里照原样搬回来的两件样品，然后是苏红贴身的几件小东西，全是白色的。她喜欢白色，还是她只穿白色，还是她只能接受白色？这是他从心底里觉得不便插手的几件事之一。

时间还很长，天底下没有几件真值得着急去办的事。他随手关上了灯，那些东西以及那些东西所表现的内容以及那些东西所散发的气味就又重新隐匿了起来。他打算去看看那条鱼，看看它的命运到底如何，看它来到他的家里是否能对这整个的气氛造成变化，造成什么样的变化，以及它自己的变化。虽然它是要死的，可这每一刻的变化都非常细微和精妙，看它究竟是如何体会的，有没有准备好。

他站在水盆前，显然，鱼并没有准备好。鱼没有接受自己的命运，它还在呼吸，不停地呼吸，搅动，试图让更多的氧气溶入水中。鱼在争取着每一分钟。李红征抱起胳膊，叹了一口气。

这是一条鲤鱼，李红征的脑子里冒出了一个念头，想给它起个名字，随即就意识到自己的愚蠢，人不能爱一个自己准备杀掉的东西，不论它到底表现得有多好。他回到书房，挑了两张报纸，结果发现其中一张的二版和三版他还没有看过。那是一张离这儿很远的地方出版的报纸，那个地方的人想问题的方式和这里的人是不同的，比如他们从来就想不起来要不要给一条鱼取名字。

他把报纸展开，铺到了灶台上，并把他还没有看完的那一面铺在了最上面，然后，他必须找到一件工具，给鱼蜕皮。不知鱼自己会不会蜕皮，在湖底，在池塘的底下，是不是积着厚厚的一层鱼鳞。应该不会，要是那样的话，人就该在鱼蜕皮的季节里打捞它们了，鱼是不会给人类提供这种方便的。按照这种逻辑，猪永远不会全长瘦肉，羊永远会膻气，牛肉永远都是难煮的，它们的反抗是长期的，是永恒的，也是微不足道的，好像它们之所以反抗并不是非要改变什么，而是仅仅让反抗这种形式存在下去，在道理上给自己一个说法。这种反抗是做给上帝看的，不是做给人看的。

李红征首先想到了剪刀，因为在原来的家里，洗鱼都是用剪刀的，一把粗糙的黑铁大剪刀。可他马上想到了自己家的那把剪刀，那是苏红看着漂亮才买的，买的当时他俩并没有明确的目的要用它做什么，但是显然，它绝对不能用来洗鱼。他把工具箱拉了出来，那里面没有洗鱼的工具，连把折掉的锯条都没有，只有一大一小两把螺丝刀和一把掐线钳，那都是在装修房间时买回来的。还有什么？他把工具箱推了回去，想到了铅笔刀，可他那把铅笔刀是塑料把的，不知合不合用。他又重新回到书房，拉开抽屉，拿出了铅笔刀。他准备牺牲这把铅笔刀了。因为他不能肯定洗过鱼之后他还会用它来削铅笔。

鱼又换了一个位置，现在头冲着东南方向，它还在不紧不慢地呼吸。李红征拿不定主意是现在就把它捞出来还是再过上几分钟再捞，虽然这两种做法在本质上没有什么不同，但真正实施起来头一种仿佛更困难一些。李红征的双手扶在盆沿上，眼睛盯着鱼，盼望鱼能给他一个理由让他把它果断地捞出来，鱼仍在静静地呼吸，它甚至连鳍也不随便摇一下，水泡也不吐出一个。他用手指弹了一下盆沿，发出了很清脆的一声，一道细小的水纹向旁边荡了开去，但这条该死的鱼一点反应都没有，它企图以这种非暴力不合作方式蒙混过关。李红征的手伸进了盆里，一把把它捞了上来。

鱼的嘴张开了，好像它要试一试能不能用这种方法呼吸。它的嘴张了好几下，鳃也鼓了起来，李红征的食指探进了它的嘴，拇指扣住了它的鳃，它的整个身子亮在了右边，李红征拿起了铅笔刀，准备先从尾部开始。刀子还没接触到鱼身上，也就是还差那么一丁点儿，那条鱼突然打了个倒立，把那把刀子躲开了。李红征觉得很有趣，左手用力把它放平，干脆就拿刀子压住它的尾巴，在上面刮了起来。

鱼鳞乱迸。既然他采取了这种不讲究方式的办法，鱼也就放开了性子，它随心所欲地在李红征手中挣扎，忘乎所以，尽情尽性。首先，旁边搁着的一个不锈钢空盆让它一尾巴敲到地上了，那个盆儿带着一连串惊心动魄的响声一路前进，最终停在了碗柜的下面，李红征一手按着那条仍然不停地拍打报纸不停左右动的鱼，一手捏着铅笔刀，不知该怎么办才好。因为在他的生活习惯里，掉到地上的东西是一定要马上捡起来的，他无法忍受那种不管不顾的做法。于是他的眼睛一直看着那个盆儿，好像要取得它一定程度的谅解，可那个盆儿一动也不动，没有表现出任何宽宏大量，所以李红征又看了一会儿，决定把鱼放回到它原来待的那个盆里，自己去捡地上的那个盆儿。

鱼一到水里马上就在里面游了一圈，然后停在中央，一动不动。水还在晃动，它尾巴的那一片皮有些发毛，有些灰暗，同它挺拔的身材很不相称。李红征回身捡起了盆儿。四下里看了看，拉开了一扇柜门把它放了进去，就又回来看那条鱼。

鱼很镇定，它偶尔会动一下尾巴，李红征猜想那一定是因为它感到了疼痛，一个待在水里的家伙感到的疼痛是什么样的呢？火辣辣的？它又不是海鱼，海鱼也许会有什么火辣辣的感觉。钻心的？揪心的？也许它并不是太为此伤心，它的心理状态应该是恐惧大过难过，它有什么理由感到难过呢？还有……李红征突然发现自己对表现疼痛的词语知之甚少。

有没有一种，因为是待在凉水里，所以会是一片清凉的疼呢？清凉会不会疼？那只能是清凉油蜇的。李红征笑了一下。也许水里的感觉就是恍惚，因此一切都是迟钝的，也许水里压根没有任何痛苦。

## 十六点四十九分

李红征重新把那条鱼捞了出来，这次他没有立即开始刮鳞，而是动手摘除鱼的呼吸器官，因为他想要它快点死。他的食指顺着鱼鳃挖了进去，鲜红的鱼血沿着鳃帮子流了出来，流在了报纸上，他的手也变得黏糊糊的了，很不舒服。他把拇指也挤了进去，看来不把它的鳃盖撑破是不可能的了，鱼的鳃盖一直裂到了嘴边他才算把里面的鳃页捏结实了，然后他就用力往外扯。更多的鲜血流了出来，不仅是手指，连他的掌心处现在都粘上了那种只要一粘上就立马想要变干结成皮的鱼血，而且这种东西好像很不甘心就这么完蛋，它会想点办法渗透进别人的肌肤，看上去它也正想这么干。李红征觉得他的手指都被鱼血收紧了。

鱼的嘴极度张大，不知是因为疼还是因为鳃盖被掀。李红征认为它已经完蛋了，他把它翻了个个儿，又动手掏它的另一边鳃页。

上一次掏出的鳃页就堆在它的头旁，如果它愿意的话可以看看这些它一辈子最多只能看见一次的东西，有很多鱼甚至一次都没见着就死了，真说不上它们的运气是糟还是好。鱼的这一边鳃盖也同样裂到了嘴边，但这一次李红征干得不好，他没有完整地一次性地将鳃页取出来，而是把它扯碎了，所以他不得不耐心地像给死鸡拔毛似的一点一点揪。

鱼突然就蹦了起来。

这一蹦的力量之大，一下子直接蹦到李红征的脸上去了。李红征只觉得手里突然空了，眼睛一花，"啪"的一声，好像有人抽了自己一个嘴巴。他向后退去，撞在后面的玻璃门上，总算那块厚玻璃还有足够的脆弱支撑他，微微地一陷，又弹回了原状。

李红征站在那里，举着仅在手指尖处还有些鲜红而其他部位已经变得有些像粘上了铁锈的双手，看着那条鱼以一个标准的三级跳远，翻滚到碗柜底下的黑暗中去了，黑色的大理石地面上的三个看上去不很明显的落点则呈爆炸状地溅着血迹，那血迹也并不因此而显得触目惊心，更像是油，除非仔细辨别，否则很难发现它实际上隐隐地泛着黝黝的红光。

李红征为自己被吓了一大跳而感到愤怒。这条鱼有什么理由不老老实实地接受自己的命运，它想干吗？李红征跑了过去，用手在碗柜底下掏了起来。每次他的手要够到它或已经摸着它的时候，它都会跳开或滑到一边。李红征不得不跪了下来。身子贴在地面上，更深入地掏摸，但是鱼并不理会他是否因为采取这样的姿势而倍感难受或难为情，仍然执着于不被他逮着。

于是李红征更气愤了，他跳了起来，取来了那柄一次都没用过的更像一把长柄扇的笤帚，要把它扫出来。他看准了以后使劲一拨拉，鱼出来了。

鱼出来的时候，弓着身子，好像一个花样滑冰运动员正在入场。它在场地中央打了几个旋儿，然后一个侧滑撞到了墙上，并在白墙上留下了记号，再滑回来，又打了两个旋儿，待李红征跑过来要抓它的时候，它则飞快地滑到了米柜的底下，又他娘的不见了。

李红征感到自己的鼻孔里喷出了两道一米多长、小孩胳膊那么粗的白气，好像他是一匹在大雪天里过度兴奋的马。他恨不得咆哮起来，一阵狂奔，然后用高高扬起的两只前蹄狠狠地踩下去，把鱼踏成烂泥。

但他却只能站在原地发抖，因为他并不是一匹马，一匹马不可能在被气得发疯的同时挂着一柄笤帚而自己什么都干不了。他已经有点不愿意去搭理那条鱼了，他很希望鱼会自己跑掉，离开这所房子，最好是从来就没有出现过。他没想到，这个世界指派出的第一个跟他捣蛋的动物，居然是一条鱼，如果是一只苍蝇一只蚊子，那他还可以接受，而鱼是个什么东西，鱼为什么能给他制造麻烦，鱼要是也加入了麻烦制造者的行列，那还能有什么是不麻烦的？他往前走了两步，低下身子搜索米柜的底下，笤帚从手里掉了下去，他捡了起来，可是笤帚好像不太愿意在他手里多待，又掉了下去。他不得不把注意力转移到笤帚身上，笤帚躺在地上，一副无赖样子，木色的长柄上有一个血手握过的痕迹，好像刚从绞架上解下来的一个什么家伙的脖子。他觉得厌恶已极。除了铅笔刀，又多了一件必须扔掉的东西，真不知道每天要扔掉多少东西才算合理。

鱼敲了一下柜底，紧接着又敲了一下，又敲了一下，好像一个生疏的鼓手在军鼓上奏出的三连音。然后它登场了，黑暗的米柜底下的确令人气闷，它一路滑行，身子底下拖出一道不规则的暗红的行迹，那副样子绝不像是一个要逃命的家伙，而是一个受了伤却拼命想要站起来重新开仗的勇敢的接近于蛮不讲理的小个子大兵。它在地上蹦来蹦去，每一次都很失败地以从原地滑开告终，它也会停止那么一小会儿，好像纳闷自己为什么总站不起来，不过也就是那么一小会儿，就马上又折腾起来，身子扭来扭去，好像它与之作战的并不全是敌人或因疼痛而产生的急躁情绪，还有对自己身体的笨拙，对自己的无能的愤恨。李红征猛地蹲了下去，把它按在了地上，它的头和尾同时往上翘，如果有手有口的话它一定会用手推开李红征的手，并厌恶地说："滚开！"没有什么比这个更令人讨厌了。

它再一次地回到了刀俎之间。

这一次李红征马上动手，他放弃了小刀，直接用右手拇指的指甲去推那些鱼鳞。这是一种行之有效的方法，因为鱼再也不可能乱说乱动了，它被两只强有力的手固定得很好。鱼鳞一层层被推掉，大部分都老老实实地堆在手指的附近，但仍有零星的个别捣乱分子会迸出来，粘到衣服上，墙上，李红征的胳膊上和脸上，而且一旦粘上，就再也没有掉下来的打算，好像这些鱼鳞在迫不及待寻找一个可以嫁接上去的母本，而这种迫不及待已使它没有任何选择的余地。李红征被鱼鳞附着的那部分皮肤给他发来了紧急求援信号，引带得浑身都不舒服，但他还是强忍着将鱼左边所有的鳞都推得干干净净，在收拾肚皮附近的小白鳞时他试着放开手用小刀去刮，结果鱼也没有做出反抗，也许事情已经开始向顺利的方向转变了，李红征将鱼翻了过来，按着既定方针开始推鱼的这一面。

洗完鱼后应该好好地擦一擦地，还有墙，还有下一回买鱼的时候最好让卖鱼的把鱼洗好，或者干脆试一试告别吃鱼的生涯，或者到饭馆里去吃，到那些与鱼的关系相处得很好的人家的餐厅里去吃。苏红好像不愿意回父母家吃饭，她现在在干吗？还是坐在那张差不多有一吨重的办公桌前，面对一本书，一杯白开水，偶尔看一眼窗外，虽然那儿只有一棵将窗户遮得严严实实的树。对四周各种嘈杂充耳不闻，以至连她的科长来给她布置工作时都尽量显得小心翼翼，好像他在为自己的打扰感到不好意思。她仰起脸，她会想些什么？她为什么要那么干？

等李红征低下头的时候，鱼已经没了。他右手的大拇指上粘满了黏乎乎的灰色鱼鳞，鱼躺过的湿印子还在，小刀也在，旁边乱七八糟散落着的被扒出来的鱼鳃也在，但鱼没了。他向四下打量，鱼不在地上，他也没有听见鱼的任何动静，他跪下来向柜子底下望去，鱼不在那儿。鱼不在水池，不在盆里，他掀起锅盖，鱼也不在锅里，他又退后两步，又后退两步，他站到了厨房的门口，竖起耳朵，屏住呼吸，转动脑袋，静静地等了差不多有十分钟，还是没有。于是他轻轻地吹起了口哨，"咕咕""咕咕"，是那种引鸟的调子，他不知道这是否对鱼管用，他只不过是什么方法都想试一试，边吹边听。鱼还是不出来。

"快出来。"他说。声音很小，后来他发现既然已经动用了声音，不妨把音量放大一些。

"出来！"他喊，"你在哪儿？"他开始走来走去，跺脚，踢踢柜门，踢开笤帚，又趴下去看柜子下面，仔细地来回搜索，没有。他就着这个姿势，垂着头想了一会儿，发现手上的鱼鳞已经糊到地板上去了，于是他站了起来，到水池边上洗手，"哗啦啦哗啦啦"，也许水声可以把它引出来。他洗净了手，开始调整水龙头，反复校听哪一种水声会对鱼的诱惑最大，并最终固定在那个频道上，自己退到门口的小板凳那儿，坐了下来等着。

水哗啦啦地流着，现在已经不是要不要搞死它吃它的问题了，现在的问题是要把这个该死的家伙找出来，不能也绝对不能让它随随便便地待在这个家里的哪个它愿意待的地方，以便日后能自由自在地散发臭气，嘲弄他的生活。李红征发现，直到这个时刻自己才开始真正地严肃认真思考问题，他不仅在思考，而且随时准备因了这思考去行动。以前的思考是假思考，是小玩闹，是想着玩的，是大脑体操，毫无意义也毫无价值，属于不解决问题的胡思乱想。他倾听着水的声音，站在鱼的立场上想象，鱼会对这种动静形成一个什么样的判断呢？附近有一条小溪还是一条小瀑布？也许这条鱼这辈子压根也没听见过小溪还是小瀑布。他站起来，走过去把水龙头关上了。

他觉得有些渴，他的茶杯放在书房的桌子上，是一杯上好的碧螺春，那种真正的虽然已经死去但仍然保持住的春天的嫩绿，中国人真是厉害。他向书房走去，刚跨过厨房的门就发现一条只有蹦蹦跳跳的鱼才会留下的踪迹，就像是一个弯弯曲曲的省略号似的把他引到了卧室，看样子它仔细地参观了这里，考察了他俩的新婚生活是否美满，然后一蹦子跳进了那株巴西立木的花盆里，而且就在那里躺下，睡着了。

## 十七点一刻

他把它像一只鞋一样拎回了厨房，走得很坚决，也很冷静。厨房就像是一个谋杀现场，血乎啦叽，一片狼藉。他把鱼扔进了水盆，洗洗干净，然后不管它到底愿不愿意，就捞了出来，放在报纸上，刮剩下的鱼鳞。

看样子它已经放弃抵抗了，它的身上起了变化，这一点很明显，连它也感觉到了。现在什么都阻止不了李红征洗这条鱼，他刮完鳞后，又剖开了鱼的肚子，刚一裂开，一大堆红红白白的东西就涌了出来，他用手把这些杂碎掏干净，该拉的拉该扯的扯，然后顺手抹在报纸上，他的手指又重新探进鱼肚子，从头到尾地掏了一遍，把能揪下来的又揪了一遍，最终确定已经干净了，就又把鱼放到水盆里漂洗。

鱼刚一进去，原本还比较清亮的水一下子全都红了，他用手撤开鱼肚子，让尽量多的水灌进去，反复几次，水更红了，并且变得混浊起来，他就把水倒掉，又重新放了一盆水。这一次水只不过稍微红了一些，即便这样，仍然需要再换一盆水。

鱼到了清水里。

突然，李红征打一个冷战，浑身的汗毛都竖了起来——那条鱼张开嘴吐了一个水泡，那个水泡晃晃悠悠晃晃悠悠从水底升了上来，升到了水面上，"啪"的一下，碎了。

有一阵子他什么都干不了，就在那儿站着，看着那条躺在水底的鱼，觉着从后脑再到脖子再到两肩再顺着后背而下慢慢地结着一层硬硬的厚甲。他把它杀了，他把它杀了之后才发现自己原来是喜欢它的，可是他原来就是要杀它的他又有什么办法，他一开始就要杀它，他之所以认识它就是因为他要杀它。"你不能这么报复我。"他喃喃自语。"你不能让我爱上了你又要杀了你。"他说。

"你不能就这么一走了之！"

2001 年 5 月 22 日

# 大熊猫的两个愿望

大熊猫一直有两个愿望，第一是希望能好好睡一觉，把脸上的黑眼圈睡掉；第二是希望能在有生之年，拍一张彩色照片。

## 黑眼圈

晚饭虽然吃得很晚，她俩还是稍稍睡了一会儿，九点四十多一点，玛丽叫醒了杜蓝，她已经打扮好了，让杜蓝起来洗脸而她则先去发动车。

车已经买了两个多月了，可她还是一丝不苟地按着卖车的那个小子的说法，天天提前给车预热。这正是一年中最冷的月份，穷人总是不大出门的，她待在车里搓了一会儿手，慢慢地把暖气打开，又顺手按开了音响，佩蒂·史密斯的声音仿佛化冻一样地淌了出来。这张唱片的编号是 7，她不自觉地老是去拨 7 这个号，每次她都觉得自己只不过是随意地按了一下，可每次听到的总是她最喜欢的佩蒂的声音。先让她意外地怔上一会儿，然后心情就马上愉快了。杜蓝就不是这样的，杜蓝一上车就会心急火燎地把这首歌拍掉，嘟囔一句"这是什么破玩意儿"，然后会换上一张"内阁"或者一张"恐惧工厂"，好像她俩这会儿要参加一场紧急动员的反恐战斗似的，听这种音乐不开快车是不可能的。

车门响了一下，杜蓝钻了进来，她总是坚持穿黑色的网眼丝袜。"这是工作服。"她这样说，并用手指去点每个在场的人，像是要让大家深深地记住这一点，"如果你不穿工作服，人家又怎会一眼就看出你是干什么的呢？"不过今天她没有一上来就换唱片，而是侧着头听了一阵儿，仿佛她那冻僵的脖子还没有从胸膛里完全伸出来，佩蒂的声音重新低了下去，但她好像什么都不准备说。

"走吗？"玛丽小声问了一句。

"走吧。"她说。

车子向前逼去，她们好像只知道这样逼过去，但不知逼向何处。巷子很窄，街也不宽，车在来到街上的时候微微地倾斜了一下，玛丽踩了油门，车快起来了。

"换一张吧。"杜蓝小声说。


绕过这条斜街，很快就到了三环，车像是深吸了一口气那样跑起来，杜蓝点了一支香烟。这是她今天的第三包烟的头一支，出门之前她就已经把它拆开了放进包里。她总是坚持用火柴，在家里没有火柴的时候，玛丽听见过她半夜起床去折腾煤气灶，即便这样，她仍会把别人落在家里的打火机扔掉，好像那是她第一件要做的重要的事情，好像没有什么比打火机更让她讨厌和不能忍受了。

玛丽是不吸烟的，但她几乎可以接受所有的吸烟者所制造出来的所有的令人反感的东西，烟灰、烟蒂、受到污染的空气，以及杜蓝那难以抑制的，在入睡前半小时左右呛坏耳朵的咳嗽声。

今天杜蓝并没有马上换上"内阁"或"恐惧工厂"，她用一张中国女歌手的流行歌代替了佩蒂·史密斯，这张唱片玛丽只有在她不在场的时候才会听，因为她以前说过她讨厌听懂歌里的歌词，那会让她觉得这首歌不过如此。她这样说的时候，玛丽是相信她的，杜蓝讨厌很多东西，这些东西里有些玛丽并不讨厌，甚至还会喜欢，可玛丽从来没有讨厌过杜蓝，她完全信任她，信任她的那些理由。那些理由多么好啊，多么的不可思议。

"现在该死的人越来越多，狼却没有了。"有一次她钻在被窝里，浑身裹得紧紧的，只露出一张小脸。玛丽原以为她早就睡着了，没想到突然说了这么一句。等玛丽把脑袋从电视那边挪过来，准备听她的下文时，她却无声无息，好像从未说过话似的，发出了轻轻的鼾息声。

第二天玛丽专门跑了一趟，到一家玩具店，给她买了一个做得非常逼真的狼头，白色的，有一双白种人的那种碧绿眼睛。她只看了一眼，就顺手撂在桌上，直到那上面积满了灰，变得灰头土脸，完全没了神采。

"这是假的。"她说。

在很多时候，她非常会招人讨厌。

现在城市里的这种路面多么平整，多么好啊，这一定花了不少钱，包括那些指示灯，多么漂亮。玛丽开着车，愉快地在道路上奔驰，突然，她的身体震了一下，车子一下飞奔起来，好像在刚才的那一瞬，有人按下了车上火箭助推器的点火开关，那种要命的音乐响起来了。终于来了，她们必须进入状态，必须分解她们所有的每一秒钟的时间。

她们快十一点时到了"沸点"酒吧，这是她们经常光顾的地方，生意就是生意，她们必须坐在吧台上，先要上两杯酒垫垫底。杜蓝看不起那些面前摆着两杯酒而整晚上摆着不动的家伙，她喜欢豪饮的人，那种把兜里的钱花得一文不剩的人。"如果一个人舍不得在喝酒上花钱，那么他也就舍不得在女人身上花钱。"这是她的名言，和这种人接触完全是白费功夫。

她喜欢坐在这里喝酒听歌，而玛丽是待在哪里反正都无所谓，所以她俩挺合得来，在圈子里她俩是最好的搭档，这是人人公认的。

这里有个小子上来搭茬，他坐在杜蓝一边，玛丽马上扭开了头，和吧台里的那个叫"螨虫"小子聊了起来。"螨虫"一见到玛丽就会挤眉弄眼，没事的时候玛丽把他带回去了几次，被杜蓝批评为缺乏敬业精神，可玛丽还是觉得他挺好玩的，包括他挤眉弄眼什么的，一切都显得是那么没心没肺，这种人一辈子也处理不好自己的事情，永远挣不着大钱，可他活得蛮自在的，对玛丽来说，这就足够了。

和杜蓝说话的那个小子戴着副眼睛，穿着那种最中规中矩的羊毛衫，举着一杯酒，不停地端详着酒的颜色，好像那里面真有什么值得深究似的，杜蓝看也没看过他一眼，他也不看杜蓝，但他肯定是在远处把杜蓝看够了才过来的。他的目的性太明确了，来之前，他就把预算做好了，把调子也定好了，他不会允许杜蓝说粗话的，他需要的是一个百依百顺的小家伙。一般来说，杜蓝会把这样的人派给玛丽，玛丽做起来比较顺手，而她则不怎么顺手，因为她会一直让自己处于紧张状态，这是非常坏事的。

她点了一支烟，随手把烟盒扔在了吧台上，脱了外衣，这意味着她已经接受了。玛丽看明白了之后，轻轻地令人难以觉察地捏了一下她的手，准备离开了，她把酒拿起来，一饮而尽，今天的杜蓝做了许多让她觉着奇怪的事情，不过要是不这样，也就不是杜蓝了。她得转到别的地方去，今天已经就这样开始了，况且她并不那么喜欢这里的那个男歌手。

杜蓝到现在为止仍然没有看过那个和她说话的小子，她正和他说着上个星期的联赛，让他觉得自己是个很懂足球的人。这差不多根本打动不了他，能打动这种人的是亲密的气氛，像老朋友一样的轻松愉快，虽然他打心眼里认为这些东西全是假的，可还是顽固地坚持下去，这是他唯一可以接受的方式。这种人过于自怜自爱，杜蓝笑了一下，把烟掐了，甩了一下头发，仿佛碰巧了扭过头来看了他一眼，她嘴唇的线条上有某种高傲的东西，一双眼睛在昏昏然的酒吧光线里像钻石一样闪闪发光。

这是她非常迷人的地方，因为她很少表露这种亲切，对人对事，她是一贯施以刻薄的。他还是不抬头，盯着那杯琥珀色的像烟一样盘旋搅动的酒，他的双手在给那杯酒加温，不时地把鼻子凑上去闻一闻，好像对眼前的一切都漠不关心，而实际上他全身的每一根汗毛都在捕捉这个环境下的每一条信息。

"这是一杯八四年出厂的'轩尼诗'。"他说。

他转动那杯酒，让酒在手心里晃动着，杜蓝斜着眼睛望着他，一种不想说话的愿望涌上心头。那个男歌手开始唱起一支由一位女歌星唱红的歌，他有着非常职业化的嗓音和动作，但可能一辈子也成为不了歌星，成为不了让很多人认识的人。杜蓝从烟盒里抽出了一支烟，刚叼到嘴上，在一旁看了她很长时间的"螨虫"一甩手，带着一声清音的打火机喷出了很亮的火苗，慢慢地移到了杜蓝的面前。打火机盖被弹开的那种钢质的愉快的声音向远处窜去，在一首歌结束的那一阵静默中，所有的声音都突然有了意义，火苗在杜蓝的面前安心地等待，甚至可以听见它吸入空气时微微的呼吸声。

杜蓝举着那支烟，侧着头，盯着火苗。"螨虫"的手很稳，那只手也好像并不是举着一个什么打火机，而是攥着一个有生命的东西——这东西正打算跟随声音之类什么的离开被固定的那个地方，为此它耐心而坚决地努力着。杜蓝的眉头皱了起来，烟头距离那个可以使它丧失掉全部价值的火苗不足一厘米，但她却让它在那儿待了几乎十分钟。这两个相互存亡的东西形成了中心，大家的眼睛都转到这边来了，杜蓝好像对峙般地不去吸燃那支烟，"螨虫"的手颤抖了起来，火焰变得不安，音乐响起，他好像收到命令似的，"啪"的一声合上了火机盖，那个发亮的中心消失了，杜蓝一下子回到了最最平常的空气中。

过了一会儿，她自己掏出火柴，自我解嘲般地点燃了那支烟。讨厌啊，人为什么总要这样呢。当她把吸进肺里的烟以上扬的悠长节奏缓缓喷出的时候，才发觉那个小子并不像其他人那样在亮光离开她时转移了关注——他一直在看着她，顺便转着捂着自己的那杯酒。眼睛眨也不眨，好像两颗那种在对着阳光观察时会泛出墨绿的黑色围棋子，嘴抿成了一条线，深陷于粉团般的面容之中。

"这是一杯 1984 年出厂的'轩尼诗'吗？"杜蓝说。她开始看他了，在她说完这句话的时候，她嘴上的那支烟所缭绕出的烟气打了个旋，冲着他直飘过去，好像要捅他的鼻孔。

"是的。"这小子很吃惊，真的他娘的吃惊了。

"你怎么知道？"他说。

所以说这简直是白费功夫。杜蓝慢慢地从嘴里拔出香烟，慢到像是要从一块被浇了糖的山药上拉出一根一米长的丝似的，然后她的两根手指夹着那支烟，向他伸过去，十分纯熟。在她以前吸过的差不多五万到六万支香烟里，她的这种动作最少重复过二十万次，只不过这一次她是直接伸到了那杯酒的杯口，食指微动，弹了一下。

一小团灰色的物质落了下去，"哧"的一声，非常急迫地四散在了酒里，变成了黑色的渣子。他的手在烟灰被弹进去的那一瞬仿佛受惊般地分开了，但也不是分得很开，仍拢在酒杯的旁边，像是用双手护着一小簇火苗。眼睛也盯着酒杯，勾着头从头到脖子，再到后背，弓出了一个极富张力的曲线，这样过了好大的一会儿，周围的人都做着自己的事情，没人注意这个喧闹的酒吧里的一个极为常见的无聊动作——弹烟灰。

然后杜蓝觉得自己的眼前忽然一黑，听见了"啪"的一声，头猛地向左剧烈倾斜。她一把抓住了吧台的沿子，才使自己没有倒下，右脸颊像被火烧了一样，疼痛一下子漫延了开来，感觉右脸大了三倍都不止。

这可是头一回。杜蓝坐正了身子，把扶着吧台的手收了回来。烟被打掉了，头发被打乱了，妆肯定也被打坏了，凡是她能看见的人都看着她，"螨虫"正要从架上取东西的双手向右一上一下地举在半空，扭过头来看着她，甚至连他额前那绺谁见谁都想帮他薅下来的染成白色的似乎是专门用来遮眼的长发，都惊散了，打开了，贴住了。这个时候，这个地方的所有空气分子，都一下子长出了不止一只手，相互间紧紧地握在一起，准备围观。

杜蓝还是坐在那里，充分地感觉着自己。她像是入定般地垂下眼睑，小心地呼吸着，脑子里有一只看不见的小手，正在耐心地一点一点地拧着一个集中了她全部注意力的调谐开关。终于，小腹的深处有个地方跳了一下，像是冒了一个气泡。接着又动了一下，又动了一下，热气开始在那里聚集了，热气足够多了，热气开始匀速地上升，热气到了胸腔，通过了脖子，热气到了脑腔，并且停留在了那里，重新开始聚集。

这多妙啊。她的眼睛睁开了，像一只午夜的山猫。

等所有的事情平息下来的时候，所有的尖叫，哄笑，手忙脚乱，被迫离开原地的桌椅，被重新找到的鞋和帽子，不再具有使用价值的玻璃制品，在地上蹦蹦跳跳的扣子，从衣服上现撕下来的各种兜盖、拉链头和从来没有打算离开的而现在只能是四边颤着线已被改变命运正在适应新身份的布料样品，都傻头傻脑地获得了安定的时候，杜蓝发现屋里只有三个人了——她、"螨虫"和一个不认识的男人。没有办法，人活着就必须奋斗，她躺在这个男人的怀里，因为脖子是硬的，所以无法看到他的脸。

据说有很多人参加了这场最耗费体力也极富观赏性和刺激性的娱乐活动，酒吧的人对此司空见惯，他们要做的只是事后多一份额外的工作，这份工作虽然没有任何报酬，却是他们整个工作的一部分。杜蓝仍然躺在那里，她并没有受伤，只不过因为用力过重过猛，以至于全身的肌肉都以一个向前冲的状态被固定了下来，她躺着的姿势看上去也不舒服，好像那个人抱着的不过是个被扳倒的人体时装模特，而他居然一本正经地替这个硬塑的家伙浑身上下敲敲打打揉揉捏捏，想把它搞成软塑的一样。

那个人的手很有力，杜蓝有一种往下蹿的感觉，过了一会儿，她发现自己可以把手举起来了，很想吸一支烟，结果发现自己的食指和拇指一直捏着一只眼镜腿，是那种极细致细软得像弹簧一样的贵重金属。

"这是谁的？"她说。

这时她看到一直在旁边忙活的"螨虫"回过头看了她一眼，在又回过头去继续忙活的时候笑了一下，她也笑了一下，整个脸都可以活动了，她已经能站起来了，但她一点也不想动，只不过把那只像是从谁的肩膀上生扯下来的一条胳膊似的眼镜腿举在眼前细细地端详。

"这是谁的？"她说。

"你可真行呀。"那个男人终于说话了，他的声音像个布鲁斯歌手，他一定蓄着长发，披下来的那部分打着细细的小卷，有一只汤姆·克鲁斯的鼻子。

"你可真行呀。"他说，"我从没见过一个人像十个人一样发疯般地围攻另一个人，而你居然把这件事整整地进行了五分钟！"

杜蓝笑了，脸还是有一点疼，只不过那种肿胀的感觉没有了。她闭上眼睛想象他的样子，这个时候"螨虫"一定在旁边悄悄地冲她竖起了大拇指。他可千万不要长得太帅了，那样的话得怎么对他才好呢？

"我以后想打架的时候就叫上你。"他又说，"你准能在三秒钟之内把一个端着机枪冲我们扫射的人吓跑。"

"而且会把他的机枪抢下来，团成一个铁球扔到他的后脑勺上去。"杜蓝说。她很有兴致。

"或者干脆砸他的脚后跟。"他也接了一句。

两个人哈哈大笑。杜蓝把眼睛腿扔了，她想把它像飞刀一样扔出去，扎到对面贴画的木板上去，可扔出去之后，那条眼睛腿就再也没了声息，他们甚至没有听见它落地的声音。这是最后一次。杜蓝站了起来，走到了"螨虫"跟前。

"你们经理呢？"

"走了。""螨虫"已经困得眼睛眯成了一条缝。

"那么我该付你们多少钱？"她说。

"二十五。""螨虫"终于把最后一铲玻璃碴倒进了垃圾筒里，"吮当吮当"地磕了几下，额前的头发跟着甩来甩去，像极了一绺残留在拖把头上的烂布条。

"二十五？"杜蓝说。

"是啊，你的酒钱，你一直没付。"

杜蓝转过头来，看着那个男人，那家伙一直坐着没动，见杜蓝看他，龇着牙笑了起来。

"我不知道你还喝了一瓶酒。"他说。

看来今天不用叫玛丽来接她了。她给玛丽拨了个电话，想叫她不用过来了，结果发现玛丽那边已经关机了。玛丽一直比她强啊，杜蓝招了招手，示意让那家伙过来，直到这时她才看清一直帮着她的那个人长什么样，四方脸，浓眉毛，大眼睛，总之是最傻的那种。而他也就依着她的心思，傻乎乎地走了过来，手几乎垂在两边不动，步子还迈得挺大，脸上的表情很轻松。

"你不是在别处惹了事想让我帮你摆平吧？"杜蓝说，"我可是除了打架什么都不会。"

"我像是那种坏孩子吗？"他仍然是那种嬉皮笑脸的样子，"那样的话我妈会打我的。"

这就完了。这个人就这么冒出来了。杜蓝发现自己根本拿他没办法。

"他们问你要了多少钱？"她问。

"两千三。"他那副故作老实的样子实在很可笑，"我身上只有这么多，幸亏下午时房东没把它收走。"

杜蓝抱着胳膊站在那里，她的一双眼睛距他的那一双不超过二十公分，就这么瞧着他胡说八道。

"咱们到底谁该跟谁走？"他说，抬起右手用那只过长的袖子擦了一下嘴或者干脆说是鼻子，"我有点冷。"

杜蓝并没有马上动，她只不过垂下眼睑又站了那么一分钟，然后放下胳膊转过身走了出去。她不用想就知道他一定会跟在后面。外面还是那么冷，甚至还要冷一些，各式各样的车子并着灯在路上窜来窜去，路灯的四周像是被罩了一个直径一米的白玻璃泡子似的，发出的光不仅是分层的，而且惨白惨白，能照见的也仅只是那个玻璃泡子。她往前走了一会儿，漫无目的，把大衣裹了裹，站住，又往前走。他一定是跟着的对不对。她的膝盖有点冷，那个地方只有网眼丝袜，往上是裙子往下是靴子，靴子下面是路，于是她接着往前走，没什么好玩的。身后的脚步声若有若无，有时会听到许多脚步声而有时候只有一个。她蹲了下来，肩上的皮包落了地，两只胳膊顺势搂住了膝盖，就这么前后摇摆着，把头埋下去，哭了起来。

等她重新抬起头的时候，发现他正双手撑在膝盖上，瞪大了眼在瞧她，仿佛他从来没有见过这么奇怪的事情似的，以至连他的脸都快要被这种惊奇涨破了。

"真没想到你的身体里还有这么大的水分。"他说。

有那么一阵子杜蓝觉得自己一点力气也没有了，仿佛可以决定使她成为一个独立个体的那些因素，在这个时刻都同时理所当然地以为没有必要再和她一起待下去了，她就像烈日下的一根冰棍一样，看着自己无情地消失掉。

今天晚上他们必须得找到一个地方。

"你刚才说到了房东。"她说。

"是啊。"他说,"这个人叫马向东。"

他们打了一辆车,上车后杜蓝又哭了一次,只不过这一次眼泪是往回流的。包括司机在内,三个人都在注意地听着午夜广播,还是没什么好玩的。被用完的力气又慢慢地回到了杜蓝的身体里,她的手抓在车顶棚的把手上,身体晃荡着跟着车一起走,马向东的房客上车时跟司机说了一个地名,现在他们正在往那里去,这可能会有一点意思。有人又在点歌了,他们总是固执地认为电台顺便放出的每一首歌都是他们本来就想点的,而且他们大半晚上守在收音机和电话旁边,为的就是听一首他们早就听过的歌和说上几句话,这多好啊。杜蓝的手滑了下来,她的电话响了。

是玛丽。今天她已经做了两单生意,正在回家去,杜蓝什么都不想吃,只想赶紧把眼前的这一切进行完。她们曾经相信过一种说法,认定自己可以花以后的那些还没到手的钱,并且以为这是一种快乐,但实际上杜蓝发现自己并没有快乐多少,她只是顺带着又养活了一些她根本不认识的人,而这些人反正也没打算有一天会来认识并感谢她。为买车她们贷了很多款。

"你总该告诉我你的名字吧。"她说。

"噢。"

一路上他扑扇着眼睛不知在想些什么,听到杜蓝问他时眼睛扑扇得更快了,像是要把一个奄奄一息的炉子以最快的速度扇旺。

"他们一般会叫我帅哥。"他说。

"但我管自己叫我。"他说。

"父母管我叫东东。"他说。

"但他们一生气就换个叫法。"他说。

"我爸会说混蛋。"他说。

"我妈则称我臭小子。"他说。

"要是他们严肃起来就更可怕了。"他说。

"他们会把秘密全说出来。"他说。

"他们冲着我大喊。"他说。

"马向东！"他说。

"完了。"他说。

"我四处看一看。最好没人听见。这个名字太俗气了。像极了一个房东的名字。这就更糟糕。因为我根本就是一个房东。按月收钱。收不到就耍流氓。"他说。

"你还在听吗？"他说。

见鬼。

他们到了。

车开到了某一个地方，在开到之前，杜蓝睡了一觉，她的心情现在好多了，下车后她从包里掏出一叠纸巾，用其中的一张清理了自己的鼻腔，把其他的顺手塞给了马向东同志，反正他正待在她身边，而且手上什么也没拿。

接着他们开始上楼，像一对多年的情侣那样老实，马向东从兜里掏出一张白卡片，对着一扇好像从没打算被打开的铁门晃了一晃，门自己就开了，接着是叮当的电梯门，又是叮当的电梯门，又是走廊里的皮鞋声，钥匙开门声，反正没别的，就是一些声音引导着他们，而他们也是循着这些声音按部就班地执行。门"哐"的一声关上了，马向东"啪嗒"一下按亮了灯。

"噢，"杜蓝说，"就这里呀。"

"就这里。"

马向东搓着双手，四处打量，好像他是头一回进来，对这里的一切还颇感满意，认为这里完全可以接待一位女士。杜蓝再没有说话，用眼角扫了一圈儿，没找到拖鞋，就径直往里走去，一间典型的该死的单身汉宿舍，必须经过一个勤快女主人整整的两个下午的辛苦劳动才能去除其中饱含着的、只在午夜显现的浓浓的汗馊味和失败感。

"我坐哪儿？"她说。

"哪儿都行。"

于是她在屋子中间的圆桌上刨出个地方把包放下了，又从沙发上搂起一堆自打夏天就放在那里的衣服，片腿儿坐下了。这时候身体还没暖和过来，但屋里总算还有一点可期待的温度。

"怎么开始？"杜蓝说，她挪动了一下，想让那个人坐过来。

马向东看了她一眼，好像不知在打什么主意似的，扭头进了厨房。有那么一阵子，杜蓝以为他会拿着一个火钩去把早已封好的炉子捅开，以便烧开一壶水，因为厨房里的各种动静实在太大了，持续的时间也实在太长了，好在后来终于听见了煤气灶打火的声音，好像有人在用摇把发动一台已经辛辛苦苦工作了十五年以上的手扶拖拉机。

他出来了，杜蓝发现他不知什么时候把鞋脱了，袜子倒是洗得很干净，但不怎么合脚，脚头处余出了一寸多长的半截。那么好吧，总算地是干净的，这间屋子突然变得可以接受了。

"你要喝什么茶？"他问。

"有啤酒吗？"

"没有。"他说，"我不喝酒。"

看那样子，他没有要去买的意思。

"那就随便吧，你喝什么我就喝什么。"

是红茶。颜色非常漂亮，杯子也不错。杜蓝拿起自己的那杯举在眼前看，她差不多已经断定，这个人如果脱掉那件糟糕的外套和那条肮脏的裤子，里面的衣服绝对会非常得体。

"坐过来吧。"她说，她的全身都暖和了。

但是她还没打算那样干。她在说完了"坐过来吧"的时候突然有了一种平等的感觉，用不着刻意地去做什么或者干脆是专门地为了反对这种刻意而去做什么，她想当然地就感到了舒服，所以这阵子她就想直着手把他抓过来，就像拿着笊篱在鱼缸里捞鱼一样，只要笊篱的直径和鱼缸的口径不是太离谱，就能百发百中。可是事情并没有这样，他来到距她一米远的地方，突然盘腿坐在地板上了。

他就是这样，听见她说"坐过来吧"，就向她移动和靠近，等到他们之间的距离拉近到一米远的时候，突然，就像一脚踩空似的，坐在了地板上，双手扶膝，神情肃穆。杜蓝不由得微微欠起了身。

"事情这样的。"他说。

他先从他小时候戴的第一副眼镜说起，在叙述当中，用左手抹了一下左眼，又用右手抹了一下右眼，然后左右手的食指上就各出现了一片透明的鱼鳞样的东西。"这是我的隐形眼镜。"他说。然后又说起他为什么要改戴一副这么麻烦的小东西，因为没人会老老实实按时按点地把房租交给一个戴着深度近视眼镜的浓眉大眼的家伙，他们多半要跟他或多或少地捣一点蛋。然后就得好好说清楚他为什么是个收房租的，而不是个盖房子的或是给房子画图纸的，而他要是个给房子画图纸的他会怎么干，不过他还是不太想当一个盖房子的，所以就收了房租。以及到底为什么他就干了收房租这一行，他至今还在纳闷。

"不管怎么样，"他说，"干一行就得爱一行对不对？"

接下来他开始讲他爷爷背菜筐的事，菜筐里装了五十二个茄子，而他爷爷怎么也摞不上第五十三个和第五十四个，所以那两个就让他当时只有六岁的爸爸拿着。谁也想不通他爷爷那天抽了哪根筋非要带着五十四个茄子到集上去，而且那年的茄子种得特别好后来再也没有种出那么好的茄子，所以当他六岁的爸爸一手抱着一个茄子的时候就好像抱着两个十三磅的保龄球。

"你知道当时茄子多少钱一斤吗？三分钱！"

反正就是这么一通折腾，从他家到集市上的五里路他爸硬是用嘴叼着一个茄子，用两只手抱着另一个，连滚带爬地跟在他爷爷的后面，然后这些茄子一共卖了一块五毛钱。可能还多一点，记不清了。

后来轮到他和他爸去卖茄子，他们早上四点钟起床去摘，六点钟出发，装了满满一车，往拖拉机里灌了两斤柴油，开始上路。也就是说，如果今天卖不完，他们就得把车存在市场上，过一夜的费用是五块钱。

"你知道我现在挣多少钱吗？"

然后再讲他爸为什么老要念叨那次一块五毛钱的事，虽然现在一车茄子可以卖到一百五十块钱，而他只不过在这里收收房租，一月就赚两千块。

这个时候他停下来喘了几口气，歪着头想了一阵，好像在考虑措辞，杜蓝乘机喝了口水。也就过了那么五分钟，最多五分钟的样子，他把头摆正，看来是想好了。

"这份工作的基本要领是这样的。"他说。

　　为了说清这个，就必须从他前一阵子才明白的他为什么要上一个赔本的高中说起，因为必须要避免冲突，要温和。要用一种和平的方式收到钱，这几乎就是前提，不容违背的前提。要弄明白这一点就得花不少工夫，比如上高中什么的。

　　"但是有好多狗娘养的根本不怕我！"

　　所以这一切都需要投资，隐形眼镜，肮脏匪气的裤子，乱糟糟的头发，但皮鞋却一定是最棒的，最好是进口的，不然他们一旦看不起你就全完了。即便是这样，有些人还是不痛快，你不能强求这些人把本来可以喝酒、泡小姐和给派出所交罚款的钱当成房租交上来，他们要大皱眉头，"交房租？"这太没劲了，所以一定得让他们怕你。

　　"这样的话我没法揽下整个小区的活儿。"

　　麻烦就在这儿，对于那些喜欢交房租的人房东们根本用不着专门雇他来干，而对那些不喜欢交房租的人那就得完全漠视他们的感受了。

　　"你来干吧！"他说，"你准能把他们吓住。"

　　"我？"

　　"是啊……"

　　他又开始讲起收房租的乐趣来了，比如每月里的那一大摞一大摞虽然不属于自己但拿在手里也倍感舒服的钞票。杜蓝早就想睡了，她看过表了，已经快四点了，但这小子在红茶咖啡因和对未来的美好展望的驱动下的那张嘴根本没有停下来的打算。其实她在后来的大部分时间里根本什么都没听，完全看在那两千三百块钱和那一杯热气腾腾的红茶的份上，才没有公然表示什么，但是她的心突然一下子收紧了。

"嫁给我吧。"他热切地望着她，双手举在胸前，盘腿坐在地上的身体呈现出一种向上升的趋势，"嫁给我吧！"

"你疯了吗？"杜蓝的眼睛吃惊地睁得很大，而且越来越大越来越大。

"我可是一个婊子呀！"

## "彩色照片"

要是我告诉村里人我一个月能挣两千块钱，那他们准得排好队挨着个儿地来摸我的脑门子，然后对我爹妈讲上三天三夜安慰的话，目的是让他们俩不至于因为独生儿子想钱想疯了而过于悲痛。

要是我没有在二十四岁上因为加减一分钱的算术算得过于激动，从而抽了村长小舅子一个大嘴巴而被迫逃亡的话，我现在肯定仍然在茄子的价格问题上继续使用减法，并且很可能会学得心平气和一些，相应地也会认为一分钱并不是多么了不起的事情，没有必要为那种事情使用暴力。

因为暴力自有它的用武之地，为一分钱而使用有失对它敬重。

我是前年十月份进的城，找到的第一份工作是负责向每一位坐到那些只值十五块钱的桌子上、面对前一位食客剩下的泔水发愣的消费者们传送一碗即将变成泔水的汤面，每天五点钟起床，晚上九点钟拼起饭桌睡觉，折腾一天挣七块五毛钱。还得忍受那位每两个星期才正正经经地洗一次澡的老板的唠叨。之所以这样说是因为他也睡饭桌，也吃店里所卖的泔水，我不知道他为什么要当老板，大概是为了每两个星期可以到澡堂子去挥霍上五块钱。

干了两个月后，我实在是受不了了，倒不是受不了苦，因为我那时的确不知道这个世界还有比七块五毛钱更好的工作，不知道睡饭桌和人道主义之间的关系，也不知道八小时工作制和五天工作制。那时的我狗屁不通，除了卖茄子和做高中习题以及把碗放到桌上时千万不要让碗里的汤飞溅到一尺以上之类的事情以外狗屁不通。所以我的痛苦不是这些，以前我在农贸市场上待一天，把鼻子冻成脚后跟了也不过就挣十块钱，这还是毛利不是纯利，因为以我的脑子根本算不清我们家茄子的生产成本到底多少，等我走了后我爹开始做批发生意就更晕了，我看他老人家是在赔本经营——只要茄子还能卖出去有现金回笼就大致还得干下去。没什么，说起来丧气，导致跳槽的主要原因是我受不了这里所有的人，虽然我的跳槽现在看起来非常成功，但我还是不得不承认我的天性里有很大的弱点——我为什么受不了这些人？

　　他们的主要特点就是互相仇恨，不管认识不认识，互相仇恨，好像他们最大的愿望就是可以自由地杀死遇见的每一个人，最低限度也是可以自由殴打每个看上去不顺眼的人，而几乎所有的人他们都会看不顺眼。由于法律的关系他们不能明确地表示自己的态度，所以只好选择一种一有机会就互相咒骂、互相陷害的方式来宣扬他们的人生观和世界观。后来我想，如果我能以一个大小伙子的身份，整天对着他们哭哭啼啼，可能就会多少让他们满意一些，从而不用这么窘迫地离开那里，把自己逼到铤而走险的地步。

　　那时，我的手上只有四五百块钱，外加一个铺盖卷儿。

　　首先我想到了投资效益的最大化，这就是说，如果抢劫的话我就得投资一把刀，外加一笔无形资产——十数年的自由，偷窃的话投资会少一些，但也是我同样不能接受的价格。我唾弃了那个面馆后发觉自己又面临着另一个面馆的诱惑考验，这让我非常生气，一怒之下我做出一个绝对荒唐的决定：拿出一百块钱买书。

那时我背着一个铺盖卷儿，右脚的袜子里塞着四百块钱，左脚的袜子里塞着五十，在街上东躲西藏了三个多小时后（那个卖泔水的老板拒绝将证明我合法身份的暂住证发还我，因为他认为这是他的投资成本之一），我发现了一个同样在东躲西藏的骑三轮的小伙子，他的车上用麻袋捂着一大堆旧书。我肯定是自暴自弃了，大不了再去找一份七块五毛钱的活儿，可这会子先发泄一下做大买卖的欲望，于是我拿出了一百块钱，把凡是书名上有"钱"和"富"两个字样的书全买了下来，最后还饶了一本——《怎样让你的雇主欢心》。

行李变沉了。

其后的三个月我一直在用一份六块钱的活儿和这些书消遣自己，我负责看住一个拾破烂儿的所积攒的整整一篮球场的破烂儿不被其他拾破烂儿的捡走，六块钱不管饭，每天可以在一间纸板搭的小屋里睡五个小时，晚上十点到夜里三点，根本没电不能安电灯，又要注意防火安全第一不能点蜡，好在我后来发现了这小子所存的差不多有一万多节各式各样的废电池，就在那堆破烂里组装了一个电池灯，每天花三到四个小时翻捡还有点电的废电池。也够我忙活的。

和所有的臭屁篓子一样，我只能买那些富含甲烷价钱便宜的碳水化合物吃，只能饮盗泉之水——要是不顺些东西卖给其他那些破烂大王，我挣到的钱绝对不会使我的胃满意。一有机会，我就拿出我的书来，其实这里也有很多书，什么都有，如果细心翻找的话，有些书的封皮上也有"钱"和"富"的字样，但确切地说，这些书全是垃圾货，我绝对不能允许自己的人生受垃圾的影响。好歹我的书还是被当作书卖给我的。

读了一段时间后，我有了一些想法，把这些写书的家伙分成了三类。一类是一些所谓的"经济学家"，他们的特点是自己没钱，又看不上小钱，所以就胡扯上一通被称为理论的东西蒙人，企图指导别人怎么挣钱和花钱——虽然不是自己亲手干的但多少能取得一些心理安慰。属于找感觉派，爽一下也算。一类是无名小卒，不仅没钱而且没身份，谁也不知道他们到底是谁，但谁都知道他们为什么要写这本书，他们根本不管你看了以后有没有屁用，反正只要你掏钱买了就万事大吉。每写一个字他们就知道自己挣了五分钱，每写一个他们就会暗自得意直到凑成一本书。这号人都是天生的数学家，他们中最负责最有良心的家伙只会为下一本书换个新笔名，以免被别人抓住后往脸上涂墨汁。最后一类是一些真正有钱的人，那些呼风唤雨的家伙，动不动就想买下整座城市的人。他们写书绝不是为了休闲，如果你认为他们写书是为了闲着没事儿和你唠唠嗑，那就上大当了。一般来说，他们写书的目的是为了保持市场秩序，也就是说，如果每个人都铆足了劲儿一心要当百万富翁，那准会让那些已经当上百万富翁的人坐立不安的。这涉及什么市场划分啊，再分配啊，或者重新"洗牌"啊之类的事情，即使这帮笨蛋最后根本没当上，也会搅和得一团糟，蛋黄蛋白一塌糊涂。所以有钱人写书，开篇便讲奉献、讲集体精神、讲任劳任怨、讲企业文化——其核心内容就是如何让员工们心甘情愿地上当受骗。至于自己的钱是怎么挣到手的，又使用了什么手段，则讳莫若深，一字不提。还有个非常好的理由：说钱就俗了！

这一切对于我这么一个有上进心的人是个沉重的打击，我马上想到了自己那每天在损失的一块五毛钱，那意味着五个又大又白又暄的馒头，也意味着我可以摆脱目前的这种可耻的生存状况——每天都在偷东西，而且是在偷垃圾填肚子。

我是一个堂堂正正的乡镇中学毕业的高中生，高考成绩虽然不是很好（好了也没用，上不起）。但"政治"总算及格了，而且是考得最好的一门。鄙乡的人一致认为卖茄子用不着这么高的文凭，所以才跑到城里来发展，可到头来城市人都告诉我要奉献，要任劳任怨，这是我不能接受的。我的眼睛饿得像一对过年的烟花炮仗似的，我还是一门心思想着发财致富。看来看书是没什么用了，理论致富完完全全地失败了，我必须引入新的思维和新的方式。这时的我变成了一个机会主义分子，我决定涉足目前最有发展前景的一项事业——伟大的房地产业。只有在这种大风大浪里锻炼，才能凸显自己的价值，因为据本市日报的报道，去年经济增长点的九分之一来自于这个行业，而且那些卖房子的已经夸下海口，今年经济增长点要翻一番。年增长百分之百，只有傻瓜才会去干别的！

我必须为自己投资一套西服，一双皮鞋和两只有一个眼的袜子。这项决策几乎搞得我全身都是静脉曲张。

后来我才知道静脉曲张只不过是一桩可以忽略不计的小毛病，真正的大问题是这个行业根本没有做好接纳我的准备，他们面对我的求职请求时总是让我去找一个不存在的家伙：

"这事你去找老王吧。"

"他在哪儿？"

"不知道，你去找找看。"

要不就是：

"我正忙着呢，你去找一下老王。"

"哪个老王？"

"还有哪个？就是那个老王。"

还有：

"噢，是这样啊，你找过老王吗？"

"找过……"

"那你跟他说吧。"

后来他们干脆一见我就问：

"你找到老王了吗？"

我发誓我要把这个"老王"抓住后烘干、磨粉、拌在鸡饲料里，再把鸡粪喂猪，把猪肉卖回给他们。可他们一定会及时地告诉我："我们公司根本没有姓王的。"一个半月后几乎全城的人都知道了一个乡下小子在满世界找一个王姓中年人，相貌特征不详，只知道是干房地产的，具体原因不详，可能有祖孙三代的仇。于是每个人见我这样模样的都侧着走，见了有乡下气味的都加倍地客气。不过也有不信邪的，有一天来了一个胖子，看不出年岁，如果他的肩上再挎着一把驳壳枪，任何人一眼就会知道他是哪个部分的。

他站在我面前足足看了我有二十分钟，扭过来扭过去地看，从不同的角度对我进行 CT 照射，分析 DNA 构成并进行行为能力预测。不过看来并没有得出任何结论：

"你找姓王的干什么？"

我不知道。我相信没有人能真正理解我为房地产业奉献终生的决心，不管有没有什么"老王"他们也是不会要我的，找到了也没用，所以我不知道。我看着他他也看着我，我们站着的那个地方离一个垃圾箱很近，有众多的昆虫在为稻粱谋，它们对新鲜食物的兴趣一定与人类一样浓，所以我不得不用一卷画得花花绿绿的报纸来遏制它们的野心。

"你在找工作？"那个胖子恍然大悟地说。他突然变得亲切起来了。

这家伙成了我的"老板"。

这多可笑，他说他自打听说我在满世界地找"老王"，因为无法确认我的动机，在家窝了半个多月，内心充满了平凡生活所施加的空虚感和由于自己的恐惧所派生的羞耻感，忍无可忍，想找上门来做一了断，结果原因却大出所料。我直到这时才知道我对这座城市做了什么，由于一个乡下人的执着和绝望，这座城市中居然出现了一场小范围的恐怖！我张大了嘴巴什么话也说不出来，只听着王胖子对我的勇气和毅力大加赞赏，他极力说服我和他一起干，也就是"入伙"。

"入伙吧。"他说，"咱这一行虽然……"

他的意见我全明白，但是我担心他管我要"投名状"，太大的无形资产投入我接受不了，无论回报率有多高。

"你很有可能挣到五千块一个月……"他仍在自顾自地说着。

"什么！"我说。这时我不得不强迫自己的手离开他的领子，好给他一个有风度讲礼貌的好印象。

"如果你能收到铁路东面的那一片房租。"

这句话如果不是我亲眼见到亲耳听到是眼前的这个匪里匪气却又不失忠厚的胖子说的，那我一定会认为天使降临了人间。"房租"这个词太关键了，如果漏听了这个词那无疑会漏掉整个人生。

他们的人手不够，而这项工作也几乎是房地产业的一部分，而且，这使我充分认识到了自己的价值，决不是七块五毛钱一天，也不是为了让一拖拉机的茄子多卖出十块钱就违反法律。我已经连着六天只靠一个白馒头来打发我宝贵的二十四小时了，但是我不会理睬那个总想置我于死地的肚子的，即便是它哀求我我也不会在这个时候表现出没有远见和软弱。

"好吧。"

我就说了这么两个字。

尽管我做了充分的心理准备，头几个月还是感觉像地狱。问题的关键是没有人打心眼里愿意承认自己欠别人东西，即便是他们已经承认了你的所有权，但他们仍然有权怀疑你所有权的合法性——我为什么没有？你为什么有？以及，最要命的，你凭什么！

这句话能问住所有的人，如果他们准备跟你捣蛋，这句话就能给他们足够的力量。

我在铁路东边转了一个多月，总共收到了不到三千块钱，这还不到总额的百分之三。我不知道这些房子是怎么层层转租下来的，这里面肯定有猫腻，不然房东不会让那些有两年多不交房租的人继续住在房子里。

我肯定承揽了这里最艰苦的工作，最关键的问题是要在一个漂亮姑娘冲你添嘴唇时或者一个拿着垒球棒的小伙子打量你的脑袋时保持好自己的心态。你要是能在这群人中搞到钱那就必须具备很多优秀品质，首先就必须是个善于察言观色的政治家，如果没有政治家的那种敏感和厚脸皮，就无法应付许多无赖（你简直想象不到会有那么多）的纠缠不清，那么说不定你从第一天起就会败下阵来，再也干不了这活儿了；其次你得是个苦口婆心的牧师，也就是说你得让这些人相信（哪怕将信将疑也罢），你所做的一切都是为了他们好，你是多么地喜欢他们，一点儿也不愿意和他们为难，就是在交房租这件事上，也是本着他们的利益——担心他们这样长此以往会无家可归的。你得把这些长篇大论一点儿不脸红地每天说上五十遍，直到所有聚合起来准备闹事的人都摇着头走开为止；最后一项品质是，你必须是个战士。这要了我的命。

我不是个战士。这不是说我这个人没有勇气作战，也不是说我根本打不赢，而是我没有作为一个合格战士的那种气魄，可能我一辈子都不可能具备这个东西，他们一点儿不怕我。如果他们一点儿不怕你，那他们就会时时惦记着和你打上一架，以试试自己的运气。打赢了的话，至少有两三天不会在家门口看着你心烦意乱了。打输了也只不过交上一个月或两个月的原本就该交的房租。更为可怕的是，我发现有些人已经喜欢上了这项活动，简直当成了一项娱乐，只要我一走进那个街区，就会有人跟着，他们嬉皮笑脸地跟上我一下午，目的就是要看看有没有人会抗租。而且他们全都打心眼里认为和我打架是一桩既不违法又充满乐趣的活动，甚至相互鼓动、相互提醒：

"这一回总该轮到你了吧？"

或者：

"你已经一个多月没上了……"

甚至：

"你还是不是男人？"

好在他们从不搞突然袭击，也没什么深仇大恨，所以一般来说受不了多重的伤。后来我发现，他们中的很多人都爱戴我，喜欢我到街区里转一圈儿，因为现在跟着我的人越来越多，已经开始有人下注了。没过多久，只要我一进街区就会有人主动打招呼，然后告诉我今天有哪些人可能挑衅，我的胜算是多少，应该避开哪几个人，以及我和那几个人交手几次的胜负比。我就知道他已经在我身上下了注。但他的这种做法明显属于作弊，是让人看不起的，我不能和他多打交道。

按照正常规则，选手中只有我是固定的，对手则随机，也许今天我和三个人打了架，也许一架也没打，这全看机遇和具体情况，所以赔率也不同，曾有一个小孩拿出了五毛钱押我和九个人打架，结果那天他赢了五十块钱，请我吃了一根雪糕。

每和一个人交手我会得到一百元出场费和一百元的医疗费，在我身上赢钱的人的慷慨不在其中。好在我有一副好身板，还有一把子笨力气，总有人为我提供免费毛巾和矿泉水以及免费的建议。说实话那是一段幸福的时光，我从来没有那么有钱过，存折上的零一个劲地增长，我甚至起过一个雇一个搏击教练和一个体能教练的念头，躺在被窝里都一个劲儿地乐，从来没想到当一个运动员这么能赚钱。

但是好日子不长啊。我发现只要是好日子就长不了。一天晚上，有人来到了我住的屋子，声称只要第二天我全部输掉，就给我一千块钱，否则就停止这项比赛，并且还要告发我。我知道，只要我接受了这第一桩讹诈，紧接着就会有第二项，没完没了，直到永远都得听这帮人的。所以其后的一个月我都没去过那个街区。乡亲们都听说了这件事，被我的义举感动了，虽然他们仍然不交房租，但打架的事终于终止了。

我保住了自己的工作，但我的目标并不仅仅是为了保住工作，我必须扩大再生产。

房地产业除了对生产力没有任何促进作用外，其他的一切都是响当当的。我现在读很多书，买报纸，看新闻，我想成立一个收房租的公司，把所有难搞的事情都搞定。这是一个伟大计划的起始部分，我开始为这件事做准备。铁路东面的房租，目前只能收到百分之十，据说铁路北边的更难收，我倾向于相信那边的人根本没有钱交房租，但不能让他们住在街上去，那样的话我们的空置率就会增加，那么只能让他们把吃饭的钱交上来，这样做的唯一办法是让他们相信交房租比吃饭更重要，至于怎么才能使他们相信这一点，我现在还没有想好。

没想好没关系，最重要的是事情不能就这么停下来。我买了张最大的本市地图，开始调查、取证、排查、分类、统计，做综合测验，一切的一切，都按照最严密最科学的方法进行。包括本地居民职业、收入、婚姻状况、子女教育、生活态度、消费取向等乱七八糟的事情，能搞清楚多少就多少。

我在外头跑来跑去，不论看见什么都要细细地打量。为此专门到别的街区考察，整天都盼望着能把自己的那双臭脚从鞋子里拨出来晾一晾。在遇到那个女人以前我一直不知道自己到底在寻找什么，反正就是走来走去、走来走去，像个百无聊赖的苍蝇一样，飞起又落下，飞起又落下。

这个时候我已经能够宣称自己一个月挣两千块钱了，我学会了一个新方法——融资，只要能够有钱从我的手里经过，我就要让它多停留那么一会儿，或者能停留多长时间就停留多长时间。我发现真正到了一个特别境界的时候，所有权的重要性比不上使用权，或者干脆说成权利不过只是权利，我们可以从权利中得好处，更厉害的人则可以从不是自己的权利中得到好处，但一定要用法律的观念把它区别开。

比如说，你的兜里有一块钱，这一块钱可以是你的也可能是别人的，但最关键的问题是这一块钱在你的兜里。也许下一分钟它就跑到卖冰棍的人的柜子里去了，或者你欠某人一块钱，这时你就要想到，而且必须这样想：你欠他们只是一个数字，而不是现在在兜里的这一块钱。现在这一块钱是千真万确地在你兜里老老实实地待着的，而且你还没有因为一种可耻的欲望把它请出来交换冰棍，那么它就是你的。不管你是不是决定把它花掉，只要它在你兜里，它就是你的。

在铁路北边最烂的一个区里，住着许多烂人，他们的每一块钱都会花在喝酒和给女人买三角裤头上。不论男女，他们都只有两种发型——长头发和光头。这帮人从来不干正经事，也看不出他们对自己的未来有什么指望，唯一还能让我经常去接触他们一下的吸引力，是他们不敢不交房租，因为他们全都不是本地居民，享受不到当地的保护，所以只好老老实实地把房租交上来。稍稍麻烦的是，你必须得搞清楚他们每一拨人的发薪日，并且要在场，以便他们能顺利和安全地完成自己交房租的重要使命。一般来说，这些人总是接到薪水的那一刹那感到迷茫和不知所措，他们会在你没有赶到时令人震惊地用一个你想也想不到的狗屁理由把钱造光。

保险起见，我总是在有时间的情况下去一些酒吧转转。头几次都受到了粗暴对待，酒吧里不欢迎穿西装的，后来才慢慢明白真正不受欢迎的是我的那种着装观念，即认为能把自己的身体用某种纺织品大致上遮掩一下也就行了。后来我为了我的工作就不得不投资了一笔钱，用来购买那些足以保证我有不受打扰权利的衣服。经过了一番令人心力交瘁的讨价还价，我搞到了一套不会让人一看扑上来就打的衣服，真是折磨人啊，现在我终于可以放心大胆地进去了。

看样子今天不会有人交房租了，台上的那几个人见了我连眼皮都没抬，他们的态度说明他们没什么好担心的。这几个人正在哼哼一支我从来没听过的歌，大致的意思是他们全都吃饱了，正在找事儿干，碰巧就认识了一个姑娘。

吧台里的酒保看了我一眼，他知道我这个人没有任何不良嗜好，所以也没有理我。他们连凳子也是要收钱的，我一直站着，其实我根本就可以马上出去，但是就迟疑了那么两三秒钟，一件可以成为这个城市我所能操控的最大的投资项目显出了冰山的一角——就在我的眼前，一个戴眼镜的傻小子抡圆了胳膊，打了旁边女孩一个耳光。

女孩差点被打到吧台底下去了，但好歹她的屁股还沾在凳子上，所有的人都看着她从那儿慢慢地直起身来，就差异口同声地大喊"加油"了。然后她坐在那儿，谁都不看，好像是在"五、四、三、二、一"地数数儿，又过了好一会儿，她说："哈。"

她说得很轻，甚至连嘴都没张，也不像是要说给谁听，但是谁都没想到她在这个时刻会这么镇定、这么不露声色地说一声"哈"。好像她盼了这么多年一直都在盼，可还是不知道自己盼的是什么，而她正在为自己为什么不知道纳闷的时候突然来一个嘴巴，所以她说"哈"，好像是终于明白了她盼得的东西原来就是这个呀。

她说完"哈"就已经离开凳子了，没看清楚她是怎么离开的她就是离开了，然后大家马上就明白了谁是输家，那个戴眼镜的傻小子就是达摩老祖他都打不赢。女孩在以同时打出四十拳的速度展开进攻。大致看来，她只出了一招他就倒了下来，等他倒下去之后，女孩的拳头还在他头部原来所在的位置对着空气捣了二十几拳，就好像她一招发出后就不受她自己的控制了。然后，她的脚踢了上去。这次的动作比较慢，像是一件力气活儿，不过她踢穿的首先是自己的袜子——裙子一闪一闪，被踢穿的袜子很快就退到了膝盖以上看不见了。所有的人都兴奋地大喊大叫，站起来抡胳膊扬腿儿，战斗的中心地带只能看见一条黑影在滚来滚去，所到之处就像是一个巨大的能量场的中心，所有的东西都先破碎，然后带着呼啸飞向四周，不时会有一张桌子整个地飞向半空，而且在半空时就碎得不知落到什么地方去了。

从吧台后面冲出来两个小子，拼着命往里面挤，而四周的人怎么也不愿意让他们挤进去，于是第二战场也顺利地开展起来了，最终发展成了一场混战。酒吧里昏天黑地，乱飞的瓶子和果盘，喊杀声，破碎声，以及衣服被扯破时所发出的那种极不情愿的"吱拉"声，甚至连屋子都发出了在强烈振动中产生的低沉"啾啾"声，最后连人都被扔到墙上去了——有个小子紧贴在墙面上足足有十秒钟才掉了下来，你都分不清他一直圆睁着的眼睛到底是长在他的扁脸上的还是早就被画在了墙上。

警察进来之前我溜了出去，待在旁边看着。已经没人能讲清楚到底发生了什么，抬出去了一些人也带走了一些人，等我再一次进去的时候，里面空空荡荡的，服务生们在打扫战场并互相讲着自己的独家见闻，我没有心情听他们说，他们也像往常一样没心理我，我要找我的未来，我下半生出人头地的希望。

我要不惜一切代价找到她、说服她，让她参加我们街区的斗殴比赛，并且由我来当她的经纪人。

2003 年 6 月 20 日

# 狗下午

事情还得从大盖儿被狗咬说起。大盖儿一共被狗咬过五次，每次都是夜里，而且每次都是第二天一大早去打狂犬病疫苗。咬他的狗从德国黑背到只有一只拳头大的袖狗，什么都有。最近的这一次便是这只小袖狗，名叫淘淘，据其女主人说，这只狗自打生下来起就无比温和，比玩具店里卖的那种绒毛狗还老实，但它的确是结结实实地咬了大盖儿一口，让大盖儿在原地转了三圈儿。

起因是中午的时候大家都去参加小武的婚礼，小武是第三次结婚，每次都请大家去喝酒，大家痛骂他是敛财的高手，然后就喝多了。这次一共喝掉了十七箱酒，小武和他的第三个头天老婆笑嘻嘻地送大家出来，他的一帮小兄弟站在马路中间，强行拦下每一辆路过的出租车，提醒乘客们偶尔搞上一次即兴下车会多么好玩。

总之是乱哄哄的一通猛塞，大家无一例外地上了车，上车后才注意观察同乘的五百年机缘究竟落到了什么人头上。大盖儿睁眼一瞧，发现有四只眼睛在看着他，上边的是一双妙目，一个大眼睛女孩怔怔地看着他，好像他刚刚从两千年前的埃及跑回来似的，下面有一双圆圆的像纽扣一样的眼睛——一只胖乎乎的但因受到了打扰而明显表现出不快的小狗。

"你，是谁？"大盖儿说。

"你是谁！"女孩说。刚说完她怀里的小狗就叫了一声。

然后大盖儿就朝车门边上挪了一下，然后坐在前座上的马小宝回过头来，看了看女孩又看了看大盖儿，说："你能不能把你的臭嘴闭上！"然后就又回过头去了，看得出他在强压着自己的怒火，因为刚才在酒桌上有一个从乡下来的胖子连赢了他十八拳，让他喝下去了满满的三玻璃杯酒，而他一向对自己划拳的能力十分自负。

结果那只狗又叫了一声，于是马小宝以一种与喝过酒后极不相称的敏捷回过头来看着大盖儿，于是大盖儿说："不是我……"

马小宝定定地看了他好一会儿，这才慢慢地转向那个女孩。

"你是谁？"马小宝说。

"你是谁！"女孩说。大盖儿低头去看小狗，发现它不知什么时候钻到女孩的袖子里去了。

"你认识她吗？"马小宝问大盖儿，大盖儿摇了摇头。

"你是怎么上来的？"马小宝又问女孩，这次他想尽量显得和蔼一些，但效果还是不太好。

"你是怎么上来的！"女孩说。

马小宝摇了摇头，又回过去看着前面，但马上又转了回来，用手指着大盖儿，说："你别叫了！听见没有，千万别再叫了！"然后他回过头去，不知又嘟囔了一句什么，调整了一下坐姿，看样子是准备忍下某一口气，好好歇歇。

"我们去哪儿？"司机小心地问了一声。过了一阵见没人搭理他，于是又问："我们到底去哪儿？"

于是那条狗就好像憋了多少天似的，铆足劲儿叫了一声，于是马小宝从座位上跳了起来，头撞到了车顶棚上，然后等他还没有完全落回到座位上的时候，一边大叫着"停车"一边就去抢司机的方向盘，那辆车就像一个旋风一样，先在马路中央打了个旋，然后向马路边刮去，颤了一下，停在那里。

车还未停稳，马小宝就打开车门跳了出来，去拉大盖儿这一侧的车门，而大盖儿一边两只手把车门拉得紧紧的不让他开一边大叫"不是我"也不管马小宝能不能听见。

马小宝拉了一会儿，停下来喘了口气，然后冲着大盖儿和蔼地摆了摆手，好像他的气已然消了，准备走开了事，但突然，就在他转身的一瞬间他又回过身来猛拉，好在大盖儿对这一招早有防备，两只手拽得紧紧的，于是马小宝又不拉了，一只手插在腰际，另一只手礼貌地敲了敲窗子。这个时候大盖儿听见身后的女孩轻轻地笑了一声，就像打了个小嗝似的，一闪就没有了，他回头看了看，那个女孩马上又换上了一副气愤的表情，他又去看狗，狗待在袖子里。

马小宝又敲了一下窗子，大盖儿想了想把车窗摇下一条小缝，然后说："不是我。"

马小宝像是不忍心听一样把头扭向了别处，于是大盖儿又说："不是我。"那个司机也大着胆子喊了一声："不是他。"他对车门把手的担心要远远超过大盖儿的安全。

"那好吧。"马小宝说，"那好吧。"

他从前门钻了进来。拉上车门坐好，坐得非常端正，而且拼命想进入一种平心静气的状态，但他的动作总是让他的这种想法归于失败——他猛拍仪表盘，说："开车！"声音大得足以让方圆三里路以内的人全都侧一下头。

"去哪儿？"司机说。

"是啊，去哪儿？"马小宝说，他不得不又一次费着劲儿掉过头来，去看大盖儿，等看到了大盖儿就马上明白过来——大盖儿任何主意都不会拿的，问他等于问墙在哪儿拐弯。

"去哪儿？"马小宝问女孩。

"你管！"女孩说。

"那好吧。"

马小宝又回过头去问司机："去哪儿？"

这个时候那个女孩又笑了一声，"哧"的一下，仿佛一根没划着的火柴。大盖儿不敢肯定自己听见了，他转头去看女孩，女孩也看他，那眼神让他觉得如果不马上掉过头去的话简直就没法坐这辆车了。不过他又看见了狗，狗出来了，于是他又往车门那儿挪了挪。

"去哪儿？"马小宝问司机，"你本来想去哪儿？"

"这位大姐……"司机说，"她本来……"

"那就快去。"马小宝大喊道，又拍了一下仪表盘。

于是车就动起来了，车一动，那条狗就又跳出来叫了一声，马小宝竖了竖耳朵，好像他再也不敢相信这件事又发生了，然后大盖儿大喊"不是我"，然后狗又叫了一声，接着又连叫两声，大盖儿眼睁睁地看着它钻进袖子里去了。

马小宝转过头来，看了看大盖儿。大盖儿说："不是我。"又去看女孩，看了好大一会儿，说："是你吗？"

女孩用同样的眼神看着他，不说话，两人对视了一会儿，马小宝先松下来了。

"好吧，"他说，"这次看来不是他，不过你俩学得一样像。"

"像神了，"他又说，"甚至比他学得还像。"

"天赋啊。"他转过头去坐好。

"有这么好的天赋干点什么不好？"他自言自语。

"干吗要学狗叫？"他摇摇头，不胜唏嘘。

"你们不知道我最烦狗叫吗？"他简直伤感了。

车子走了好大的一会儿，这一段没人说话，好像全都感染了马小宝的情绪，连狗都没叫。过了一会儿，大盖儿发现女孩动了一下，又动了一下，他看她，发现她要让他看她已经有好一会儿了。

"对不起……"她说。

"什么？"大盖儿说。

"不好意思……"她说。

"什么？"大盖儿说。

女孩悄悄用手指了一下马小宝，又举了举手里的狗，又指了一下马小宝。大盖儿用手捅了一下马小宝，马小宝回过头来了，他刚一回过头就看见了狗，狗也看着他。

"汪……"狗说。

"啊……"马小宝说，"原来是你。"

"对不起。"女孩说。不过她已经笑得说不下去了。

"我不知道……你……他……狗……我以为……你们……坏人……"

"我俩像坏人吗？"马小宝看着大盖儿，"有点像。他像。"

女孩笑得更厉害了，大盖儿打不定主意是否和她一块儿笑，他咧了咧嘴，去看马小宝，马小宝没笑，这时候车突然靠边停了下来，司机爬在方向盘上开始笑，于是马小宝的嘴角也开始往上弯了。

"哈哈。"大盖儿说，"哈，哈，哈。"

马小宝这才开始笑，笑了一会儿，发现大盖儿一边左顾右盼地看看这个又看看那个，一边嘴里一个音节一个音节地"哈"着，就狂笑起来。

"哈，哈，哈。"马小宝说。

笑完后大家就都熟了，马小宝问女孩的名字，女孩告诉他三个，分别是林丹、包包和小南，让他猜。马小宝装模作样地猜了起来，他把脸贴在座位的靠背上，左边的脸蛋和鼻子挤作一团，不停地微笑，显然是想知道得更多。车开向一个他并不关心的目的地，下午的时光将会十分愉快，对这一点他倒是满有信心。

"这条狗叫什么名字？"他问。女孩对那三个自己说出的名字都没有应承，他转而问狗是不想让这场饶有风趣的谈话中断。狗正好从袖子里钻了出来，两只像黑纽扣一样的眼睛正盯着他。

"汪……"狗叫了一声。

"原来你叫'汪'。"马小宝笑着，抬头看了一眼女孩，女孩也笑了。

"汪。"大盖儿说。他仍紧贴着车门坐着，非常注意地看着狗，不看女孩。

"闭嘴。"马小宝说，他知道大盖儿为什么要叫，这让他心情很坏，实际上他讨厌狗叫也多半是这个原因。

"它叫淘淘。"女孩说。

"汪。"大盖儿说。

马小宝的脸仍然贴在座位的靠背上，仍然和鼻子挤作一团，只不过这会子他一点也不和气，仇恨地看着大盖儿，一分钟以前，大盖儿还对他充满了尊敬，但现在看起来大盖儿的自我膨胀很厉害，已经到了无法控制的地步。马小宝曾上千次地告诫过自己，不要提供机会让这小子搞一手，尤其是不在酒后提供这种机会，可这一次不小心又搞糟了。

"汪。"大盖儿又叫了一声，咧着嘴笑，看看这个又看看那个，头摇来摇去对自己的举动充满了得意。马小宝，女孩和狗都看着他，就连司机也不时地回一下头，想弄清楚到底发生了什么，以及，这车里究竟钻上来了几条狗。

"他的这种状态差不多要保持两个小时。"过了好大一会儿马小宝说，"我们想办法干别的吧。"

车停下了，是兽医站，女孩要给狗打针，她准备和这两个人告别，但是没有成功，马小宝担心一切和兽有关的字眼，他认为如果没有他本人的陪伴那这个女孩的处境将会非常危险。大盖儿远远地跟在他们后面，仍然可以听到他不时发出的短促但充满威胁的一声"汪"，与淘淘相比，大概女孩更应该带着他这样的出来才显得安全。

一个看起来像菜农的白大褂接待了他们，他把狗放在一个台子上来回拨弄，像是在找它的痒痒肉。马小宝皱着眉头站在一边，点了一支烟，无论从神情、打扮以及长相上，他都像个富家小姐的那种恶狠狠的保镖。看得出来，那个会给狗打针的家伙百分之九十以上的注意力都在他身上。

"汪。"大盖儿进门了，他好奇地看着狗医生以及台子上的小狗，小狗正以一种深陷不幸的落难者的眼神向他求救。

"汪？"

大盖儿向着狗医生发问，他以一个部族首领的身份来施展权力。马小宝把脸扭向了一边，尽量让自己的脖子不好受，女孩的嘴抿起来了，能看出她是为了在以后的某个时刻能迅速地咧开，以充分表达自己的心情。狗医生愣在那里，不知所措。

"汪！"

大盖儿为自己得不到应有的尊敬以及小狗受到的强加于它的困境感到愤怒，但他马上泄了气，因为从里屋又走出来一个戴眼镜的家伙，也穿着白大褂，上衣的兜里还插着一支笔，脖子上挂着听诊器，眼神冰冷，表情麻木。

"这儿究竟是谁需要打针？"那个人说，他的目光缓缓地扫了一圈儿停在了大盖儿的脸上，像精确制导炸弹的瞄准装置似的，两个晃动的圈儿开始往一起重合，等完全重合后就可以发射了。

大盖儿几乎在第一时间就被击溃了，他开始往后退准备藏到马小宝身后去，那个神气活现的家伙看了他最后一眼，然后去看台子上的狗。

"怎么了？"他问，顺手推开了那个菜农。

"不好好吃东西。"女孩说。

"那是它不饿。"他抬起头看了看女孩，然后好像是头一回看到马小宝似的，"噢"了一声。马小宝正在弹烟灰，不紧不慢，所有的人几乎是在这个时间才发现他把烟灰全弹在了桌子上，那张神圣的、只会在开处方写药单或签署死亡通知时才会被郑重使用的桌子上，纸上、墨水瓶和笔筒上都随机落上了黑的和灰的烟灰，最后有一个烟嘴处被咬得奇形怪状且饱含了某种分泌物的烟头戳在了上头，和桌子的油漆发生着激烈的反应。

"噢……"戴眼镜的人说，"你们可以走了，它什么事也没有。"

出了门后女孩就想一个人走掉，可能她觉得这桩奇遇完全是个错误。她抱着狗快步走在前面，后头紧跟着的是大盖儿，马小宝反而落后了。如果今天没有喝酒，马小宝会想个办法让大盖儿向女孩道歉，而自己则在旁边嘿嘿一乐，这件事就算过去了。但现在显然得另想办法，大盖儿这个好孩子沉浸在酒的精神里，马小宝知道，这个时候的大盖儿比一只恐龙更难对付，倒不是因为其凶猛，而是因为其冥顽不化。

"对不起。"马小宝追上了女孩，"害得狗没看成病。"

女孩在他说话时停顿了一下，但听他说完后反而好像更生气了，看了马小宝一眼走得更快了。马小宝迟疑了一下，还没等他的迟疑完全完成，身边就猛地擦过去一个人，就像是一列空载的火车似的，刮过的风把他的衣角都掀起来了。这是大盖儿，他在紧追着女孩，倒不是他非要干什么，而是他现在只有这么一个念头，只有这么一个主意，只能这么由着自己才高兴。马小宝不得不追。

他们一直跟着女孩走了两条街，完全是急行军，看样子女孩儿是真累了才停下来的，而大盖儿和马小宝完全没有预料到她会停在这里以及她停下来后他们该怎么办。于是他俩也站住了。女孩转过身看着他俩，慢慢地走过来了。

"你们俩想干吗？"她说。

大盖儿转头看着马小宝，马小宝也看着大盖儿。

"是他。"马小宝说，他的酒经过这么一段折腾，差不多全醒了。

"他想干什么？"女孩说。

"他想跟着你。我不知道。"马小宝说。大盖儿一直看着他，好像马小宝完全懂得该怎么向别人解释自己的行为，而大盖儿自己则既没工夫操这个心又没办法说得更好。

"你不知道？"女孩说。

"是啊，我不知道。"马小宝说，他平静下来了。

"上次喝完酒他整个下午都在帮小学生过马路，结果惹了一大堆小孩在他身边转悠，有的在马路上来回过了十来趟还不放过他，上瘾了。"

"没办法，"他又说，"小孩和狗都喜欢他。我也没办法。"

"汪。"大盖儿说。

女孩看着大盖儿，她怀里的狗也看着大盖儿，仍然当他是个两千年前的埃及人。大盖儿的酒醺醺地冒着，像是云气一样缭绕在他的大傻脑袋周围，看得出来，他非常高兴，心里舒服得既舍不得把眼睛闭上又舍不得把眼睛睁开。马小宝也看着他，大盖儿的这种状态太熟悉了反而没有新鲜感了，不过既然话已经说到这份上了他自己的心情也不坏。

"他生下来就这样吗？"女孩说。

"不知道。"马小宝说，"我认识他的时候他就这样。"

"那是什么时候？"

"大概有两三年吧。"

马小宝不太喜欢谈论这件事，他一直看着大盖儿，大盖儿把头晃来晃去，用眼睛找着从树缝里漏下来的阳光。女孩的眼睛也一直没有离开大盖儿，她显得平静多了。

"干吗给他喝酒呢？"她说。

"喝了酒他就会像现在这样，"马小宝说，"不是每次都是可有时候是。"

"他很高兴，"过了一会儿他又说，"或者说我能看见他是高兴的，所以喝酒的时候我就带上他，虽然有时候会很麻烦。"

见鬼。他全说出来了，马小宝很少告诉别人大盖儿的事，因为这些人根本就不认识大盖儿，不是大盖儿的朋友，所以大盖儿和他们屁关系也没有。

"他还抓住过两个贼呢。"他突然想起来了。

"是吗？"

"是啊，我们两家是邻居，他家在一楼，有一回两个贼偷了四楼的东西，他一路'汪汪汪'地跟着，那两个要打他时被警察看见了……"

那时候大盖儿整天待在一楼的楼梯下面，在那儿放个小板凳，谁来了他都要看两眼。马小宝这时才斜过眼看了一眼女孩，女孩的嘴半张着，她真的很漂亮啊，他认识的女孩里连一个这样的都没有，倒不是说漂亮什么的，而是肯这样眼睛潮乎乎的半张着嘴看大盖儿冒傻气，好半天也不动一下。

大盖儿坐下了，他大概有点晕，用手掌支在眼前，头歪着靠在树干上，闭着眼跟睡着了似的。

"他喜欢跟你玩是吗？"女孩说。

"是啊，跟着我他从来没受过欺负。"马小宝说，他皱了一下眉头，他皱眉头是因为在这个时候他一点也不喜欢下意识地皱眉头，可事实上他总是要皱。

女孩转过头看了马小宝一眼，马小宝的脸红了。如果她肯照这样子再来一遍的话，马小宝准能破了今年的世界锦标赛跳高纪录，他从女孩的侧面看着她，肩膀又酸又硬，体内就像被灌了石膏一样，他觉得两条腿一下子延伸到地底下去了，一动也动不了。

"其实这条狗根本什么病也没有。"女孩说，她不看大盖儿了，低下头抚摸着狗，"其实我只是想出来走走，才说是要给狗看病的，其实狗……"

她的声音弱下去了，狗并不重要，重要的是她再也不肯那样看他了，马小宝知道自己是再也捞不着那样的目光了，他不看她了，转头看别处。马路，汽车，路上的人，那些再有耐心不过、一步也不曾挪动过的大楼，顺着风呼啦啦乱响的树，守着个冰柜一天不停地打开和关上柜门的小贩和小贩身后的颜色鲜艳到能控制人颈部肌肉的巨幅广告……

"我怀孕了……"女孩说。

下面的事情是马小宝想了许多天把脑袋都想破了才勉强拼凑出来的，事情的发生总不会没有原因，而原因为什么总能成为原因简直没有人能弄明白。大盖儿的手怎么会跑到女孩的腿上就是这个问题，至于女孩的尖叫和撒开双手那是顺理成章的人的正常反应，小狗淘淘到底咬了大盖儿的什么部位他一直没搞清楚，不过就它的个头和进攻能力来讲不会造成什么大的损害，而大盖儿的奔跑速度他是了解的，因为他曾让大盖儿和一个前全市中学生运动会的百米冠军赛过跑，并为此进账八百元，分了大盖儿一半，但他仍然吃惊于大盖儿这时的速度，他想也许可以策划一下大盖儿和小武那辆摩托车的赛跑，赌注增加到五千块，那样就可以买一台新的电视，特大的那种，反正小武这个渣子每次结婚都能挣不少，而他究竟挣多少估计连他的新老婆都不会知道。

总而言之，情景是这样的，大盖儿从地上蹦了起来，他从地上蹦起来后马小宝才反应过来他是被狗咬了，当他蹦到最高点刚要往下落时一条腿已经迈了出去，而这条腿还没落地另一条腿又已经迈了出去，所以当他最终落地时离开他蹦起来的那个地方差不多有七八米远了，然后所有的人都注意到从同一个地方窜出去了一团雪白的"毛线球"，最多有拳头那么大，直奔大盖儿而去，十分耀眼，而且在这个"毛线球"还是一条眼膜上的白色弧线，而且这条线长得都要把大家的眼球撑破的时候，一连串巨大的、完全与它的身材不相匹配的、发疯般的狂吠也直奔大盖儿而去。于是街上的人站在原地，看着一只只有拳头那么大的狗狂追一个人五十米，而且在这条狗停下来后，那家伙还是没命地飞奔，直到从大家的眼前消失。

于是街上所有的人都面面相觑，然后突然地，一起哈哈大笑。

# 1982 年的钻戒

　　1982 年时我们不过是一些小屁孩，可是如果有人敢说我们是小屁孩，我们就会火冒三丈。我们是四个人，四个小屁孩，我们按江湖的规矩搞了排行，老大是马小宝，其实马小宝的年龄最小，他年龄最小为什么能当老大，这一点我们后面再说，反正这会子他已经是老大了，所以老大是马小宝。老二是王小毛，王小毛无论从哪一方面来看都像是老二，连长得都像，而且他是我们当中唯一和女孩子打过交道的人，这可不能忽视，所以我们让他来当老二，因为再也没人愿意当老二了，只好让他来当。老三是我，我叫"大革命"，这没什么好说的，只要知道就行了。老四是张大志，外号"青眼窝"，他很凶，打架总是打输，但从未有人和他打过第二次架，因为那个打他的人自从跟他打过架走道就得绕着他，因为他一打起架来几乎只有一种状态——成百次地以鼻青脸肿的方式从地上爬起来再向对手扑过去，然后第一百零一次地被击倒。

　　事情是这样的，有一天马小宝把我们几个召集到一起，也就是说，放学后我们都没有走，秘密地会合到一处，然后顺着学校的围墙绕到了后操场的树坑那里——三年前他们就在那儿挖了坑，但一直没有把树填进去，因此每个坑底都铺上了一层学校里最多的东西：废纸。我们四个挨着个儿地跳进了四个树坑，只露出了脑袋，我们用这个露出来的脑袋四处观察，这里没有别人，只有我们的四个脑袋在互相看。像四个树桩。

"不能再这样下去了。"马小宝说。他的目光中流露出痛苦的神色，而且好像这痛苦并不是从他自己身上流出来的，而是有一个喜欢胡闹的家伙不停地用水枪往他的额头上滋水，以致在他的眼前形成了一道痛苦的水帘，使他的神色被影响了，被改变了，被否定了一样。马小宝的年龄最小，他比我要小上整整四个月，但我看着他，就像看着自己的大哥。

"再也不能了。"他说。

我们三个看着他，希望他继续说下去因为他说下去的东西可能是我们唯一的指望，而如果他不说的话，那我们就压根不知道该怎么办好了。所以现在的情况是，一个树桩子冲西，另外三个树桩冲东，竖起耳朵，时刻准备着，为某种可能到来的改变激动。而且这种改变，目前只能来源于马小宝那颗冲西的脑袋瓜。

"你们有什么办法？"他说。


三颗冲东的脑袋一起转动，最东边的王小毛转了180度，冲了西，中间的我转了270度，冲了南，最西边的"青眼窝"转了360度，仍然冲东。我们三个一起摇头，依次停下，一阵烂纸的窸窣声中，又重新排好了阵式。就好像是由马小宝和"青眼窝"看着中间的我和王小毛不许乱说乱动似的，或者说干脆就是他们三个看着我一个人不许乱说乱动，于是我说：

"抽烟。"于是我又说：

"我们也可以抽烟。"

这是没有办法的办法，拾人牙慧，毫无创见，但我们的确没有更好的办法，不抽烟我们简直毫无出路。

"谁家有烟？"马小宝问。

"我家有。"王小毛说。

"我家有。"我说。

"我家也有。""青眼窝"说。

"什么烟？"马小宝又问。

"金驼。"王小毛说。

"金驼。"我说。

"青眼窝"同志没有说话，看样子也是"金驼"。那种红红白白，中间印着一个看着像土堆，不过你要是非想说成是骆驼也可以的便宜货，连过滤嘴都没有，粗得跟指头似的，还不如直接把手指头染白了含在嘴里呢。

"这怎么能行呢？"马小宝说，"不要有私心杂念。到底有没有'中华'？"

这一问非常多余。有"中华"我们早就抽上了，不用等在这个树坑里听他胡扯什么"私心杂念"。这不是"私心杂念"的问题，是"所有权"问题，"私有制"问题，"生产力"问题。如果我们的父辈们抽不到中华，并且连累着我们也抽不到中华，难道我们没有私心杂念就可以改变这一切吗？于是我说：

"那么我们就别抽烟了。"

那三个家伙一齐看我。就像我虽然是个卑鄙小人，但他们也并没有因此而感到愤怒，仅仅像是碰到了倒霉事啐了一口唾沫，喉咙那儿动了动。好像那股子被人耍弄的怨气不过是到喉咙那儿逛了一圈儿，就又老老实实地回到它们原来待的地方去了。

"吸烟有害健康。"我振振有词地说。

马小宝没理我，看得出，他真的很痛苦，而且他的痛苦比我们三个加在一起的还要大，因为他是领导者，是会议主持人，不仅要对自己，而且要对我们三个"群众"负责，于是他必须要用一种宽容、大度、平易近人的态度来对待我这个捣乱分子，会场秩序的破坏者，出尔反尔的家伙，"惊慌失措的人"，一个"革命"的"叛徒"。

"你不要再说话了。"他说，并且把一只手伸到了树坑之外，大幅度挥动了一下。

"也许李小佳他们家有'中华'。"我马上说，"不过她是女生。"

马小宝看着我，那架势就好像如果我再不停止说话，不老老实实地接受他的领导，他就会马上缩进树坑，把脑袋也缩进去，一辈子不出来了。

"她爸是商业局副局长，没准她家有。"我又说。

"她是你同桌，你可以问问她有没有。"我又说。

"我们可以用别的东西跟她换。"我说。

"要是她不换的话我们就撒她自行车的气。"我说。

"要是她实在没有的话，那我们就只好不抽了。"我说。

"反正吸烟是有害健康的。"我说。

"不过我们还可以试试王燕，她爸是采购员。"我说。

"王燕是副班长她不会给我们烟的。"我说。

"但我们可以说她和张涛找对象要挟她。"我说。

"实在不行就贴她的大字报，让全校人民都知道。"我说。

"顺便把马小曼牵进去，她那天说咱们'不要脸'来着。"我说。

"好像她就要脸似的。"我说。

"她要脸就不该给男生传条子。"我说。

"还说王小毛是'小市民'。"我说。

"德行！"我说。

这时候我停下来喘了一会儿气，说实话老说话还真是怪累人的。王小毛和"青眼窝"不见了，我边喘气边探头看了一下，他俩跟条蛇似的盘在树坑的底部，头垂下去看着自己的尾巴，看看能不能一口吞下去。我又回头去看马小宝，实际上我一直想看着他也缩进去，可他就是不缩。

"嘶。"

他吸了一口凉气，左右看了看，好像在仔细观察这口凉气的化学成分以及物理成因似的。

"你回家吧。"他说，"回家吧。"

于是我有好长时间没在放学后跟他们三个一起玩了。如果你有一个出人头地的欲望，可是没有与之相辅相成的能力，那么你简直就没法活了，跟他们三个在一起就是这样，我们都想出人头地，可关于这一点我们一点办法都没有。我们是干看着别人抽中华烟一点儿捞不着啊。吴小潮他们也是四个人，可人家呢，爸爸是市长、主任之类的，一出手就是一盒中华烟，一出手就是一支电子笔，一出手就是一块钱，冰激凌管饱。我们有什么？谁会在乎我们呢？以前我们还可以把他们四个通通揍上一顿，可现在他们结交上了板楼的三哥，反而是没事干打我们一顿解闷了，天天被他们堵，摸脑袋，还得管他们叫"大哥"。

反正我是烦透了，不想混了，想回去当好孩子去。好好学习，天天向上。

可是这一天王小毛秘密地走到我面前，小声说："'大革命'，放学别走，等我的暗号。"

我就知道我又得去蹲坑了。

等到放学，王小毛单独来找我，带着我向树坑那儿走去，我估摸着那两个已经蹲好了等我们呢，于是我问王小毛：

"什么事儿啊？"

他没吭气儿，但他肯定会说出来的，他是我所见过的最酷爱吐露秘密的人。

"你敢喝酒吗？"他说。

这些人已经疯了。


天已经快黑了，操场上一个人都没有。我们又像以前一样挨个儿跳进了坑里，准备开会，不过我觉得有些奇怪，因为这一次的主持人不是马小宝，而是"青眼窝"。

"现在我们开会。"他说。

显然他对以下说什么一无所知，所以他又说了一遍"现在我们开会"，但他还是不知道要说什么，于是马小宝说：

"把你的东西拿出来。"

"青眼窝"的眼睛突然放出光来，他一把从背后揪过书包，手伸了进去掏摸了一会儿，然后全身的动作都停止了，好像他要积蓄一下精力去干一件大事似的，猛的一下，把一件东西举过了头顶。

"你们看，这是什么？"他说。

我只知道这是一瓶酒，死难喝的东西，不知道它的具体意义，即这个东西怎么才能让我们出人头地，令别人侧目以待，刮目相看。

他举了半晌，看我们没什么反应，就把胳膊放了下来，对马小宝说："你告诉他。"

马小宝谦逊地转过了身子，就好像他的傲慢足可以用谦逊来表现似的，说："这是一瓶茅台。"说完后向"青眼窝"偏了一下头，好像要取得继续发言的荣幸似的，说，"产于 1964 年，比我们几个的年纪都大。"然后就闭了嘴，抿得非常紧，目光直视着我，期待我的大吃一惊。

"这只不过是一瓶酒。"我说。

"这是茅台。"他又重复了一遍，着重地说了"茅台"两个字，表现得非常耐心。

"'毛台'是什么？不是酒吗？是汽油？"我"嗬嗬"地乐了起来，瞧着他们三个，他们三个都很严肃，没有一点要乐的意思，于是我也不乐了。

"这是我姥爷的。""青眼窝"说。

"没错。"王小毛说。

"你姥爷不想要了吗？"我说，"他还有不想要的东西？"

"他给我的。""青眼窝"非常执着。

"没错。"王小毛说。

"别逗了，你们俩偷的吧。"我说。

他们三个互相看了看，心事重重的样子，就像我是个犯下严重错误的失足青年，必须依靠他们的耐心指点和帮助才能重新回到正确的路线上来似的，而这种指点和帮助将是十分艰巨的，需要非凡的毅力和勇气。

说实话，他们在此刻所表现出的优良品质实在让我受不了，我盼着他们能重新用一句"你回家吧"把我打发走。但是看来他们已经对自己以前的"错误"做法有所警惕，有所认识，并且坚定地认为不应该再让我这么自暴自弃下去，正在寻求更为委婉，更为温和但同时也必须是更为有效的办法。总之他们绝不允许我的置之事外。他们全体信奉一条法则：所有的蚂蚱都必须拴在同一条线上。

于是马小宝说：

"你现在，怎么变得这么不讲义气了？"

我想我得屈服一下了。

第一口下去的时候，我就知道汽车为什么老想往前跑了。因为它肚子里面烧得难受，吐又吐不出来，只好撒欢儿了。这样至少可以转移一下注意力。

我把瓶子又递回给马小宝，马小宝喝了一口，传给"青眼窝"，他也喝了，这是他带来的，他必须起模范带头作用。之后他传给了王小毛，王小毛接过来后先皱着眉头闻了一下，说：

"这些大人是怎么搞的，他们就喝这个？"

说完后试了几试，还是没喝。

"这是'茅台'吗？"王小毛说。

"酒都是这味儿。"马小宝说，"你快喝吧。"

王小毛喝了一口，把酒瓶拿在手里，不知该传给谁。

"该你了。"我对马小宝说。马小宝看了看我，没说话，把酒瓶接过去喝了一口，递给我，我没接。

"该他。"我冲着"青眼窝"一努嘴，"青眼窝"疑疑惑惑地接了过去，喝了一口，一小口。可即便是这样，他的眼泪"哗"的一下，全流出来了。好像他体内的液体含量已达到极度饱和状态，喝进去一口就得流出来同样多的一口。马小宝又看了看我，没说话。我和王小毛在看一直不停地眨巴眼的"青眼窝"，看他用手背擦眼泪，现在他的鼻孔出奇的大，嘴张成了一个长方形，整张脸都变形了。

"这有用吗？"王小毛说，"我要去上厕所。"

"我也去。"我拉着他转身就走。

走了一段后，王小毛回头看了一下那两人，又看了看我。

"这有用吗？"他说。

"有用。"我说。

"有什么用？"

"变成傻瓜，变成酒傻子，还可以让你爸有理由揍你，这不都是用处。"

"好吧。"王小毛说。

他说完"好吧"以后，就抓紧时间系好裤子。掉头往回走，一副认命的样子。我跟着他，肚子里暖烘烘的，每抬腿往前走一步，膝盖都想跳起来撞我的下巴。那两个人等在原地，一直看着我俩，马小宝手里举着那个瓶子。"青眼窝"同志"眼空蓄泪泪空垂"，仿佛那不断流出来的压根就不是什么眼泪，而是安装在他脑袋顶上的一架自动灭火机什么的，每隔上一阵就喷一股子水。

"还有多少？"王小毛问。

"几乎是满的。"马小宝说。

"这么半天你俩都干什么了？"王小毛的眼珠子都快掉出来了。

"等你们。"马小宝说。

我使劲地使膝盖保持僵直状态，然后我滑进了一个旁边的树坑里，趴在坑沿上。这时候我琢磨了一下，要是今天不豁出去的话，估计明天上学的时候就可以直接从这儿出发了。于是我说：

"把酒给我。"

马小宝递了过来，我从瓶口往里看了看，白亮白亮跟水似的，要是水的话我一个人全包圆都可以，可这玩意儿它到底是怎么搞的，能让人发晕。我举起来，憋住气，喝了一大口，又喝了一大口，然后赶紧捂住嘴，示意王小毛接过去，王小毛看着我，就是不肯接。

"你再喝一口。"马小宝说。

这时我终于能喘出来气了，好像扎了个猛子想憋得实在不能再憋了才露出头换气时一样。我张大嘴，"啊啊"地使劲叫，这种大喊大叫压根和我就没关系，也不知是一个什么东西要叫，只不过是碰巧借我的嘴叫了出来。这时我听见马小宝说：

"还没完呢？你再喝一口。"

"为什么？"我说。那叫声一下子就停了下来，只不过我的嘴还是合不上。

"你刚才少喝了一口。"他说。

"那好吧，"我说，"要是这玩意儿真值定着量而且还得抢着喝才能喝完的话。"

接下来的事情就简单多了，每个人好像都清醒地接受了现实，酒瓶子在我们之间传来传去，没多久就下去了大半瓶，等到我又重新拿到瓶子的时候，王小毛突然喊了一声：

"等等。"

我扭过头看他，发现他有两个脑袋，一个在前一个在后，这两个脑袋晃来晃去地老想往一块儿合，可就是合不到一块儿。

"怎么了？"我说。

"要是我们全喝光了，那别人又怎么知道我们喝的是'茅台'呢？"

我们一下子全傻眼了，都去看马小宝。马小宝坐在地上，身子晃来晃去，也是两个身子合不到一块儿，我看他连坐着的劲儿都没有了。

"什么？"他说，"你说什么？"

"要是我们把酒喝完了，又怎么能让人知道我们喝的是'茅台'。"王小毛又说了一遍。真难为他还能记得这么清楚。

"是啊，"马小宝说，"你说得对。"

他还是晃啊晃啊的，时刻准备着向四十多个方向同时倒下去。

"张大志，"他说。"张大志"是"青眼窝"的名字，"你姥爷那儿还有'茅台'吗？"

他刚刚说完，也就有那么两秒钟，我还在琢磨他这话到底是什么意思的时候，一个黑影从地上蹦了起来，直接落下去把他砸倒了。我和王小毛对视了一眼，又接着去看那边的尘烟弥漫黄土飞扬，还伴随着阵阵皮肉的攒击声。张大志同学带着哭音的喊叫声响彻了整个操场：

"打你这个狗日的'茅台'。打你这个狗日的'茅台'。"


所以说这一次马小宝又没当成老大，不仅没有当成街面上或学校里的老大，连我们几个的老大都没当成。自从他被"青眼窝"打了以后，就不和我们在一起了，我们也不知道他在干什么，连我们三个现在也不经常在一起了，但我们放学的时候还是一起走，有时候看到他一个人低头在路上走，也不打招呼。他几乎从不看我们，或者说他几乎从不看任何人，依我看他即便不是老大，老大的派头却已经有了。

这样的日子大概过了不到一个月，我们四个就又聚到了一起。生活中的变化总是让你防不胜防，即便你只不过是待在学校这样一个破地方。但在学校里待着也有一个好处，那就是你能见到所有的那些人，不管你愿意不愿意，那些人总在你的眼前转悠，由不得你不去看他们。

话说大概是到了五月份，反正天气已经热得穿不住外衣了，有天下了课我趴在阳台往下看，并不是特意要看什么，而只不过是在看。那时候我们班的教室在三楼的中间，正好对面就是学校的大门，我们班的男生都喜欢趴在这儿往那儿看，至少谁下了课去买冰棍儿什么的可以搞搞清楚。

这时候马小宝背着书包从校门口进来了。他肯定是旷了课，他现在才进校门又背着书包那肯定是旷了课。然后他就那么平平常常地走了进来，并没有像一般旷课的人那样溜着边地走，或者干脆翻墙，而是大摇大摆不慌不忙地从校门口走了进来。就好像他身上带着特别通行证，而他也相信别人同自己一样清楚这一点似的。有几个人开始叫他的名字，给他起哄，大家总算在课间休息中找到了一件适宜的娱乐项目。不过马小宝一点也没在乎，他还是那么不紧不慢地走着，走过花池，走过喷泉水池，走到一片绿荫里去了。但是他身上有一处刺眼的地方，在他刚刚走进绿荫里去的那一刹那，我发现他的右手上戴着一只白手套。这个笨蛋又要搞什么名堂？

等到他走出树荫时，好多人都发现了他的白手套，大家都在为他的右手没有被冻僵感到惋惜。然后等他终于上来的时候，大家摆出一副盛大欢迎的阵势。并且由吴小潮致欢迎词：

"你怎么连棉帽都不戴就上学来了，这孩子，也不怕伤风感冒！"

但马小宝连眼皮都没抬就进了教室，他的那副神气唬住了所有的人，本来大家列好阵势是要把他当"豆子"炒的，可到头来一个人都没动就让他这么着进了教室。等大家反应过来后就全涌到了教室门口，这时候没有一个人出声，就好像马小宝不知怎么着一下子成了大人物一样。大家看着他走到了自己的座位跟前，放好书包，坐下，冲着黑板，谁也不看，就连黑板都不看，左手放在桌斗里，右手也放在桌斗里，就好像他打今天下午两点起就坐在这儿没挪过窝似的。

好在是上课铃给大伙儿解了围，不然大伙儿还真不知道该拿他怎么办。一节课上罢。大家都差不多忘了这码子事，像以前一样没人去理睬他，但他好像知道总会有人去注意他似的，一直保持着那种自以为是迷人的神秘的微笑。于是我把王小毛和张大志叫到一起，让他们放学后留下来。

这次我们没有去树坑那儿，而是留在了教室里，假装写作业。马小宝一直是那副"一切都在山人预料之中"的臭模样，等教室里的人都走光了——我们等了差不多有半年之久，我们三个从各自的座位上站了起来，一齐向马小宝围了过去，逼近他，那架势好像要揍他似的。但马小宝知道我们不会揍他，我们也知道不会，但当时的气氛就是这样，我们向他逼近，再逼近，直到离得不能再近了才停下来。这时候我们仍然不说话，等着他说话，但他好像也不想说话，好像对我们孤立他的报复还没有达到足够的程度。于是我说：

"那是什么？"

"什么什么？"他说。他的双手依然放在桌斗里，自始至终没有向我们三人中的任何一个看上一眼。

"那个手套，"我说，"是怎么回事？"

"这个嘛，"他说。这时候他终于可以得意洋洋地把手从桌斗里拿出来了，他举着那只戴着一只劳保白线手套的手，用另一只手一个手指一个手指地脱那只手套，好像那是一只金丝手套似的。"这是钻石。"

"钻石？"我说。虽然我很早以前就知道钻石是什么，但我从未想过有一天我会见到这种东西，或者这东西到底会跟我有什么关系。

那只手套终于被脱下来了，我们全都看见了他的无名指上有一个钢圈，那上面镶着一个像玻璃一样的东西，但比玻璃要亮，亮很多，而且我们现在知道这个玩意儿叫钻石。

马小宝一边注意着门口，一边在我们面前摆弄着他的爪子。"看见了吧，它多亮。"他说。就好像他曾经有过一个妹妹，但已经死了，而现在他正在跟在天堂里的她说话，向她证明他在人世混得还蛮不错的。

整个过程也就是那么五六分钟的时间，他又把手套戴好了，而且收拾书包准备离开。王小毛不停地眨着眼，好像他的眼睛已经让钻石的光芒刺伤了似的。张大志在一边显得很不知所措，一方面他很为这块钻石动心，另一方面又因为打过马小宝而惶恐，我和他小学时就是同学，很了解他，其实他是个胆小的孩子，但这种孩子显示起自己的勇敢来会吓死人。

马小宝向门口走去，可我看他还不想就这么走掉，所以他一摇三晃，溜溜达达，书包在屁股后头甩来甩去，白色的右手摆动的幅度很大，在已经显出暗色的空间里划出一道儿一道儿的白色轨迹，非常晃眼。

"这玩意儿有什么用？"

王小毛突然冒了一嗓子，声音大得把我们全吓了一跳，我看连他自己都吓了一跳。

马小宝一下子转过身来，好像他早就料到了有这么一问。

"有什么用？"他说，他的眼睛冒出光来，一把拉掉了手套。这阵子他正站在教室门口，他的背后就是教室的那扇木门，门上有一个安着玻璃的窗户，好像是专为老师们监视学生设计的，他看也不看，回手就在那块玻璃上划了一圈，就好像他是经过了千百次练习似的，"嗞啦"一声，然后他说："有什么用！"他在说这话的时候仍然目光炯炯地看着我们，说完后又停了那么七八秒钟才缓缓地转过身去，中指和拇指扣紧，在那扇玻璃上使劲一弹。

"当啷"一声，有一块玻璃掉到地上摔得粉碎，但我们分明看到那块正在反射傍晚橘色光线的玻璃中间多了一个圆圆的黑洞，并且在门扇的颤动中一晃一晃，就像突然出现的一张吃惊的大嘴，对着我们，紧张地喘着粗气。

就在这个时刻马小宝理所当然地成了我们四个中间的老大，他凭借一颗钻石征服了我们，他也会征服其他的人，只要他愿意。

在随后的几天里我们又有幸看到那颗钻石，它比一个图钉的帽儿要小上一点，在有灯光的地方，特别是有太阳的地方，亮得吓人，就跟他在手上放了一个雪球似的。这么说也不太确切，因为那种光并不是混成一团的，而是一道一道的，非常密但每条光都是分开的，但马上他就用钢笔水把它染成了蓝色，虽然这样仍然遮不住它的光线，于是他就用了墨汁，还想用油漆，总之他不太想让它太惹人注目，而它似乎总想这么干。

很快，我们用它在一辆锁着的小汽车的后座的靠背上面拿到了一整条的三五烟，那是一辆外国生产的车，所以车里有外国烟。由于我们突然有了很多高级香烟，而我们又没有地方储存，我们就大量散发，以便可以蔑视那些接受施舍后堆满假笑的嘴脸。一句话，我们成了名，成了大名，人人都知道初三（5）班有四个多么了不起的家伙，都想和我们结交。

这时候，我们收到板楼"大哥"传来的口信，他给了我们定期向他提供高级香烟的荣幸，并且同时拥有在本校初中年级"便宜从事"的特权。我们亲眼看着吴小潮一伙蔫了下去，他爸是副市长也帮不了他们的狗屁忙。最得意的是张大志同学，他现在可以随意骑在任何一个比他高一头或干脆高上一头半的家伙的脖子上乱打，而不用担心那个人把他拨拉下来。王小毛大受女生欢迎，因为每一个在上学或放学前路上受到小流氓骚扰的女生都愿意找他帮忙，"教训"一下那个家伙让他明白这个姑娘到底是在受谁的保护，而王小毛多半会把这个任务派给张大志，自己则专门护送这个女生回家。如果她足够漂亮的话，那么那段三分钟的路走上一个小时也不会有人吃惊。

而我和马小宝除了得到一些不知从哪儿冒出来的点头哈腰的人廉价尊敬以外，好像只适合处理一些外交事务和校园外不断涌现的愚蠢争端，做出决定，允许哪些人出来乱晃，而哪些人必须把尾巴夹起来，而这则完全凭我们的一时好恶，我们完全可能在前一天还允许有些人神气活现，而第二天就判处他们有罪因此必须被另一些人以对待过街老鼠的方式加以惩处。这真是过瘾之极！当然了我和马小宝还必须为维护现在的一切努力工作，所以时间非常紧张。那时我爸经常因为我回家晚而痛揍我，有几次我被打急了，甚至有了用香烟贿赂我家老爷子的想法，可是香烟越来越难搞了，我们的几个定点"客户"现在都装上了一种叫卷帘门的破玩意儿，而后座靠背上有香烟的小汽车则几乎就见不着了，所以我们必须拓展市场。

有一个阶段我们几乎什么都偷，连钱都偷。有一次我们甚至从五金商店偷了一筒二寸的钉子，一路走一路插在地上，想象着有人踩上去被扎伤后疼得大叫就觉着有趣。那时候我都快绝望了，差一点就相信自己是个天生的坏种，无可救药，只能等着被枪毙了，真的差一点就相信了。但我们还是不停地在干，一点也停不下来，那真是一种疯狂，好像一旦想到有一天自己又会变得没人搭理了就觉得受不了，就什么代价都可以付出。而且这股子疯狂的劲头一旦启动就无法遏止，不把自己拖垮拖倒拖得再也干不动了就没法停下。

马小宝给我讲了这枚戒指的来历。他每次和我一起出来偷东西的时候就叨叨叨说个没完。他怕得要命，可他还是不停地偷，好像我们能把不论一个什么东西交到板楼的"大哥"那儿他就能踏实许多，实际上，到后来他们只接受一样东西——钱。

到目前为止，除了我们四个，没人知道戒指的事儿。

"我爷爷走到那个人的面前，站在那儿，就拿眼睛看着他。"马小宝说。我们俩一直在路上溜达，看看能不能碰着一桩好买卖。"那个人开始发抖，他知道我爷爷不是好惹的，而且我爷爷的个子很高，也很壮，那时就留了络腮胡子，看上去很凶，然后那个人说，你想要一只羊吗？这太可笑了，他明知我爷爷想要什么，可他却说你想要一只羊吗？"

我俩找了个台阶坐了下来，马小宝从兜里拿出了一盒烟，分给我一支，我一看，是"金驼"。但我没说什么，这是1982年，虽然我们有了钻戒，但高级烟仍然是紧俏货。天已经很黑了，没人会看见我们，于是我们点着了烟，一起抽了起来。

"他这是想转移我爷爷的注意力，想拿一只羊把我爷爷糊弄过去，但我爷爷不吃他这一套。我爷爷说，我最近吃斋，不能吃肉。你说逗不逗，我爷爷说得就跟他是个和尚似的，其实他一点都不是。然后那个人说，那你要怎样。我爷爷说，我要你手上的那个东西。那人说什么东西。我爷爷说，就是你前几天从外地人那儿抢来的东西。那人说，哪个外地人。我爷爷说，你心里有数。你听听，我爷爷说，他心里有数，你说逗不逗，我爷爷说他心里有数。那个人好半天没说话，我爷爷也不说话，就那么看着他，站着不动，然后那个人一拍桌子，站了起来，说，你也太欺负人了吧。我爷爷掏出枪来。就把他给打死了。"

我在旁边听着，觉得他爷爷只不过是顺手拍死了一只正在叮他的蚊子，或者说是边拍蚊子边跟他这个傻孙子胡扯。他这个故事要是真的的话，我估计他爷爷要是知道了他整天地四处乱偷东西就是为了给什么板楼的"大哥"上贡，非亲手把他掐死。所以现在我连什么以前特爱说的"算了吧""别逗了"之类的话通通懒得说了，只要我的耳朵还有一天没有变聋，他就爱说什么说什么吧，等到我的耳朵终于聋了，那就更不关我的事了。

"然后我奶奶把我妈叫到屋里，"马小宝说，我俩这阵子又在溜达了，"说，这个东西以后就归你保存了，记住，一定要传给后人。我妈把它拿了回来，放在桌上，把我爸叫了过来，说：好看倒是好看，可现在这个年月，这东西能有什么用呢。"

真难为他把每句话都记得这么清楚，可他的英语怎么总考不及格。

"我爸说，收着吧，别让人看见，要是有人知道，告诉领导，那可就麻烦了。我妈叹了一口气，拿了块花布把它包好，又打了一个结，塞在一只旧袜子里，放到箱子里去了。然后他们就关上灯睡了。"

现在我才明白，马小宝并不是讲给我听，而是在自言自语。奇怪了，实际上一路上我们也发现了几家可以下手的地方，但我俩似乎谁都没兴趣再去掏摸点什么了，好像能这样走下去，可以有个人听你唠叨，可以有个人在你旁边唠叨，就已经很不错了。

"每过上一阵子，我妈就把我赶出去，一个人在屋里把它拿出来放在桌子上，对着灯看。她能看上整整一晚上。有时候我半夜醒来，发现她的屋里还亮着灯。她从来不把它拿在手里看，而在放在桌上，两手握在一起，胳膊趴在桌沿上，有时候坐着，有时候就那么趴着，一动不动。那个时候，还没有我妹妹呢。"

马小宝叹了一口气，叹得很轻，好像那不过是很平常的一次呼吸，或是很平常的一次语气上的停顿。但我知道他的确是叹了一口气，而且叹得很深。

我俩又这样走了下去，接下来他就再也没有说过话，只不过每走一步，他右手的自然摆动以及那只套在手上的白线手套都格外抢眼。我甚至觉得那根本不是他的手或手套，而是他用右手抢着的一个一百多斤的秤砣。

2001 年 4 月 26 日

# 爷爷和冲锋号

## 1

他们把爷爷奶奶从山上接下来，就好像过年时往大门上贴了一对门神，虽然郑重其事，但也并没有当成多大的事。

"哥，嫂，爸妈接来了。"二叔在门口大喊。

我随着我爹我娘走了出来，看见了爷爷奶奶，他们还是老样子，个子出奇的小，手拉手站在一起，就好像不论在哪儿稍微地停上一会儿，脚就会陷到地底下，而他们的表情与这种境况十分配套——一副不言不语的多年的无可奈何。

"爸、妈，屋里去。"我爹我娘一起躬身。

爷爷和奶奶一起拔出右脚，向前迈步，步幅很小，但非常整齐，众人鱼贯而入，填了半间屋。

这次接爷爷奶奶下来，是为了建军大哥娶媳妇的事儿，连远在上海的三叔三婶也一并要过来。爷爷奶奶已经三四年没下山了，他们号称要在山上种树，但据二叔说，爷爷什么都不干，没事就在山梁上坐着，手里拎着他的那个黑罐子，里面装着哥几个轮番给他去打的、每日定量二两的老白干。奶奶则门也不出，想起来了做顿饭，想不起来就打发他到别人家吃点儿，她自己很少吃东西。

爷爷还是老样子，自我记事起他就是这个样子，两只眼睛整天都是水花花的，他流很多眼泪，多了就用袖子抹一下，老是一副痛苦的表情，不说话，不论看哪儿都要盯上好半天再眨一次眼，所以他总是流眼泪，当然，他还没有鼻子。

爷爷的鼻子是弹片削掉的，在别人有鼻子的地方他只有两个表示着遗憾的洞洞，冬天太冷的时候他会在鼻子上包一块毛巾，平时就这么敞着，他告诉过别人：这样痛快。

我们这方圆几百里的地方，只有爷爷去过人民大会堂，他还从那里带回来一个小黑罐子，据说是装花雕酒的，不过他就去过那一次，回来后就住在村里，再后来就搬到山上去了。

等我进去的时候，爷爷和奶奶已经被摆到炕上去了，他俩盘腿等着，就好像数年来从未离开过，甚至从未改变过姿势似的。爷爷的腿中间夹着那个黑罐子，罐子的口上拴着一条花绳，挂在他脖子上，他不时地举起来咂上一口儿，没人知道他是否每次都喝着了。

爷爷的辈分相当高，说起来全庄子的人有一大半都是他的后代，连我这样的差不多都当了爷爷了，三牛家刚生的那个娃娃比我低两辈。而且爷爷这一辈的人他是最后一个，是活祖宗，没人知道他有多大年纪，反正十年前他就自称八十八岁，今年问他，他还是八十八岁。他不在乎这个。

奶奶肯定比他小很多，三叔是奶奶生的，爹和二叔则不是，爹比三叔大将近二十岁，三叔比我大不到十岁。生爹和二叔的那位我的亲奶奶死的时候很年轻。对于我来说，这些事都是糊涂账，妹妹更是糊涂，建军哥可能多少知道一些，不过他不会把这些放在心上的，我敢打赌他在听这些话的时候多少还会显得认真一点是因为他根本就懒得把头挪开。

爷爷奶奶已经接下山了，大家都在商量明天接三叔的事儿。三叔在上海工作，这是件了不起的成就，他还娶了上海的媳妇也就是三婶，虽然听说三婶不是上海本地人，而是湖南人，对于湖南蛮子大家都没有什么认识，但至少也没有什么成见，况且她也在上海工作，和三叔同样了不起，所以万万不能用我家农用三轮去接，搭上花棚子也不行，这是二叔的意见。二叔家的三轮比我家的旧，跑起来不仅发狂般地咳嗽喷黑烟，还哆哆嗦嗦地不稳当，庄子里的人取笑说他给他家的车烧的是酒精。

他们全都想让三牛的爹主动提出用他家的小货车去接，可三牛他爹就是不接茬，这里面多少牵扯一个费用问题，到县城得四五十里地，而三牛家和我家只是远房的什么亲戚，和我同辈，但爹和二叔向来没和他论过辈分，一直客客气气，他今天也主要是来看看老祖宗——我爷爷的。所以当爷爷霍的一下从炕上站起来，就像原地蹦起来似的，又接着走下了炕，向门外走出去时，大概所有的人都以为爷爷生气了。成年男性们不得不一起起身，诚惶诚恐地跟在爷爷后面，自然而然地依大小排好了顺序，鱼贯而出，等待接受他老人家随时发出的训斥。

爷爷又瘦又小，昂然而出，每走一步都似乎要在地上踏出一个半寸深的脚印，后面跟着的人躬身屏息，双手几乎垂到了膝盖，愁眉苦脸，不知等待他们的是一场什么样的暴风骤雨。

这时爷爷已然走到了东墙根下，面壁而立，一言不发，后面的人也同时站住，显然爷爷已经怒极。当时的场面十分尴尬，每间屋子的门扇后面都躲着好几个人伸长脖子往外看这些当家男人多年来的头一回狼狈。当然了，此时必须有一个人带头做深刻的自我谴责，事情才能继续，于是我爹上前一步。

"爹，"我爹说，"您……"

"嗯。"爷爷说。

然后爷爷就"哗哗"地撒起尿来。

等到所有笑疯了的人都差不多笑不动了的时候，爷爷才系好裤子转身，看都没看那些站在他身后的家长，好像他仍然在山上的树林里，就又溜溜达达地回到了屋里，把那些一路恭送他方便的人剩在了那里。自始至终，只有奶奶一个人坐在炕上一动没动，末了她瘪着嘴说："老没出息的。"


## 2


在这儿我还想对自己说两句。我是那种典型的满腔怨言的傻瓜蛋，如果不能马上对自己看着不顺眼的狗屁事情嘟囔上两句，简直一天都活不下去，所以我总是挨打。庄子里的人都已经习惯看见我在井边洗鼻子，把头发搞得水淋淋的，衣服上也是乱七八糟。

一个天生长着一张臭嘴的人永远管不住自己的臭嘴，这就是我被叫成臭嘴的主要原因。而臭嘴的主要特点就是有太多的话要说，有太多的牢骚要发，总是看什么都不顺眼。

比如第二天中午，看着三叔三婶在阔别多年后又重新回到庄子里，村里人群情激动的那个德行样，我就气不打一处来。他俩根本没坐三牛爹的那辆破车，而是雇了县里的一辆红色的出租汽车，三牛爹拉的是他们的行李。与其说是行李，不如说是救济物资，他们大概把全上海他俩能认识的人家里的垃圾全弄来了，据我爹说三叔是个肩不能挑手不能提的人，可这回他的出息大了，要不然就是三婶，都说南方人能吃苦，没想到城里的南方人也这么能。

三婶就像《青春之歌》里的林道静一样甩了一下头发，登上了小货车，叫了一声："乡亲们！"乡亲们就围了上去。同样的这一群人刚刚为三叔拍给出租车司机的一张红灿灿的百元大钞直咽唾沫，这时就知道来了好事，自四六年土改后还没人这么公开地在场院里乱分东西。

建军哥正忙着让乡亲们排队，这一刻他有了巨大的权威，我敢打赌如果让他安排这件事的话他肯定要在场院拉上围绳，然后卖票，五毛钱一位，有票的才能进去，而且百分之八十以上的票款会毫不例外地被贪污掉，最后他会说："卖什么票啊，都乡里乡亲的。"从而把这件出售门票事件从根本上否定掉。

说实话，我们基本上都看傻了，如果把这一车的垃圾以五分钱一件卖掉的话可能需要半个月，但现在是白送，所以不到半个小时就精光，比二十个壮劳力用那种最重量级的大扫帚扫得还快。三婶从皮包里拿出一个小包，从里面抽出一张纸巾，仔细地擦了擦脸，我估计她累得够呛。

接下来的话她要是要求把庄子东头的那五棵大树挖到上海去，再在上头系上一条红绸子，红绸子上头写上"大树进城"，我敢说村委会一定没法拒绝。这一方面是因为"大树进城"是件光荣的事情，我们村居然能为这件事作出贡献该是多么幸运啊；另一方面，这些乡下的傻瓜蛋没法忘记一句古训：礼尚往来。他们白拿了人家的东西，自己的东西又没人要，所以只好送大树了，乡下人有乡下人的尊严嘛。

所以说，我对我爹所说过的千言万语都当是耳旁风，只有一句记得千真万确，他说：报纸是个坏东西。

我老看报纸，我们学校有个报栏，我老看，一字不落。上面说了所有的事情。我和这样的坏东西打交道，所以我是有名的臭嘴，这一点也是千真万确，童叟无欺。

三叔三婶送给建军哥的结婚礼物不是现款，而是一架数码照相机，这让那个要开始新生活的家伙非常失望。从这件事上，我对未来的嫂子充满了同情，她是我所见过的最漂亮的姑娘，只是由于与生俱来的该死的善良才把自己交给了一个该死的笨蛋，这件该死的事情是我唯一不愿多谈的事情之一，这是个该死的语法错误，为了该死的高考我得多加注意。

关于我的建军哥哥没有更多的话要讲，这个该死的家伙要结婚了，娶的是个好姑娘，这足以让所有还想好好地把自己的生活过下去的人丧气。他的主要特点是现实，这个特点可以让任何多少有一点脑子的人产生把"现实"这个词改成"后现代"或者其他的什么狗屁玩意儿的念头。"现实"这个词的堕落比所有的东西堕落得都快一千倍，这就是我的看法，虽然现在我的任何看法仍停留在狗屁不通的水平上，但我仍是这么看的。

他们送了我一台手提电脑，这个词是我从报纸上看到的，我见过电脑，那是我们学校的摆设，但这一下来了一台手提的。三婶说："听说你是家里的捣蛋鬼。"她非常可爱，说我是捣蛋鬼，这一下子使我原谅了她乱送垃圾的暴行，但她接着说："你上过网吗？"这要了我的命。

我不能因为他们送了一台四角发白的手提电脑就全盘缴械，这东西基本能用，不然他们不会费事把它带来的，整个晚上我都在找机会给它通上电，但我爹就是不出门，他对戳在爷爷奶奶面前不动具有异乎寻常的兴趣，当然他还有其他方面的兴趣，比如极其不喜欢电器一类的东西，除电灯之外。他很嫌这些东西浪费一种叫"电"的必须付钱的玩意儿，谁也无法让他改变主意。

## 3

建军哥的婚礼定于"垃圾大派送"活动的第二天举行，他们像所有的乡巴佬一样，请了个戏班子。其实这个戏班子不会唱任何戏，也演不出什么节目，我在别的地方见过他们，准确地说他们憋足了劲儿到乡下瞎胡闹，就是为了顺便搞几个零钱花一花。一共只有四个人，全是小矮个，矮得出奇，人要是只长这么高多半就以为这也是一个节目，我想他们大概就是这么想的，不用再费心编导或是学表演什么的了。

长话短说吧，我自一大早被敲起来后一直忙于放鞭炮。鞭炮一共是两挂，必须按时按点地放，几个月前就敲定这活儿是我的，所以一大早把我敲醒之后两大挂鞭炮就像"十月革命"中俄国水兵的子弹带一样堆在了我的身上。从这时起我就得一直拿着它们，等着，等人家叫我去放炮，而我妈不仅不许我进厨房，还搜了我的身，禁带火种，不许吸烟。

三叔三婶在外面闲逛，他俩重新换过了衣服，让爷爷以为他俩是新婚夫妇。爷爷仍然拿着他的那个瓶子，每走两步，就哆哆嗦嗦地往嘴里倒上一会儿，也不管有没有倒出来，反正他的口水眼泪总是一塌糊涂，没人知道他到底是醉了还是醒着，我是说自打我知事起就从来没弄清楚过。这时爷爷碰见了他俩。

"嗯？"爷爷说。

最要命的是三婶从不管爷爷叫"爹"或叫"爸"，而是跟我们一起管爷爷叫"爷爷"。

"爹。"三叔说。

"爷爷。"三婶说。

"嗯？"爷爷说。

我的身后至少跟着二十个那种拖鼻涕的小孩，我现在是他们最敬重的人，因为我可以亲手点燃那些鞭炮的捻子。除此之外，他们随时准备把这个世界掀个底朝天，光凭着他们所发出的声音就能轻易地做到这一点。更重要的是，如果他们不打算尊重你，而你又不是那种能够把他们抓住狠揍一顿的英雄好汉，那你就只能忍受他们直到他们厌倦了你为止。现在的情况是，他们准备好好戏弄一下三叔三婶，于是三婶一说"爷爷"，他们立即发一声喊"噢……爷爷"，然后装作可笑得不得了的样子，开始在地上打滚。

三叔皱起了眉头，三婶吃惊地掩起了口，看着这帮傻瓜蛋捣乱——他们搅起烟尘来，绝对比张飞在长坂坡干得出色得多。

爷爷盯着三婶，所有的捣蛋鬼都在他的身后，都是他的子孙，他就像个带头大哥一样半举着酒瓶半张着嘴，眼泪鼻涕什么的一应俱全，迟疑了半晌，好像他即便已经是一个老糊涂了可是他们也不应该这么糊弄他。然后他转向三叔，说："新娘已经来了吗？"

"没有。"三叔说。他的声音实在太小。旁边又围上来了一些人，准备好好瞧瞧这场热闹，为此他们喝散了满地打滚的各位健将，平息了一场骚乱，背着手注意观察着位于中心的爷爷、三叔和三婶。

"这是谁？"爷爷又问。他仍然目不转睛地盯着三婶，固执地把她当新娘看待。三叔非常窘，脸一下子就红透了，他的双手一直插在裤兜里没拿出来，这会子只会拿脚尖踢地。

"这是您三媳妇啊，老爷子。"旁边有人帮忙。

"三媳妇？"爷爷说，他又举起了酒瓶准备放进嘴里，可惜又一下子放了下来。

"好。"他说，"三媳妇好。"

"三媳妇漂亮！"旁边的人说。

"是啊……"爷爷点着头，"漂亮。"

不过他老人家马上又接了一句：

"不知谁家这么好的福气。"

我敢打赌这些人要的就是这个，他们整天把手插在袖筒里在街上晒太阳，为的就是时不时地能碰上这样一件事好让自己好好地开开心。三叔气得发疯，拉着三婶就走，回到他们的房间再没出来。我挂着那两串"子弹带"一直在附近溜达，这毕竟是个婚礼的早晨，好多事情都准备开始。

情况是这样，全庄子有一半的人围在二叔家的院子外面，把桌子和凳子什么的搬来搬去，满头大汗，并且把做这个当成了天底下的头等大事。另一半人在村委会前面的空场上搭戏台，他们借到了包工头王二家的全部设备——钢管竹板以及其他的一些乱七八糟的东西，王二自然成为总指挥，他搬了把椅子坐在下面大喊大叫，就像他整整一年中所做的那样，相对来说，这里的效率比较高，不到两个小时他们就把台子搭好了。迎亲的人在我起床前就出发了，这些事情都是几个月前定好的，它们都被执行得很好。

长话短说，新娘子是中午十一点过一点接回来的，这个漂亮姑娘被打扮成了一个傻瓜蛋，插了满满的一头塑料花，大冬天露着整条的胳膊，被一大堆人挤在最中间，低着头向二叔家的院子走去。

放过炮我就没事了，我看着这个家庭新成员，她显然哭过，那个为她化妆的家伙一定气得发疯，因为把接近一公斤的各种东西全弄到一张脸上去可不是一件容易干的活，而她最多只把这项了不起的成就保持了一小时。

"她哭了……"

不知什么时候三婶站在了我的旁边。我四处看了一下，不见三叔，他一定还躲在房里。我没说话，在我还是个拖鼻涕的小家伙时她就已经是我们学校的校花了，可她的命运就是在上不起大学之后才展开的，她这样的人不能出去打工，这几乎是共识，如果举行全村"公投"的话，大家都会想当然地以为把这样的姑娘放在城里是一件非常残忍的事情。平心而论，她嫁给建军哥是件很好的事，以二叔家的条件，还不至于让她在生过小孩的五六年里迅速地枯萎掉。但是她会幸福吗？这是个只有一个该死的臭嘴才会去想的问题。

"咱们进去吧。"三婶说。

我不想进去，接下来他们要给爷爷奶奶二叔二婶以及一些坐在那里的长辈磕头了。说实话我一点也不想看磕头，如果有那么一个合适的情景，我是会欣然地给爷爷奶奶这样的人磕几个头的，那多半是个互相喜欢得不得了的情形。虽然我认定爷爷他们足以当得起我磕几个头，但我也不愿意有人安排我磕头，从来没人安排三叔三婶磕头，他们连想都没想过这事儿，就是这样。

三婶见我不动自己也没进去，我敢打赌她也不喜欢看见磕头。

行完礼后就要开始吃饭了，你只要看见一大嘟噜乐得连牙床子都露出来的人从门口涌出来，最好赶紧躲开，免得他们像洪水一样把你淹死。

4

等到乡亲们全都吃喝完了，来到场院的时候，一切都准备好了。

大伙儿搀着爷爷奶奶，把他俩让到最中间的一张桌子上，实际上只有三张桌子，爷爷奶奶和村上的领导坐一张，上面胡乱堆了一些糖和瓜子，其他的人如果自己不带凳子的话就只好站着。我仍然和三婶在一起，一直试图让她明白冬季的乡村多么无聊，所以才会找些人来做一些无聊表演，如果这些人所做的也可以叫作表演的话。

他们一共就四个人，可能还有一个管音响的，也就是说一台县里产的那种大录音机，样子挺唬人，一放音就有四十多个红灯绿灯来回乱闪的那种。一开始他们就试图把去年央视春节晚会的节目只要能演的就全演一遍，我看他们一个人能顶得上六十个人，那是说如果春节晚会上有一个唱歌节目是一百多人伴舞的话，那他们至少就有两个在伴舞。

在他们唱上十首歌演了十个小品之后，我看见爷爷睡着了。实际上他一直在打瞌睡，今天的酒席上他接受了几乎所有成年男人的敬酒，他还是老样子，眼睛水花花的，看也不看那个给他敬酒的人，端起杯子就干，天知道他到底喝了多少。在来到场院的时候，奶奶给他的鼻子上包了一块布，现在被他扯掉了，他的头晃啊晃，虽然仍举着那个黑瓶子想往嘴里倒，但每次举到胸前就掉了下去。三婶一直在"嗤嗤"地笑，她主要笑两件事，一是爷爷的醉态，二是台上的拙劣——表演真的到了这么拙劣的份上的确可以达到非常能让人发笑的程度。

这时候台上安静了一会儿，接着有个人走上来说他们要表演一个为今天的婚礼特地准备的节目，请大家稍微等一会儿，因为演员需要化妆。台上的乡亲们不约而同地发出了"哄"的一声，大家都一起掉头去看坐在另一张桌子上的建军哥和他的新娘子。

建军哥"嘿嘿"地笑着，他旁边的那个姑娘连头都不敢抬，更不用说是看节目了，她今天的任务就是摆在这儿让大家看。

过了一会儿，演员上台了，刚一上来大家就都准备笑破肚皮。因为他们一水儿四个小矮个里的一个，扮成个姑娘扭着腰上来了，唱的是"小妹妹我坐船头"，不过接下来并不是有人接唱"哥哥我在岸上走"，而是一下子冲上来三个日本兵，怪声叫道："花姑娘！"开始在台上乱追。

我敢打赌这是今天最好的一个节目，每当那个扮姑娘的想停下来唱一会儿，三个日本人就马上打断他，让他回到1945年以前的现实里去。于是他不得不双手往上一举，尖叫几声，然后跑掉。那三个日本兵演得非常好，他们几乎个个都能像蚂蚱一样一眨眼的工夫就蹦上桌子、椅子以及任何能在上面站一会儿的横杆上，"哇哇"地喊着，互相之间以全球没人能听懂的日本话交谈，表达着狂喜、懊恼、惊讶、沮丧、羡慕等诸多的情感。

乡亲们像爆炸一样地笑了起来，然后停上一会儿——主要是想听清台上在说什么，再一次笑起来。几乎所有的人都笑得像个疯子。

节目的效果好得让台上表演的人都没想到，如果他们有足够的经验的话，就会在这时适时地停下来，赶紧把这场追逐演完，给大家留下回味，但可能在他们的舞台生涯里从未达到今天的这种效果，于是他们兴奋起来，不停地追逐起"花姑娘"来，没想到大家乐得再也乐不动了，都站在那里喘气。也许是这反常的静场起的作用，也许周围一直乱糟糟的反而会让爷爷继续他的午睡，不管怎样爷爷突然醒了，他醒了的标志是全场的人都听到了他发出的一声既惊讶又愤怒的吼声：

"日本人！"

爷爷甚至没有绕过桌子，好像他觉得这样做已经来不及了，他是一下子跳上桌子，又一下跳了下去，从台底下抽了根棍子，像拿了杆长枪那样举着，开始四下里乱转，想找个办法上到台上去。反正以我这里看来就是这么回事，乡亲们全都愣住了，不知道出了什么事，我爹和二叔跑上去想搀他，结果一人挨了一下，就退在一边，看着他继续四处乱转。

台上的人也不知出了什么事，只知道乡亲们的注意力已经不在他们身上了，就准备把节目结束掉，于是那个该死的管音响的笨蛋就按了一下录音机的播放键，那两个闪着红灯绿灯的大喇叭里马上吹响了冲锋号。

本来冲锋号一响，日本兵吓跑了，"花姑娘"得救了，节目也就完了，反正我这里想就是这么回事儿。但冲锋号一响，台上的人在忙着演节目，爷爷却站住了，侧着头使劲地听着。慢慢地他那两只水花花的眼睛有点来神了，就像你往井里扔了块石头，本来是黑沉沉的水面突然多了一圈圈的闪着亮的水波纹似的，然后爷爷说了句什么，我站得远没听清，但后来有人告诉我说爷爷当时说的是：

"大部队来了。"

告诉我的那个人就是三牛，他笑得浑身都软了，直想往地下一坐了事，我不得不一路把他搀回家。可当时不是这样，当时的情况非常紧张，因为紧接着爷爷把棍子往天上一戳，大家才看清原来他是从台底下抽了根钢管出来，我敢打赌全庄子里除了爷爷没有第二个人能做到，这大概跟李广射石头的事儿差不多。然后爷爷大喊一声：

"冲啊！"

开始顺着架子往上爬。

这时我爹和二叔以及新郎官才反应过来，跑过去把爷爷抓住，后面笑倒一大片，像是用机枪扫过一样，全都坐在地上，躺在地上，互相抱着往对方的怀里乱钻，连男女都不顾了。

我家里的人终于按住了爷爷，他老人家浑身哆嗦，脸上仍然眼泪鼻涕什么的一塌糊涂，脖子上的那个瓶子荡来荡去，好像仍在延续刚才的激动。奶奶已经带着我妈和二婶和新娘一甩手走了，虽然略显气愤却也是一种司空见惯的表情。台上的五个人像五根被钉了结实的木桩——他们今天的表现如此之好，可不知为什么又失败了，如果像以前一样的失败可能他们会舒服一点，现在他们一点也不想掩饰自己的失望。

三婶一直掩着嘴看着发生的一切，不知什么时候三叔站在了她的身边，这种事她看也不看就能知道。当爷爷抽出钢管时她说：

"怎么回事？"

"没什么，"三叔扶了一下眼镜，"我父亲参加过'抗战'。"

她就又捂着嘴看下去。现在要说一下的是我三叔的大名叫王三胜，他自己后来改成王琛，但自打他告诉三婶他以前叫什么后，三婶就一直管他叫王三胜。然后当爷爷喊了"冲啊"往台上爬时，她尖叫了一声："我的天，爷爷在干什么？"然后飞快地转过头来看着三叔，眼睛瞪得溜圆：

"王三胜，你的老板就是日本人！"

2003 年 6 月

# 属于我们的冠军

——一个胡诌八扯的故事

如果你是个稍稍愿意动弹一下的人，比如说，会时不时地到操场边上溜达那么一小会儿（上厕所除外），你会发现张贝利同学是个多么有趣的人。也就是说，他是一个坚决不让自己的两条腿成为板凳上累赘的家伙，即便是在上课的时候，全班同学都会毫不犹豫地相信，他整节课整节课地在练马步蹲裆。

他的身子在腰部以上会向前倾斜六十度，两只手掌扶在课桌的沿子上，眼睛紧盯着前面同学的后脑勺，一动不动，满头大汗，而且就像骑在了一匹瘦得脊梁像刀背的驴身上向前狂奔似的，整个身子一起一伏、一起一伏，脸上的肌肉不时地出现一股一股的痉挛，就好像有几条不大不小的虫子在他的面部皮肤下面钻来钻去，不停地绕脑袋一周。

张贝利，鄙班体育委员，初三时身高一米六五，到高一猛蹿到一米八四，坐最后一排，因而被同学们选作体育委员。有一阵子大伙儿都以为他这种马步蹲裆式的上课方式是一种奇效增高锻炼，于是班里所有比他个小的同学竞相模仿，结果每个来上课的老师都觉得眼晕，可又不知为什么。

有一天教语文的黄老师不仅放下了粉笔还放下了教案，一手扶墙一手扶讲台，侧着脸看了足有十分钟，然后放下双手，回过身来，好像终于搞明白了似的，点点头说：

"你们这到底是'林海雪原'里的剿匪小分队，还是夏伯阳的骑兵第一师？"

过了一会儿，他又说了一句：

"嗯？"

就是这个"嗯"让大伙儿泄了气，因为接下来黄老师说不定又会讲起"百万雄师过大江"中英雄排坐着小舢板乘风破浪的故事，或者苦命的码头搬运工人饱受压迫的故事，只不过他们的背被压得更低些，腿也相对直一些罢了。之后同学们就再也没有进行过此项锻炼，一方面是他们没有收到任何效果，另一方面，他们也没有能力把这项锻炼进行下去。在一起一伏当中，臀部很容易接触凳面，而很多人就会很不自觉地待上那么一会儿，进行作弊，而且他们也没办法把自己搞得满头大汗，面目狰狞。所以这项专利，就一直保持在张贝利同学手里，到毕业时也没改变。

张贝利荣任体育委员的第一次施政，就是组建本班足球队。他组建班足球队的主要原因，是校足球队拒绝了他的加盟请求。有一天班会是班长王燕主持的，在会议中间，她问体育委员有没有什么要说的。结果张贝利走上了讲台，他先是一声不响地写了"老虎"两个字，然后又试图给这两个字配上英文，但是没有成功，就擦掉了，这时他偷看了一眼王燕，把粉笔横了过来，用很粗的笔画在"老虎"后面写了个"队"字。

"这就是我要干的，"他说，"老虎队。"

"你先下来，"坐在第一排的小马飞冲他招了招手，"这是什么乱七八糟的，什么'老虎队'？"

张贝利走到了他跟前，弯下腰，看来是想给他解释点什么，但这小子偏过了头，侧着耳朵对了过去，举起手指放在了嘴边，然后冲后边的同学挤了挤眼。

"嘘！小声点。"小马飞说，"别着急，慢慢说。"

这时候大伙儿笑了起来，在这个时刻不捧场是令人失望的，在大伙儿的笑声中，我们亲眼看见张贝利同学慢慢地升了起来，而且在不断地升高、升高，像是有人在竖一座吊塔似的。他的脸变红了，那几条小虫子又在他的脸下面乱钻。于是大伙儿的笑声小了下去，只有个别的几个音节还能从嗓子眼里一下一下往出蹦，跟打嗝似的。

"老虎队是一支足球队，"他压抑着嗓音说，"而且是我们班的足球队。"

他停下来喘了一会儿气，又喘了一会儿气，脖子那儿一鼓一鼓的，像只长饮了一口水正直脖子往下咽的鸡。

"我宣布这支足球队已正式成立了！"他突然喊了这么一声。喊完后觉得这样显然是不够的，又转身走上讲台，拿起粉笔，在"老虎队"后面添上了"成立了"几个字，转过身想了一想，扔下粉笔，走回了自己的座位。

有很长时间没人说话，没人愿意经历这种无聊场面，如果有个人跟你粗着脖子嚷上一通，大伙儿除了觉得没劲还是没劲。

王燕同学又回到讲台上，她从兜里掏出了一张折得四四方方的报纸，开始念了起来。她掏出了那张报纸，好像她本来打算掏出手帕擦擦汗，可拿到眼前一看是张报纸，所以还不如干脆念念报纸。

"我们是祖国的花朵，"她说，并抬起双眼扫了一下全班的同学，好像要试试有谁敢表示反对，"我们是祖国的未来……"

实际上当天放学的时候，张贝利已经拿出足球队的名单，那上面几乎有所有同学的名字。

"这是什么？"小马飞说，"谁把点名册抄在这上面了？"

"这上面还有'母老虎'。"站在他旁边的老铁球说，"你们要'母老虎'干吗？"

对于各种意见，张贝利同学一概不予理睬。

"我们的球队需要每个人的力量。"他说，并且把手果断地一挥，以加强语气，"每个人！"

"可是我并不想参加你们的球队。"小马飞说。

"也不想当什么'老虎'。"老铁球说。

"你们已经参加了。"张贝利说，"名单上有你们的名字。"

"这名字是谁写的？"旁边有一个人问。

"这并不重要。"张贝利说，"重要的是你们已经参加了，不然名单上为什么会有名字。"

小马飞和老铁球显然在嘀咕该怎么办，他俩对视了一眼，打架的话肯定不会占什么便宜，两个人一起上也不见得能赢，级别差得太多。可是这件事也太可笑了。

"我们不会踢球，"小马飞说，"我们从来就没踢过球。"

"没关系。"张贝利非常和蔼，"你们可以学，我会为你们多安排训练的。"

班主任老唐几乎立刻听说了这件事。

"这个同学非常负责任。"他说。虽然到目前为止他对班里的几个大个儿还分得不是很清楚，但似乎也并不影响他在第二天的早读前发表演讲。"我们就是要任用这样的同学当班干部。"

"他已经是班干部了。"小马飞说，"如果想任用他的话可以先把他撤下来。"

"没有这个必要。"老唐胸有成竹地说，"我看可以让他兼个副班长……"

"已经有副班长了。"小马飞说。

"谁？"

"不知道。"小马飞说。他站起来向后看。"看样子他没来，不过已经有副班长了。"

"还可以兼团支部的副书记。"老唐说。

"我们一定要发展他入团。"老唐说。

"他的申请书务必明天就交上来。"老唐说。

"请王燕同学敦促他一下。"老唐说。

"读吧。"老唐说。

于是大伙儿就着早已打开的语文书，读了起来，好像有人终于把录像机的 Play（开始）键按了下去，以便让电视机里被暂停了那么久都快要憋死了的那些人一下子动了起来。

第二天早上六点钟张贝利同学就来到了操场，但操场上并没有人。他是翻墙进来的，没有别的办法，和其他故事不同的是，看门的大爷没有早起的习惯，所以在他砸大铁门的时候，这位大爷不得不提着棍子来劝他走开。

他把书包扔到球门旁边，顺着跑道跑了起来。天快亮了，他估计别的同学如果想进来的话也得翻墙，就不停地用眼睛溜着墙边，这样的话，当他转过第一个弯的时候就不得不经常回头，所以他决定倒着跑。倒着跑解决了他必须要集中注意力观察的问题，但另一个问题是速度减缓了，运动量受到了影响，这严重影响了训练的质量，于是他又试着把双腿抬得很高，双手的幅度摆得更大些。

这时王燕和小马飞进来了，他俩是从大门进来的，因为大门根本就没锁。

"其实我就是想看看到底有没有人来。"小马飞说,"结果看到了这个。"

他俩站在跑道中段的主席台上,分别向张贝利挥手,祝贺他又跑了一圈儿。

"谁能想到有人一大早起来就是为了提醒大家该在操场上安一个路标来指示方向。"小马飞说,"现在的问题是该顺着顺时针方向还是逆时针方向跑?国际田联有没有规定?"

主席台上人多了起来,又来了两个女同学和几个男同学,大家互相寒暄了一番,就又定神看着张贝利。

张贝利发现同学们都在看他,又发现并没有足够的同学用来开始一场训练,他的步子放缓了。天渐渐地亮了起来,总共只到了这么几个人,看样子到早操之前不会再有人来了,他只有让自己跑下去,去感动这些人,否则还能有什么办法呢?

身高一米八四,体重七十四公斤,司职前锋,头球不是十分好,脚下技术一般,速度一般,体能中下,被校队拒绝,估计市队和省队也会同样对待,国家队遥不可及,有没有可能到意甲和英超踢球?他的脚步又加快了许多。他总是等不及一条腿落地后再迈出一条腿,于是怎么看怎么都像是两条腿一块儿向前蹦。

"你们都快把他逼疯了。"王燕说。她的眼睛一直随着他,好像一双互相缠绕着却总不离轨道的卫星,为了让自己的那颗行星不至于太差劲,不得已带出了许多有炫耀色彩的感情因素来,水汪汪地,隐隐约约地映出了淡蓝色。

"就是你们这些人……"她都快哭了,"逼他……"

"我没逼他。"小马飞说,"他……"

"逼了。"王燕说。

"我没……"

"逼了。"王燕说。

于是大伙儿就好像真逼了张贝利同学一样，带着歉疚的神情看着他像一列火车那样呼啸而过。

操场上的人已经很多了，各个年级各个班级的都有，有几个班主任也来了，这个时候本来该按班级整队出操的，但好像谁也不好意思正式出现在操场上——张贝利一个人把操场占领了。

"这是谁？"校长激动起来了。

"他是哪个班的？"校长推开人群站到了前面。

"他太刻苦了。"校长说。

"是啊。"老唐不知从什么地方钻了出来，"我已经决定授予他我们班黑板报所评选的年度'足球先生'称号。"

"只好先这样了。"校长说。这时候全校所有的同学差不多都到齐了，大家都默默地围拢在跑道的四周，目瞪口呆，手足无措，仿佛很不情愿地等待着一项世界纪录的诞生。

"用不了多久他就会滚钉板、上刀山、下油锅。"小马飞小声对老铁球说，"他会的，他逼我们。"

"你说得没错。"老铁球说，"可你说了不算。"

"为什么？"

"因为你是个坏学生。"老铁球说，"所以我们谁也跑不了了，从明天起人人都得这么跑，都得接受这狗娘养的搞得什么狗屁训练。"

"祝贺你想到了这一点。"小马飞说。

"没什么可祝贺的。"老铁球说，"同喜同喜。"

"我们一定要取得冠军。"张贝利同学在队伍前面宣布说。现在队伍里不仅有本班的全体同学，有许多外班的也被编了进来，不过他们一开始就被告知只能当陪练。

"我们一定要取得冠军！"他说。

"什么冠军？"小马飞说。

"不知道。"张贝利说，"但肯定有个冠军在等着我们去拿。"

"要不然我们天天训练又有什么意义呢？"他说。

"一切为了冠军！"他大声喊道。

"一切为了冠军。"大伙儿含含糊糊地齐声道。

训练开始了，十二分钟跑和二十五米折返跑这些玩意儿既然已被人类发明了出来，就有必要不停地使用。

"你们为什么不搞田径项目？非要搞足球呢？"小马飞说，"你们连足球都没有。"

"我们必须先搞半年的无球训练。"张贝利说，"现在根本不需要球。"

"能不能先拿出来让我看看。"小马飞说，"我保证我连摸都不摸一下。"

"不行。"张贝利说，"不能破坏计划。"

说完后他又领着那帮疯子跑了起来，把小马飞、老铁球和好多女同学扔在一边。好在这位教练兼队长每次都亲自参加训练，而且比谁都卖力气。

"用不了多久他就会把校长和老唐都编进队伍里一块儿跑，"老铁球说，"不信你就试试看。"

"是啊，"小马飞说，"人越来越多了，还不如干脆规定早操时间提前一小时，再把带操的换成他就全齐了。"

话虽如此，他俩的背却越来越驼了，正经历着人生中第一个悲惨的时刻，因为今天早上，几个女同学带着一面连夜绣好的红旗来到了学校。现在这面红旗正在清晨的阳光下迎风招展，"老虎队"三个字霍然入目。红旗刚刚拿来的时候，张贝利同学表现得非常深沉，他双手接过叠得整整齐齐的队旗，呆立了片刻，很多人都很担心他会不会支持不住而坐到地上，但是他没有。

"我们一定要取得冠军。"他说。

他不再是孤身一人了，很多人都支持他，坚定地和他站在一起，神态庄重，表情严肃。

"你可以说风凉话，消极训练以及做一些诸如此类的无聊事。"第二天早上他对小马飞说，"但我们仍然要挽救你，让你回到球队当中来。"

"我们有足够的耐心。"他又说。

"可是我已经在球队里了。"小马飞说，"如果你们想挽救我，可以先把我开除。"

张贝利同学意味深长地看了小马飞一眼，他身边的那些同学也以同样的方式看了小马飞一眼，显然他们的目光中既包含宽容和悲悯，又包含着无比坚定的信心和强大的意志力。他们掉过头不理他了，又投入到声势浩大的训练中去了。

"一二一，一二一。"

他们喊着号子进行训练，整齐划一，目光炯炯，仿佛训练得不仅仅是体能，是技术，更重要的，是训练一种精神，一股气势。现在他们不仅占着跑道和球场，连校足球队训练用的小球场也被他们占领了。

"请你们离开这儿。"负责训练校队的李老师说,"我们要训练了。"

大家都停住了,他们刚才一直在这里做纯粹的无球跑动,听到李老师的话后,就一齐停住。

"我们一直在训练。"张贝利同学慢慢地走过来说,"报告老师,我们没有要训练,而是一直在训练。"

这时候其他的人也慢慢地聚拢,李老师所带领的校队队员开始往后退。

"可这是我们的训练场。"李老师说。他的周围已经围满了人,但是鸦雀无声,好像是在默默聚集力量似的,一旦发生冲突,就会慢慢收拢,把他挤死。

"这是学校的训练场。"张贝利同学显然是个掌握局面的人,"是所有同学的训练场。"

"可是我们需要训练。"李老师有点顶不住了。

"人人都需要训练。"张贝利说,他的眼睛缓缓地扫过那些校队队员的脸,目光中既无爱憎,又无喜怒,好像他只不过是睁着眼等待并接受这件事情的一切变化与结果,然后见惯不惊地处理它们。

"这些人需要训练的话,可以参加进来。"过了一会儿他说,"我们欢迎所有的人参加训练。"

就这样他不费一枪一弹解散了校足球队。李老师大为不服,找到了校长,声称从未见过如此嚣张的学生。

"还是以大局为重。"校长沉吟了片刻之后说,"这场自发的轰轰烈烈的体育运动好不容易才发展成现在这个样子,学生的热情很高,很值得鼓励。现在学生的吸烟率下降了百分之十三点七,早恋率下降了百分之二十一点六,打架率下降了百分之四十六,而出操率几乎是百分之百，所以花点代价还是值得的，更何况校队的成绩近五年来一直不是很理想……"

既然提到了什么校队的成绩之类，李老师觉得已经不便多言了。

"现在，向我们的球队献爱心大行动的时机已经不可避免地来临了！"王燕在班会上嚷道。

"这样的话，"小马飞说，"又会有五百多人打破头也要挤进你们的球队。"

"你太庸俗了。"王燕对他不屑一顾，"我们所献的爱心是正确的爱心，这不是你这种人所能够想象得了的。"

"简言之，"她又说，"就是捐款，把你们的零花钱集中起来，去做一些比买冰棍更有意义的事情，比如买几个训练用球。"

"当然这完全是自觉自愿的，"她说，"每人交两块钱，多了不限，明天上午交上来。"

但是到了"明天上午"只有不到十个人交了钱，而且是全无例外的"两块钱"。

"这十分可耻！"王燕在下午的自习课上说。

教室里只有稀稀拉拉的几个人，其他的人借口不能以"生产压革命"，跑到操场上玩去了。

"这十分可耻。"王燕又说，"你们到底还有没有良知？"

"报告班长，"小马飞说，"我们有良知，不过我们的良知告诉我们应该警惕这件事。"

"警惕什么？"王燕低头看着他，双手扶在讲台上，好像一架正在准备投弹的俯冲轰炸机。

"警惕在我们不懂的事上花钱。"老铁球接了一句。

"没有让你们花钱。"王燕说,"钱由我们来花。你们只要交上来就行了。"

到了第二天的上午,大概只有小马飞、老铁球和一个女同学还没有把那两块钱交上来。

"我的钱就在口袋里,"小马飞对老铁球说,"我倒要看看谁能把它掏走。"

老铁球撇了撇嘴,但他又觉得如此对待一个朋友有些过分,同时他仍不能对小马飞这种虚张声势的做法感到满意。

"你能分一块钱给我吗?"他说。

"干什么?"

"去做一件比买足球更有意义的事情——买冰棍。"

现在操场上整天都黑压压地站满了人,张贝利同学脑袋上系了根鞋带,在哪儿看着都特显眼。同学们分成了十几个队在分组对抗,有的有球,有的没球,小马飞和老铁球那一队分到了一个漏气的篮球,但大伙儿还是踢得挺有劲儿,只有这两个人站在球门边上一动不动。

"你们这是在干什么?"张贝利同学气愤地说。

"我们是后卫,"小马飞说,"我们得坚守岗位。"

"而且我们的守门员不见了,"老铁球在他身后应道,"我见他带着球冲上去了。"

张贝利转过头看着前面,寻找这一队的守门员。这一片操场上足有二百人在跑来跑去,他们分属于十二个球队,过了好大一会儿,他才从人缝里看见那个他亲自指定的小个子守门员脚上套着个破篮球,脾气暴躁地一边推搡着跟前的那些有关和无关的人,深一脚浅一脚地跑着，一边四处踅摸，寻觅着对方的球门。他已经连续找到了六个球门，都被该门的守门员怒斥为非法闯入，声称要投诉到竞赛委员会，要他的好看。这个守门员脚上套着一个破篮球，在人堆里挤来挤去，疲惫不堪，十分苦恼。现在他每碰到一个球门，都要低声下气地向对方打听"这是不是某某队的球门"，而这些遭到询问的守门员，不是没好气地回答说"不是"，就是还没等他开口，就冲过来要扑他的脚下球，吓得他赶快逃走。

场上早已乱成了一锅粥，根本没法搞清是谁和谁在踢以及应该踢哪个球。所有的人见球就踢，见门就射，或者见不着球，见哪儿人多就往哪儿挤，有个球队宣称己方已经五比零领先了，可对方坚决不予承认，反认为是自己四比零领先，说着说着几个领头的队员就开始互相推搡，眼见着就要打起来，结果被及时赶到的张贝利同学遣散。

"综合各方面的情况，"张贝利在当天的骨干分子会议上宣布道，"我们必须再设立一个仲裁和裁判委员会。加上原来的训练和组织委员会以及竞赛委员会，现在我们已经有三个委员会了！"

他带头鼓掌，大伙儿也跟着拍巴掌，然后他挥了挥手让大家安静："我们将选举王燕同学当这个委员会主席，妇女能顶半边天嘛。"

"另外，竞赛委员会做出了重要决定：以后各个球队将以俱乐部形式出现，请大家回去以后为俱乐部取好名字明天报上来，我们要搞就要搞产业足球，不搞业余的那一套。不过事先得说明，'老虎队'这个名字已经被高一（3）班注册过了，现已更名为'高一老虎俱乐部'。"

"再说一遍，我们的目标就是要取得冠军。"他举起了拳头。

"什么冠军？"王燕回来传达会议精神时小马飞问。

"不知道。"王燕说，"也没有必要向你这号人解释。你直到今天还没有献爱心，因为你这种人根本就无心可献！"

"我有。"小马飞分辩道，"但我的爱心让他分去了一半。"他指了一下老铁球，"他买了两根冰棍请我吃。"

"这不是我的错。"他说，"后来我觉得得回请一下，就把剩下的一半爱心又买成冰棍了。"

"那是谁的错？"王燕轻蔑地看着他。

"是冰棍厂的错。"老铁球不知从哪儿冒了出来，"如果他们压根不生产冰棍，就什么事也没有了。"

下午放学后，小马飞和老铁球一起回家，走着走着，发现有人老跟在他们后面，一看，原来是那个小个守门员——刘小胖，大号刘均。

"你要干吗？"小马飞说。他把书包往后推了推，示意老铁球站在右边，拉开一点距离。

"不干吗。"刘小胖说，"说说呗。"

"说说？"

"是啊。"刘小胖像是在水底下憋了有十分钟才猛地冒出水面似的长出了一口气，"说说。"

"说什么？"小马飞仍然很有警惕心，他的眼神几乎说明了一切，但刘小胖仿佛根本没看见。

"他们刚开始组队的时候，"刘小胖说，"他们不要我。"

刘小胖喘了一口气，又喘了一口气，好像他在鼓一架类似风箱的东西，好把火煽得更旺一些，要不就是在做比赛前的大运动量热身，以便能使自己的身体兴奋起来一样。然后，他把领口松了松，虽然那里根本没什么好松的，把书包挂在老铁球的脖子上，让这两个人傻站在那里目瞪口呆。

"看样子你不是他们派来的。"老铁球说。

"也没有带来什么最新指示。"小马飞说。

刘小胖的眼睛突然变得很圆，很亮，他看看老铁球，又看看小马飞。

"你们俩没事吧？"他说。过了一会儿，他又说，"看样子没事。"

"我？"他说，"跟他们！"

接下来，他开始讲自己是怎么回事，他妹妹是怎么回事，小时候他和妹妹是怎么把一个胶皮球踢瘪的，他爸爸又是怎么回事，以及他妈妈说如果不马上给这俩孩子再买一个胶皮球回来就马上让他爸爸滚蛋，因为总有一天他爸爸会自己滚蛋的，这只不过是个时间的问题。以及他姥姥是怎么爱上他姥爷的，这里面不光有一个胶皮球的问题，还和他姥爷家养的一只"咩咩"叫的小山羊有关系，这时又有机会感叹一下胶皮球出现的年代真叫早呀之类的事情。再接下来，是他上初中那会儿为什么从一支胡同队愤而辞去主力中锋的事，以及一只小猫为什么给大伙儿惹了很大的麻烦，因为几乎没有人会喜欢一只差劲的猫，尤其是这只猫差不多是光溜溜的，一根毛也没有，还经常拉稀，叫起来"嗷嗷"的，跟只小狗似的。又说起他家隔壁李大叔为什么不喜欢猫，凡是猫就不喜欢。哪怕这只猫连只蚂蚱都干不过，因为这和鸽子有关系。当然了，他家附近不仅有养鸽子的，还有养鹦鹉的，养八哥的，不过最逗的还是养麻雀的……

刘小胖左手拉着小马飞的书包带子，右手攥着老铁球的，一边一个，站在马路的边上，后来索性就坐下来说，终于，他讲起了下午踢球的事。

"这狗娘养的非要让我当守门员，"他说，"我心想，好吧，反正老子在哪个位置上都是第一流的。我在床上练了两个星期的侧扑，但我想这远远不够，因为他们的那些狗屁前锋在大多数情况下会直接把球传到我手里而实际上他们的脚法太差，那么球也许会飞出边线也许不会，因为要是巴斯腾射门时我的把握也许会大得多，所以世上的事情只有想不到的没有做不到的，所以我又用了一个星期的时间来琢磨怎么才能让对方根本进不了球，我把房门关起来想，把脑袋钻到脸盆里想，边跑步边想，还让我爸爸帮着想，我想这样总万无一失了吧，我爸爸爱钓鱼他钓鱼时有的是时间所以这总算问题不大，但他还是想不出来，所以我知道这还得靠我自己，这时我总算有了个主意我可以打倒立想，所以我把脑袋顶在床栏上，竖起来了可半截我又掉了下来……"

这时刘小胖停下来看了一下老铁球和小马飞，看看他们是否已被自己烦死，过了一会儿，他知道还没到那个境地，因为这两人只不过把头夹在两个膝盖中间休息，虽然这样，他还是很不放心，揪着书包带子的手一直没有放松，除非这两人不想写作业了，否则他不用担心他们逃跑。他很小心地咽了一口唾沫，就像这种珍贵资源必须谨慎使用似的，喉咙那儿动了一动，用一种令人难以觉察的机灵劲儿观察了一下这两人的反应。

"我说，"他说，"你们俩一定注意了我的动作吧。"

这两人没有说话，还是用膝盖夹着脑袋不动唤。

"我想听听你们的意见。"他说。见这两人实在没反应，他有点憋不住了。

"你们猜我想到了什么！"他大叫了一声。老铁球受到了惊吓，头猛地从膝盖的固定中弹了起来，脖子甩出去老长，就好像他的脑袋不是安在脖子上，而是安在一个很硬的弹簧上一样，猛的一下甩开，颤动起来，做着稳定的简谐振动，前后摇摆着。

"什么？"老铁球两眼直视前方，机械地应答着，好像这并不是由他嘴里发出的声音，而是刘小胖的那一声大叫在他的口腔里产生的回声。

"控制住球！"刘小胖又喊了一声，这一次几乎是对准了老铁球的耳朵喊的，反而像是施了定身法一样，让老铁球的脑袋停止了摆动。

"控制住球。"刘小胖重复了一句。

"控制住球？"老铁球说。

"所以你才把大门撂给我们，脚上套了一个破篮球跑到前面去了。"他说，"要是没有那个破篮球呢？"

"你他妈的倒是该怎么办？"老铁球说。

"拿个网兜把球装起来拎着跑吗？"

"那样你他娘的就手球了对不对？所以你得把网兜挂在脖子上对不对？"

"可国际足联的规定上没有这一条，球员除了裤衩背心袜子和鞋以外不许带别的东西上场，虽然你可以把这个网兜叫成项链，他们倒是没反对戴项链，可这么不值钱的项链和这么大的项链坠子我猜他们多半没见过，你能指望他们什么呢？"

"说你是个发明家吗？"

老铁球的头又慢慢地垂了下去，向膝盖那儿落下。刘小胖听着听着，松开了攥着书包带子的双手，半蹲着向后退去，他的眼睛不停地眨着，过了好大一会儿，他好像终于下定了决心，慢慢地站了起来。

"把书包给我。"他说，说完后他跑过来把书包从老铁球的脖子上拽下来，抱着跑开了。

老铁球转过头看着他跑开，好像他刚才把头慢慢地垂下去不是要重新夹在膝盖当中，而是要在这个时候转个弯似的。

"他走了吗？"小马飞问，这半天他的头一直稳稳当当地被膝盖夹着，纹丝没动，

"走了，"老铁球说，"走了……"

"看样子群众已经被充分地发动起来了。"老铁球说，"你认识到问题的严重性了吗？"

"没有。"小马飞说，"严重和不严重有区别吗？"

说完后两人就回家了。现在他们两人只剩下了一个优势，而他俩必须拼死保持住这一优势，那就是只有他们两个还在准时并且完整地向各科老师交作业。

"你们应该写作业。"教代数的杨老太太说，"数学可以培养你们的逻辑思维，对踢球很有好处。"

"足球的任何一种飞行路线都可以用函数来表示，比如……"杨老太太开始讲课了。

今天她只收了不到二十本作业，但她是个温和的人，不想责备那些没交作业的人，而只是循循诱导，试图使他们对代数感起兴趣来，但物理老师是个很古板的人，他戴着一副深度的近视眼镜，瘦高瘦高的，站在讲台上，活像一根会说话的教鞭，不肯做出任何妥协，一定要收到自己那科的作业本。

"对力学一窍不通的人根本不可能踢好足球。"他说，"这里面包括很多学问，你们简直无可救药。"

各科老师都表了态，他们一致同意政治老师的表述，即当今的主要矛盾已经从知识的未萌和获取上质变为代表人类的本能和原始意识的体育活动与代表人类理智和进步意识的知识之间的矛盾，这个问题解决不好，就是文明的倒退。这让老唐同志很为难，因为他新近出任了高一的年级组长，将由他向校长汇报这一动态。于是他先找到了张贝利同学，请他代表整个"足球运动联盟"号召全体同学交作业。

"我们必须做得更好！"张贝利同学在联盟大会上宣布道，"因为我们全都是最棒的，所以我们要拿出踢球精神和训练精神，一不怕苦，二不怕死，每人每天交双份的作业！"

新的精神传达下来之后，老铁球和小马飞傻眼了。

"这简直是欺人太甚！"小马飞说。

"他们要把我们逼上绝路，"老铁球说，"我们决不能答应。"

"怎么办？"

"我们只有交三份作业才能战胜他们。"老铁球说，他确实拿不出更有力的办法了，因此有些泄气。

班长王燕轻蔑地看着他俩。

"你们就是交上十份作业也照样是一对笨蛋。"

现在阵营的划分已经很清楚了，各科老师都能掌握，凡是交一份作业的，就是一般的同学，交两份的是联盟的积极分子，而联盟的反对派交三份，以示区别。当然交三份作业的也仅仅是这两个人，所有的老师都觉得很可笑，但同时他们也觉得不便打击他们的这种学习积极性。

小马飞和老铁球已经公开地站在了反对派的立场上，他俩从那一天起就拒绝再上球场，他们在"老虎三队"的位置被两个热衷女足运动的同学所取代，这支队伍目前仍活跃在那些二百人的操场上，他们有了一只新足球，那是联盟发起的第二次向球队献爱心大活动所取得的，只不过这一次把爱心的标准定在了五块钱。

"不是只有两块钱吗？"有个同学问。

"上次的爱心太便宜了。"王燕说，"你们不能只献这么少的爱心，这不能体现你们对球队的热爱是在一天天增长的。"

"这简直是通货膨胀。"小马飞说。

"或者是心室肿大。"老铁球说，"你们应该去医院检查检查有没有高原病。也许这里的海拔突然升高了三千米。"

但是这次献爱心活动还是顺利地进行了下去，因为张贝利宣称要在全校范围内搞一次足球比赛，而且是一次大型联赛，整个赛季可能要进行二十到二十二个星期，没有办法，球队实在太多了。竞赛委员会火速动员起来了，制定出了一张赛程表。

"为什么要我们在半夜两点比赛？"很多边缘球队提出了抗议。

"因为这是世界杯的比赛时间。"竞赛委员会的官员说，"我们必须要适应所有的时间。"

"这个星球上的时间都是平等的。"张贝利同学解释道，"不存在哪个时间高别的时间一等的情况。"

球队有正规军和杂牌军之分，凡是正规军都有联盟资助的球衣，杂牌军则是乱七八糟，穿什么的都有。不过在赛场上总算都能分清楚，但没过多久，麻烦还是产生了。有那么几个杂牌军的队长故意指使自己的队员穿上和对方一模一样的球衣，制造混乱，他们的前锋其实一直待在对方后卫的身后，而裁判们几乎搞不清楚。

前三轮过后，几乎所有的杂牌球队都取得了胜利。这让联盟的人大为恼火。

"这是严重的破坏行为。"正规军的头脑们说，"这是作弊。"

他们是有发言权的那一部分人，全都在联盟中担任着不同的职务，相比较而言，杂牌军中几乎一个在联盟工作的都没有。看到这种情况，被三份作业搞得头昏脑涨的小马飞和老铁球马上意识到千载难逢的机会已经来了。

"你们应该退出联盟。"小马飞对他们说，"这不是你们的联盟，他们会把你们活吃了的。"

"为什么？"这些人仍然沉浸在赢球的欢乐中，对现实问题视而不见，"我们一直在赢球！"

"麻烦就在这里。"老铁球说，"如果你们一直在输球，那就很正常，不会有什么问题了。"

"可这是足球啊，"他们十分不解，"谁都有可能赢，有可能输的。"

"那是你们的足球！"小马飞说。他的表情十分鄙夷，好像这些人实在不值得他来指点。

老铁球轻轻地推了他一下，提醒他注意一下说话的方式。

"没有人希望你们赢。"老铁球说，"这不符合他们的利益。"

"利益？"

"对，利益。"他说。

"这里面有什么利益？"他们说，"怪事。"

"问得好。"老铁球说，他吸了一口气，有点招架不住了，这帮笨蛋，"我也不知道有什么利益，他们也不见得就知道，可他们铁了心认定这里面有利益，你们明白吗？就是这么回事。"

这帮赢球的人沉默下去了，他们还是不明白自己赢球有什么错。

"你们应该退出联盟。"小马飞说。

"为什么？我们还想让他们发给我们球衣呢。"

"联盟已经作出决定，"王燕在大会上说，"取消某些场次的比赛结果，具体名单如下……"

"为什么？""球高队"的队长问。名单头一条就是"球高队"对"老虎队"的那场二比零的比赛。

"这个问题很复杂。"王燕说，"我建议你不要问了。"

"为什么？"那位队长很不服气。

"好吧。"王燕说，"既然你这么不知趣。"

"你们队是什么时候成立的？"她问。

"一个月前。"

"而'老虎队'是三个月前成立的，他们一直在训练，对不对？"

"对。"

"他们训练了三个月，扎扎实实的三个月，而你们只训练了一个月，而且是马马虎虎的一个月因为到了那个时候场地已经不太够了对不对？"

"对……"

"那么他们的训练水平就比你们高对不对？"

"……"

"那么你认为，"王燕的声音突然大了起来也硬了起来，"一支训练水平很高的球队输给一支训练水平不高的球队是合理的吗？"

"难道这是可以接受的吗？"她又说。

"在我们改正这种错误的时候你为什么要故意找茬？"她说。

然后这件事情也很顺利地进行了下去，联盟决定那些比赛都必须重赛，新的赛程表已制定好了，但几乎所有的杂牌军都表现得灰心丧气。

"你们应该退出联盟。"小马飞说，"或者你们应该振作起来。"

"干什么？"这些被愚弄的人说，"这有什么用？"

"足球是属于每个人的，"老铁球说，"不是谁的专利，即便是他们有了一个叫'联盟'的破玩意儿，我们照样可以打败他们。"

这时候他看了一眼小马飞，好像被自己的话吓了一跳——他怎么会蹦出这么一句话。小马飞也看着他，试图用最大的可能来理解和领会这句话，他们俩实在是毫无退路了，小马飞的眼睛睁得很大，两只胳膊僵硬地支棱在身体的两侧，过了好大的一会儿，他的眼珠子开始慢慢地活动了起来，并且渐渐地加快，越来越快，越来越快，终于顺着眼眶飞快地转起圈儿来了。

"我们一定要取得冠军！"小马飞跳起来喊道，而且在跳起来之前胳膊就举到了半空，而等他落下来的时候，那只象征了非凡的勇气和无比坚定信心的拳头仿佛是留在半空中的一个虚幻的全息图景，在傍晚半明半暗的光线中熠熠生辉。

老铁球惊呆了，但他完全被小马飞所感动，是啊，难道我们能有更好的主意吗？

"我们一定要取得冠军！"他也跟着喊道，并举起了拳头。

"什么冠军？"那些笨蛋问道。

"不知道。"他仍望着小马飞留在半空中的那个拳头，心里快活得都要发疯了，"但我估计就是他们自己想要的那一个，无论如何，我们要抢在他们的前面把它搞到手。"


伟大的联赛开始了，由于"老虎队"拒绝和"球高队"这样的

"无赖球队"进行比赛，竞赛委员会召开紧急会议，决定由刘小胖所在的"疯牛队"与"球高队"对调位置。"疯牛队"是重赛之前唯一不赢球的杂牌队，原因是守门员刘小胖动不动就失去位置——整场比赛他都想带球奔袭八十米外的对方球门。为了能做到这一点，也就是说为了先得到球，因为无论如何他都必须先取得对球的控制然后才能带着球冲上去，所以他就用一切可能的手段驱逐己方的后卫，"让他们滚过中场"，他大喊大叫，骂他们是笨蛋，用石子扔他们，有一次他甚至带了一根棍子进场，结果当值裁判不胜欣慰地判了他们一个点球。

"疯牛队"的队员对此忍无可忍，他们知道，为了不再让这小子危害全队的利益，必须尽最大的可能不让他接触到球，于是不仅对方的球员不能使他满意，己方的队员们也一直在跟他过不去。于是"疯牛队"往往以大比分输球，以至其他没有被安排与"疯牛队"比赛的球队都妒忌得发疯，众口一词，指责他们在打假球。"疯牛队"想更换一名守门员的要求遭到了竞赛委员会的拒绝，理由是报名时间已过，将不再受理此类要求。因此"疯牛队"这块肥肉一直是大伙儿眼红的对象，这支队甚至比联盟的头号球队"老虎队"还要出名。就在"疯牛队"的队员们绝望到要解散这支球队，而且全体队员要宣布集体挂靴的时候，两个臭名昭著的家伙找到了他们。

"你们应该振作起来。"小马飞对他们说。

"怎么振作？"他们情绪非常恶劣，对每一个走近他们想说些什么的人都想饱以老拳，至少是摆出一副要这么办的架势，但对刘小胖他们都毫无办法，此人的意志品质像花岗岩一般坚定和不可更改。

"我知道你们的问题出在什么地方。"老铁球说，"请把这一点交给我们去解决。"

"输给他们才是真正的失败。"小马飞说。

"站住！"老铁球说。

他俩终于在接近下午七点的时候堵住了正想回家吃饭的刘小胖，正以相距五米的距离向抱着书包随时准备遁逃的刘小胖逼近。

"你们想干什么？"刘小胖喘着粗气问。近一段时间他经常遇到这种情况，不过除了自己的队友，这还是第一次遇到外人会这么做。虽然他已经得到了联盟领导者的特别保护——袭击刘小胖的人会受到集体禁赛，但面前的这两个家伙显然是属于毫无顾忌的那一类，他俩很有可能是受了某些人的雇用而充当打手。

"说说。"小马飞说。他把提在手里的书包抡到了背后，以示没有敌意。

这时，处于包围中的刘小胖停止了后退。

"说说？"

"是啊，说说。"老铁球说。

他也把书包抡到了背后，好像终于放心了似的，吐了一口唾沫。

"什么叫控制住球，你弄懂了吗？"他说。

他们三个坐了下来，老铁球讲了起来，这一番话是经过精心准备的，因为他必须从足球的起源讲起，啊，那些彪炳史册的伟大的运动员，那些留着胡子腆着肚子的法国人，系着领结、挽着裤腿的英国人，在泥里打滚光着脚的巴西人，那些一门心思想把奥林匹克精神弄明白的东方人，以及中国人怎么发明的把足球当篮球打的办法，足球使一个无赖当上了将军，使卑贱者成了英雄，马拉多纳的经典入球。

"你他娘到底想说什么？"刘小胖说。

他的眼球凸现，表现出了樟脑丸的某些特征，两道流过脑门的汗凝结了来自大地的尘土和来自身体内部的氯化钠，象征了一个人终日的辛劳和有所作为。老铁球看着这些，不由得泪流满面。

"什么叫控制住球？"他说。

"你走得太远了。"他说。

"同志啊……"他喊着，伸手向刘小胖摸去，仿佛一个瞎子正在够最后一片挽救自己生命的面包。

"干掉他们。"小马飞说。

"你不想干掉他们吗？"小马飞说，"他们打你，他们取笑你，他们让你出丑……"

"难道你就这么忍受下去无所作为吗？"他又说。

"你能吗？"

正是这一句把刘小胖逗哭了，他"哇"的一声，抱着书包，从地上直接蹦了起来，扑向小马飞和老铁球，三个人抱在一起，像是被炸毁了的尼罗河大坝，上亿吨的泪水汹涌而下。小马飞想起了每晚的三份作业，他怎么忍受下来的，以及，他又是怎么咬着手指头——因为他咬不着自己的耳朵，把它们一份一份地一个字一个字地写下来，最痛苦的倒不是那第一份，而是一边做第一份一边又要想到还要把这些破玩意儿再做上两份如果完成不了的话那真是无有面目立于天地之间了，自己的优势，自己和老铁球从小学起从第一天开始和集体和无数他人打交道的那一天起就树立起的良好的自我感觉和优于他人的自信也许就要从这天从自己最需要这些东西的这个年龄土崩瓦解，而守住它的最后一道防线可能就取决于面前的这个智商不超过八十五的人。老铁球则悲天悯人地理解了他们两个！

理解了小马飞：因为他们打小就是朋友，也因为他们打小就立场一致，因而有了极大的共同点。理解了刘小胖：因为不论他做了什么他都把自己的想法付诸了行动，还有比这种人更可爱的人吗？他忍受孤独，忍受不理解，忍受他人的暴力，忍受越来越多的失败感，越来越脱离集体，完全凭着个人的意志和精神以一个人的力量奋斗着，难道这些东西不令人感动吗？

三个人抱着痛哭。

"我听你们的。"刘小胖说，他使劲地擦了几下眼泪，"你们搞得我都不好意思了。"

虽然刘小胖坚守在了自己的岗位上，"疯牛队"还是输了，裁判吹给"老虎队"三个点球，他们以五比一大胜"疯牛队"。赛前，刘小胖和另外三个人连夜潜入学校，用花圃里的水管把球场的两个禁区都淹透了，妄图阻止对方的进攻，但这种"花园口"之计以前既然挡不住日本人，现在也没有挡住"老虎"们，"老虎队"的前锋一到禁区就会滑倒，效果是十分不错的，但裁判就以这种滑倒为依据判定"疯牛队"禁区内犯规，点球。虽然那些泥地里除了守门员，也就是这位前锋了。而"疯牛队"在对方禁区内的滑倒——有一次甚至有四个人一齐滑倒，则无一例外地被判假摔，出示黄牌若干。

"我们一定要树起一支典型球队。"张贝利同学在联赛第一阶段的总结会上说，"没有这个典型，就不能带动我们的足球事业充分向前发展。"

"实际上这个典型已经自动出现了，"他欢呼着，感染着大家，"那就是我们的英雄球队——老虎队。"

"我作为'老虎队'的队长，有责任向大家推荐这支球队。"他又说。

"那个所谓的联盟的领导者的发言充满了无耻的谎言和欺骗。"老铁球在处于地下状态的反动派集会上说道。

"他以大家的名义做了一个蛋糕，但目的却是想要独自吃掉。"

"那个蛋糕在哪儿？"刘小胖问，"我们可以先把它偷过来，或者毁掉。"

"问题是我们也需要这个蛋糕。"小马飞说，"也需要别人向我们献爱心。"

"某些人天生就是爱心的奉献者，而我们则要成为接受者，这就是那块蛋糕。"

大伙儿听了这句话都开始琢磨，场面顿时严肃起来，本来的一个捣乱分子的乱糟糟的大聚会现在变成了一场有预谋有组织的正式活动。

"冠军是我们的，蛋糕也是我们的。"老铁球说，"行动吧。"

第二天的比赛是"球高队"对"拉风队"，由于"球高队"的士气高涨，比赛一直僵持不下，到了下半场的八十分钟左右，"球高队"发动了一次进攻，他们把球带到了禁区边上，反正不论他们怎么做只要一进禁区裁判就会鸣哨吹他们犯规，但这一次裁判还没来得及做这件事情，因为控球的队员又把球回传了一下，就在这一刹那，只听见"嘭""嘭"几声，场上出现了四五个足球飞来飞去，然后又是一通乱踢，还没等"拉风队"的队员和裁判反应过来，已经有三个球待在了"拉风队"的球门里。

"三比零！""球高队"的队员欢呼了起来，场外也是一片欢呼，大家疯了一样冲进场内，四处乱跑，见人就拥抱，至少有二十多人拥抱了裁判，还在他的脸上乱亲，搞得这个家伙不停地擦脸。这场骚乱足足进行了半个小时，大伙儿才渐渐地退出了场，"拉风队"的球员们拼着命把裁判解救了出来，又是满世界地去找那些"球高队"的球员，死拉活拽地把他们拉进球场，因为他们中的大多数自以为是地认为这比赛已经结束了。"拉风队"的队长非常焦急，不得不耐心地向他们解释，这些进球不算。

"为什么？"他们非常生气，"你又不是裁判。"

于是这个队长又把裁判请了过来，让他做证说这些进球不算。

"为什么？"他们更加生气了，"你是裁判吗？"

"我是。"这个裁判已经被搞得昏头涨脑，十分疲惫，心情极坏，但他仍旧不得不耐着性子解决问题。

"那你为什么不吹哨子？你的哨子呢？"

裁判被这种大喊大叫搞得都快哭了，他无法解释哨子的问题，他甚至连自己曾经有没有过一只哨子都记不清了。

"你想冒充裁判！"他们暴跳如雷，怒不可遏，群情激愤。场外的那些"球高队"的支持者又一次地冲进场里，对着裁判推推搡搡大喊大叫。

这样的话，只好把这场比赛的比分记录为三比零，"球高队"获胜。那位当值主裁在做出了这个痛苦的决定后，连书包都没有拿，一路哭哭啼啼地回家了，他谁也不理，谁也不看，而且下定决心，在有生之年，绝不再跟这狗日的足球发生任何牵连。

围攻裁判事件发生之后，裁判委员会陷入了瘫痪，主席王燕用尽了一切方式，试图挽留住一位仍想干裁判工作的人，但他们都以心灰意冷为由告老还乡了。联盟不得不召开紧急会议解决这个问题，上次他们在做出重赛决定时曾保证过以后绝不再干涉比赛的事情了，一切由主裁判说了算，现在看来这个保证是相当没有远见的，他们不仅没有保证裁判的尊严，甚至连裁判本人都没有保住。

"这是前进道路上的一次重大挫折。"张贝利同学心情沉重地说，"我们一定要粉碎这一阴谋。"

"怎么粉碎？"王燕说，"他们的人数现在比我们多，而且多数是坏分子，捣起乱来个个是行家里手。"

"我们要得到校方的支持。"张贝利沉吟了片刻说道，"让教师们来当裁判。"

"这个问题我们还要研究一下。"校长说。他的案头上放着一份长达四十页的投诉报告，一些自称正直的同学，撰写此报告并投诉到了校长这里，着重谈了联盟内部的腐败问题，领导成员的官僚作风以及裁判的黑哨，列举了诸多事实，最后有一百多人的签名。

"这是一些别有用心的人。"张贝利同学说，"他们企图混淆视听，妖言惑众，倒打一耙，把水搅浑。"

"暂时可以让体育老师担任裁判，"校长最后拍板道，"其他的老师太忙了，至于你们所要求的让唐老师一人当裁判的问题，我看不太现实。"

这个方案一经出台就得到了反对派的欢迎，因为几乎所有的体育老师都对这个差点抢了他们饭碗的狗屁联盟十分不满。其中以前校队主教练李老师最为突出，他甚至已经秘密地担任了反对派联盟的顾问。

风向大变，联盟的积极分子个个灰头土脸，如丧考妣。享有联盟资助的球队，即那些正规军频频遭到暗算，比如在"老虎队"与"球高队"的比赛中，"老虎队"到快终场时都一直以二比零领先，这时"球高队"的队长突然提出"老虎队"多了一名球员，经过裁判的仔细点数后，果然该队有十二名球员在场上踢球，裁判当即做出了将"老虎队"当场比赛判负并从联赛积分上罚掉五分的决定，虽然他们分辩说他们队中从来就只有十一个人，连一名替补都没有，因为在这场轰轰烈烈的运动开展起来之后简直连一个愿做替补的人都找不到。但裁判还是维持了判决。

"这是你们自己的事。"李老师说。

"不要拿你们内部的事来烦我。"他又说，"难道那个人是我替你们找来的吗？"

联盟的工作瘫痪了，张贝利同学提出了辞职，全体"内阁"成员下台，他保留了继续当一名球员的资格，并且马上将"老虎队"更名为"老实人队"，仍然担任这个队的队长兼前锋。教训是惨痛的，在一次球队的例会上，张贝利发誓说哪怕降级降到无可再降了也要继续参赛。

"是什么人让我们享受了如此的羞耻？"他问大家，"我们一定要记住这一点，并且奋斗下去。"

"冠军是属于我们的！"他紧握着双拳，挥动不已。

小马飞和老铁球受命重新"组阁"，他俩先是推让了一番，最后还是接受了大家的帮助和老师们的支持。

"我们一定要深刻地反省这件事。"老铁球接着说，"为什么有的人能蛊惑我们这么久？"

在演说的最后他俩表态说一定要做好联盟的工作，为全体大家服务，而不是只为一部分人服务，并且做出了保证，一定要用奥林匹克精神改造这个组织，使它真正变成一个球员们自己的组织，一个"球员之家"。为了显示他们的不计前嫌，一些前"内阁"成员被请了回来。

"我们一定要牢记这一教训。"王燕发言说,"虽然我们都是受害者,但我们也负有不可推卸的责任。"

刘小胖代表运动员发言。唐老师代表教师发言。会开得非常成功,一片新气象,轻松、愉快、富有成效的气氛一直伴随大家直到会议的结束。

他们做出的第一项决议是勒令张贝利将球队的名字从"老实人队"改回"老虎队",原因是"老实人队"这个名字的出现明显是某些人"心怀怨望"的结果,其心可诛。但是为了团结大多数人,这一次就不做处罚,只按一般条例令其改正就是了。

联赛正在如火如荼地进行着,一切都显得是那么的井井有条,欣欣向荣。小马飞和老铁球成了大人物,也和所有的大人物一样,有许多的事情需要处理,虽然他俩将很多事情都下放给了相关部门独自去做,但事情仍然多得让人心烦。

由于他俩在上任之初为了区别于上届领导者,极力表达自己的平民性,其中最重要的一点是承诺不再让任何同学献任何一次"爱心"了,这一点受到了极大的欢迎,但联盟的财政也同时遭遇着极大的困难,甚至连他们每次开会喝的矿泉水都买不起了,为此"内阁"成员们经过紧急磋商,决定在全校范围内发行公债。

相应的组织工作仍交给王燕同学去做,但是这件事在法律方面遇到了一些问题,张贝利同学的民间演说中涉及了一点。

"我们必须慎重。"老铁球说,"有没有其他的解决方法?"

"看来只剩下彩票了。"小马飞说,"但彩票同样也涉及法律问题。"

"我们可以将联盟注册为公司。"最后一个到会的王燕说,她今天迟到了,"我刚刚咨询了一位同学的家长,这样我们可以用商业行为操纵这件事，一方面将联盟合法化，另一方面，可以用入股的方式把钱搞到手，让所有的人成为股东。他们还有什么好说的。"

"这是一场典型的商业诈骗。"张贝利同学宣布说，"你们以为自己拿出了五分钱就可以成为股东吗？这世界上有这么好当的股东吗？这个诈骗公司是为什么人服务的？有一点可以肯定，那绝不是为了你们。"

张贝利同学最近的一些颇为成功的演讲又为他重新赢回了许多支持者，甚至连刘小胖也投身到他这一边来了。原因是刘小胖同学敏锐地发现，小马飞和老铁球的所作所为并没有围绕足球这个中心点，也就是说他们在取得领导权后，并没有重用他，把他安排到一支一线球队的主力位置上去，而是漠视他的存在，继续信任那些尸位素餐的人，搞一些莫名其妙的事情，正在以惊人的速度变得腐朽和不可救药。

"这很好。"张贝利同学握着刘小胖的手说，"实际上我们已经识破了他们的真面目，他们就是在以足球之名大行腐朽之实，我们一定要以实际行动回击他们，和他们斗争下去。"

"我们一定要取得冠军！"他喊道。

他们恢复了每天清晨的大型训练活动，十二分钟跑和二十五米折返跑，校园里顿时又跟开了锅似的。看着操场上一大堆脑袋上系了鞋带的疯子们不停地跑来跑去，站在四楼阳台上的联盟领导层真是百感交集。

"他们又开始了……"过了好久，已经被各种事务搞得焦头烂额的小马飞对旁边的老铁球说，"我们才得意了几天呀……"

"是啊……"老铁球的样子已经完全麻木了，"人生是痛苦的，苦极了……"

他俩就这么站着，一动不动，渐渐地阳台上的人散光了，他们全都下到操场去了，而操场上的人都能看见阳台上那两个孤零零的影子，知道他们是谁，曾经干过什么，也知道他俩不是英雄，永远不会是。

"我们应该发给他们足球。"不知什么时候，王燕来到了他俩的身边。

"发吧，发吧。"小马飞说，"全给他们，那是他们应得的，谁让他们付出了这么多呢……"

"谁让他们肯付出这么多呢……"他又说。

"你知道我想干什么吗？"王燕走了后他对老铁球说。

"……"

"我要把这个笨蛋请回来，把这里的一大堆烂摊子全交给他……"

"干吗？"

"让他来管理，我们来捣蛋，"小马突然高兴了起来，"我发现破坏一件事情要比把它搞好容易，而且有趣得多！"

2002 年 10 月

# 潮湿的火焰

　　我认识阿文是在今年 6 月初的一个星期六，过了一个月，也就是 7 月初的时候，我们决定结婚。本来打算在这个星期天到我家吃饭，让我父母见见他，下个星期五去他父母家的。可是就在这个星期二的早上，他从二十一楼上跳下来，把自己摔碎了。

　　那天正好是一个叫"艾丽"的台风正在登陆，据气象台预报是大到暴雨，风力十到十一级，所以阿文浑身都湿透了。不仅如此，他还飘了一段儿，以至于大家都纳闷他到底是从哪幢楼上跳下来的？后来在金地大厦的二十一层发现了他的鞋子，是我去指认的，那双鞋仿佛仍惊悸于气候的巨大反常，小心翼翼地靠拢在一起，鞋尖稍稍相对。

　　随后他们把阿文装进了一个巨大的黑色塑料袋，我问他们有没有其他颜色的袋子，比如白色，他们说没有，只有这种。只好随他们了，我想阿文不会喜欢这个袋子，看上去像垃圾袋。阿文对衣着还是比较讲究的，只能过后再想办法了。好在这些人都非常认真、负责，他们拍过照片（我也拍了一些，这些天我一直随身带着新买的那部数码相机），就把阿文小心地装起来，连最小最小的碎屑也一并放进去，用戴着塑胶手套的双手一捧一捧地捧进去。

　　我一直坐在地上，裤子浸透了水，阿文给我买的透明雨衣裹在身上，无论是帽子还是前襟，以及鼻尖和眼球上，凡我目力所及，都颤动着一颗颗细细的小水珠。说实话吧，在场的人并不知道我的身份，我告诉他们我们是邻居，一个面色苍白不停发抖的"邻居"，仅此而已。

三年前我就有过出家的念头，可实际上我知道我无家可出，哪里都是一样的。大学三年级我曾一个人旅游到九华山，遇见过一群佛学院的比丘尼，文文静静地走在一起，也吃零食，也戴着那种小圆的金丝眼镜，我喜欢看见她们，就像喜欢看见我的同学，没什么不同。

我得过抑郁症，我从未隐瞒过这件事，对阿文也一样。从大学二年级开始我一直服用一种叫五什么基的药，从没记清楚过，还听punk音乐和"死亡金属"，大家都以为我是那种沉默的"疯丫头"，其实我根本不是，是为了治病。说起音乐，我只喜欢那种最简单的东西，比如"茉莉花"，比如范晓萱，而阿文喜欢Jazz，他说起这个词来两眼放光，"Jazz"，我从来不知那是什么。

说不清楚，我是该回家，还是到他家去。有一次我和他路过一幢楼，他说他的父母住在这里，用手指了一下，说："呶，就是这个四楼。"我也不知道自己是否爱他，但至少这一个多月来我们天天在一起，他做起爱来笨笨的，身体很凉。

这种事情是怎么落到我头上的，以及一种叫作"抑郁症"的病是怎么落到我头上的，我从来就不知道。我只知道，在被很多医生问过很多问题之后，那漫长而折磨人的过程没有让我十分难过，他们宣布我是抑郁症后，我自己的懵然无知好像他们不知在说别的什么人，而我妈妈猛然眼眶中渗出的仿佛泪水般的大团大团的痛苦，而那痛苦中仿佛核辐射般散射的酸楚在第一时间将我击中。我不能忍受任何痛苦，越是别人的痛苦我就越不能忍受。而现在奇怪的是，我知道阿文极其痛苦，而我知道我能忍受，因为这痛苦既不属于我，也再不会属于他了。

我的心情很平静，也没有任何发病前的征兆，我只是走，用脚来思考。虽然以前也起过自杀这类的念头，但从未想过去实施，死对我来说只有一种方式，而且是我执意要坚持的方式，那就是幸福地安静地死去。阿文的死让我更坚定了这一念头，可问题不在这儿，全部的问题是我将如何处理这一切，如何让生活中的这种巨大反常均匀地降落到我的命运里，尽量可能地把它安排好，不出更大的岔子。

我决定先去他的父母家，那是九江中路的一幢灰色旧楼，只有四层，正在等待拆迁。


出乎我意料的是，一位年轻姑娘为我开了门，她是阿文的表姐，他姑姑的女儿，来做新婚旅行，阿文说过的。

"我是阿文的女友。"我说。

"他死了。"我又说。

"昨天晚上或是今天早上。"我说。

"可能是今天早上，"我说，"他从二十一楼跳下来了。"

这时我雨衣上的水珠唰的一下全都流下来，在我周围的地板上滴成了黑黑的一圈，阿文坐在沙发上的父母和站在门口的表姐全都目不转睛地望着我，仿佛我是个刚从水泥地上长出来的大蘑菇。他们没有一个人准备相信我。

我得承认，自己在报告这个坏消息的时候，说得一点也不像，浑身上下没有一个地方显示出有说服力的神情和动作，而且还因为没有在进门之前脱下雨衣，把水弄了一地而局促不安。这一切都被我搞得很糟，我想我必须重来一遍，于是我说：

"我是阿文的女友。"

不知什么时候那个来度蜜月的新郎站在沙发旁边了，他从里屋钻了出来，笑眯眯地看着我。

"请坐。"他说。

我愣了一会儿，这屋里只有他对我还有一点友善的意思，于是我开始脱雨衣。阿文的表姐平张着两只手皱着眉头看着我的一切，于是我又开始找拖鞋。穿好拖鞋后我可能又愣了一会儿，那个时候我很想走掉，过后再打电话回来，因为门到现在还没有关上。不过仅仅过了一会儿，我就明白无论怎样我都已经走进来了，于是我拎着湿鞋子和雨衣放到了门外，伸手拉上了门。"哐当"一声巨响后我终于算是走进来了，再也跑不掉了赶不走了，阿文的父母目不转睛地看着我，他的表姐也回到了自己丈夫的身前坐下，翘起了很神气的一只美腿，那个幸福的男人充满期待地望着我，双眼就像一对被注满的啤酒瓶。于是我掏出纸巾开始擦脸。不管他们相不相信，我得把这件事做完。

我没有哭，这很关键，我拼命把自己想成一个大姑娘，大一点再大一点。这样差不多就可以顶住了，可以用脑门使劲顶住鼻梁和眼眶，把酸劲顶过去，像小牛那样使上全身的力气，既不后退也不呼吸。我平视他们，当度过了手指都快攥碎了的最初的二十秒后，他们开始松动了，开始相信了，阿文妈妈的眼睛一瞬间就变得通红，雪白的头发渐渐竖立起来。

"他怎么了？"她说，嘴唇剧烈地颤动着，并急速趋向透明。

我不知自己的心脏可以这样软这样沉，我不得不用两只手紧捂在胸口，勒紧托住——以免它掉入腹腔的深处……

没有什么真实可言了。没有什么比面对人类深沉的痛苦时无所遁形因而不顾一切痛哭失声更直截了当了。尤其是想到阿文二十五岁的生命所爆发出的所有能量只是导致自己的亲人如此没命地号啕，就觉得更不知所措了，不是眼前的不知所措，而是自己的未来将建立在一种什么样的存在上才能让自己觉着安全？

我一直流着泪但不曾哭。实际上我就是流着泪走完的那十里长街流着泪走进这个家门的，雨水将我的眼泪全部遮盖了。

他们坚持要看我拍的那些照片，我把相机递给了他们。新郎官摆弄着，选择着，过滤着。那已经不是阿文了，甚至不是阿文的血和肉，那只是一堆被遗弃了的物质元素，仍然连着的或者断裂了的长短分子。阿文妈妈一直在不停地用各种音调撕扯着"为什么？"我给不出答案。外面的雨开始甩来甩去，一会儿打南面的窗户，一会儿又击打北面的窗户，玻璃发出了惊心动魄的响声，感觉整幢楼已经摇摇欲坠了。

为什么？

"电话。"我说。说完后我才知道自己的鼻子全给堵上了，于是我掏出纸巾清理鼻涕。

"电话。"我说，大家终于抬头望着我了，"他的电话不在身边……"

于是阿文的表姐向里屋冲去，阿文的妈妈紧接着冲了进去，爸爸是第三个。

"从昨天下午起我就找不到他了，"我继续说，"电话关机。"

为什么？

我什么也不知道。

"他一般会去南瓜俱乐部，"我说，又擤了一下鼻涕，"那里也没有。"

新郎官把相机递回给我，用手特意指了指，我知道他已经把那些相片删掉了，这也好。

"昨天下午他回来过。"新郎说，并用力地点了点头。

"几点？"我犹豫了一下，还是问了。

"四点回来，五点半走的。"他说。

我和阿文一点多的时候通过电话，随后他就关机了。关于这件事我有预感，我不知道他要自杀，但我知道我们永远找不出原因，他连遗书都不会写。

那三个人回到了客厅，什么都没有，我一看就知道，找不到电话，没有日记本，没有遗书，没有 QQ，顺便还没有博客。他连个游戏账号都没有。真傻。我脑子里突然冒出了这么两个字。真傻。我们应该和民政部门联系一下，或者和警察联系，看看接下来该干什么，但我们只是在这儿找原因、悲伤不能自拔。如果现在死的是我，阿文会怎么干？他大概只会一转身消失在雨里。他比我们有效率。

为什么？

阿文妈妈还是不能接受。她蜷缩在外甥女的怀里，就像雪天旷野中刚被引燃的一小捆细细的湿柴。阿文爸爸三次点烟都没有点着，索性把烟揉了，他抬头谁都不看，就这么过了好大的一会儿，忽然说：

"把小光叫回来吧。"

小光是阿文的哥哥，比阿文大六岁，我所知道的就是这些。新郎去打电话，我看着他们，我不想待了，于是我站了起来，想了想又坐下了，又想了想，又站了起来。

"别走。"阿文爸爸说，他的语气斩截，有些命令的味道，"等一等。"他努力地想保持住什么。

"我们应当待在一起。"他说。

在等阿文哥哥的这段时间里，阿文的爸爸一直在和我说话。他问了我很多问题，比如我多大了，和阿文认识多久了，家里都有什么人，在做什么工作，平时都喜欢干些什么，等等。在这些简单的问题中间，有一个他最想问而又问不出口的问题，我知道他很想问，我也知道自己答不上来，越是这样我就越难过，我很想说很想直截了当地告诉他阿文自杀和我一点关系都没有，可这有什么用？我又怎样说？

这一切是我从未经历过的一切，以我的年龄也未曾得到足够的经验来应付与处理这场灾难，还能怎么样？我不是在抱屈，没有一点抱屈的意思，问题是我不知道怎么办，这太要命了，我自己帮不了自己，而且不见得有人能帮到我，这太要命了，我还要待下去吗？我干吗不哭死？我干吗不哭？我为什么哭不出来？

哭不出来。这个见鬼的阿文。哭不出来。

阿文爸爸给我倒了一杯热水，我一直西施捧心似的捧着。双手渐渐热了，出汗了，杯子在手里打滑，我就这样玩这个滑溜溜的杯子，脑子里有一万多个念头在四处乱窜。阿文的鞋还在大厦的平台上，每只鞋里都盛着半鞋黑黝黝的泛着涟漪的雨水，它们已经凉透了，如果我有办法我一定要把它们牢牢地焊在那里，旁边再铺上一块铜牌，上面刻一行字：

人死了，热沙冷却／昨日的太阳被黑色的担架抬走

2004 年 6 月 21 日下午五点二十五分，我下班，从地铁站出来时崴掉了鞋跟。那是我第一次穿高跟鞋，之所以穿是因为工作需要女人有统一形象，这没什么好说的，我能理解也能遵守，问题是汽车都带有备用轮胎，而没有人会带一双备用鞋。于是我试图磕掉另一只鞋跟，这是凯瑟琳·泽塔－琼斯的方法，但我的运气没她好，她的鞋有统一标准而我的没有，那只鞋跟出奇的结实，所有进出地铁的人都注意到我——一个个头不高却气急败坏的女孩在用自己的高跟鞋拆地铁站的台阶！我的身边站定了一些人看着我拆，这很傻，但是没办法，全是这样的事。我在想干脆光着脚走掉的可能性，而大部分人也差不多看够了走开了，就在这时走过来一个男孩，几乎第一眼就看见了我的窘困，他就是阿文。

有时候就是这样，在你窘困之极的时候，恼火之极的时候，有个人从你身边走过，伸手就把你捞上来了，快得你自己都来不及反应。阿文来到我的面前，一伸手就接过我举在身前的鞋，就好像我们认识似的，就好像我们认识了许多年似的，说："我来吧。"然后仔细看了看那只鞋，在台阶上磕了几下，又仔细看了看，说："看样子他们本来打算把那只也造成这样子。"

就是这句话救了我，我一下子就笑了起来，差点吹了个鼻涕泡。没什么不好意思的，当时就是这样，我笑了又笑，还当着他的面擤了鼻子。他一直笑吟吟地看着我，手里攥着那只鞋，后面全是来来去去的人，他一点儿也不在乎地笑着看着，就好像除了我们俩之外，其他的全是早期电影里被当作背景的大影幕上的影像。真的

很好，我一丁点儿不愉快都没了，跟着他傻笑。

笑啊笑啊……

门铃一响我的杯子就掉地上了，水，碎玻璃，破碎的声音，地板上一层弥漫的水汽，全完了。

进来的是小光，阿文的哥哥，他们长得很像。他进来后和大家打了个招呼，把扑过来的阿文妈妈扶回了沙发，然后就看着我。

"阿文的女友。"新娘说。

她的口齿很清楚，看样子整个发音系统没受什么影响。阿文的哥哥"哦"了一声，他的左手很自然地搂着妈妈，神情严肃稳重，一看就知道，他和阿文很不一样，他是个成年人。

"有遗书吗？"他说。

很多字和词通过发声在屋里传来传去。没有遗书。什么都没有。阿文死了。

"他在哪儿？"他又说。

于是大家一齐看我，而我在擤今天的第一百次鼻涕，我的鼻尖一定红得像玛瑙。

"我……不知道。"这一刻我觉得自己闯祸了，"他们把他拉走了……"

"谁？"

"警察和别的人。"我说。我为什么没问他们要去哪儿？我为什么没说自己是他的女友？

大家还是那样地看着我，至少他们以为自己快找到理由了。

"会搞清楚的。"阿文哥哥说，他站了起来，"我去吧。"

"囡囡在家陪爸妈吧。"他对新娘说。然后转过身对着我：
"愿意陪我去吗？"

我想我没什么不愿意的。

他有车，那种黑色的大车，像房子一样。我没让他拿我的包，就自己背着，等他把车开过来时我本来想坐在后排，可他够着身子从里面打开了前门。

车开起来后我仍然抱着背包，他偏过头来看了一下，没说什么。阿文很少提起他，我只知道阿文有个哥哥。

"我们怎么办？"我说，声音大得把自己吓了一跳。

"没事。"这回他不看我了，只是开车，"我知道的。"

这时我有点想哭了，可又觉得哭出来不太好，于是打开包，试图翻出第二包纸巾来，我明知道没有。他还是不看我，等我翻了好大一气儿，都快把包底掏出来的时候，他往后面一抓，递过来满满一大盒纸巾，我接了过来，抽了几张捂在鼻尖上。那里很凉。

"没事的。"他说。还是老样子，不知是在思考还是想更好地沉默，若有所思而稍显忧郁，双手扶在方向盘上，既不特别用力也不懒散，就是那样，但给我的感觉是全世界所有的事情一齐冲向他也不能影响他开车。于是我轻轻地哭了起来，手指缝间的一个白色的纸角微微颤动着，于是我又吸了一口气，大概吸了有一分钟的样子，等那口气到头了，我还是没办法，于是我又哭了一阵儿。

车一直在往前走，该转弯时转弯时走时停，车身很沉，没有一点声音，他开得也不快。这是我头一次坐这样子的车，而且是头一次感觉到是坐在自己人的车里。

"别太难过了，不是你的错。"在车驶上了三环时他才又说了一句。

我安静了下来，彻底地安静了下来，从早晨到现在，从认出阿文到现在，没人能让我如此安静。

"我很伤心……"我说，"太伤心了……"

他这时才又看了我一眼：

"应该的。每个人都伤心。不可避免。"

"可我该怎么办呢？"

"伤心吗？"

"不是，是以后……"

我们就这样有一搭没一搭地说着，直到他把车停了下来，我才发现是在郊外了，雨中的郊外，那些风中舞蹈的树就像是毕斯罗的风景画，而乌云也真的是在翻滚，一片一片的雨让这一切一会儿清晰一会儿模糊。这时我知道我们要在这里谈话了。我知道他的用意，现在去找那个已成为一包长短分子的阿文不是最重要的事情了，重要的是爸爸妈妈，重要的是囡囡和她的丈夫，重要的是我。可阿文毕竟活过，出生过，成长过，存在过的，有什么事情有什么必要非要夺去一个人的生命呢？即便是出于他自己的决定。

看来一切的一切又都回去了，或者说又都回来了。这个我唯一能指望的人也不能帮助我，归根到底，在这种事情上人只能依靠自己，而我将依靠自己的什么？我可以依靠纸巾，依靠鞋子，依靠雨衣，依靠汽车的钢铁顶篷，也曾经依靠电话寻找阿文，依靠避孕套丢失孩子，依靠劳动消费物质，也可以依靠坚强熬过悲伤，依靠遗忘保持善良，依靠时间到达死亡。但这并不能使我心安理得。"人死了，热沙冷却／昨日的太阳被黑色的担架抬走"，这是曼德尔施塔姆的诗，这也是他想让我接受的，这也可能是阿文想让我接受的，然后我把风衣裹紧，戴上大大的墨镜，像个成年女人那样失手掉落一朵小花，内心涌动着深深的悲伤却面无表情，再一转身消失在傍晚的薄暮里。天哪。我可以做到，但我不要。

我还能对付！

车子又重新发动了，这时能感觉到一丝微微的抖动，我重新整理了一下自己，准备回家，我可不能让父母看到我的这副鬼样子，当然我也不想一个人待着。

"有什么需要我的地方？"他深思了好长一段时间才说，"你想做什么的话……"

我不想喊，可我还是喊了，虽然我喊的声音不大，很沉，很稳，但那毕竟是喊，不是陈词也不是宣言，更不是哭诉。

"我只想做个好姑娘。"我说。

2006 年 1 月 6 日

# 补墙记

2005 年 8 月 7 日，立秋，北京时间四时五十一分，一辆核载八吨的东风康明斯大卡车，由于加装了承重钢板加高了车厢护栏，实载重十二吨而这次一共装了十九吨也装下了，正行驶在 109 国道河西行政村第五自然村的路段上，不知羞耻地打着两盏大灯，在与对面直驶的第二自然村的贩菜农民杨二龙的农用三轮的"独眼"对视了二百余米后，突然发疯，没有敲门就闯进了路边村民马小孬的家，连着撞倒了两堵墙，把马小孬夫妇正在使用的双人床直接送到了隔壁爷爷奶奶的炕头上。

这起突发事件使第一时间就圆睁双眼的马小孬在巨大的轰鸣和刺眼的灯光下，不明白自己到底是在自家的床上还是在"阿波罗 13号"的登月舱里，他连着打了二十个喷嚏，打得鼻子都快掉了，好在他数了三十秒钟的数后仍没有听见爆炸声，这多少让他回过来了一点儿神——并没有人要对他搞"定点清除"。建筑材料被迫移动的怒吼已经被高浓度高速无规则运动的尘土淹没，汽车也在驾驶员的安排下停止了"哼哼"，现在最让人发疯的是他养的十四条狗从四面八方冲着这里的狂吠和他老婆王正梅十个指甲全部掐进他胳膊里地没命号啕。

他想喊，但什么也没喊出来。他不知道要喊什么，以及向谁喊才能解决问题，或者不管不顾地大喊一声，好歹也算对发生的事情做了点什么。但这通通不是他的习惯。他十三岁时在自家的院子里被一头挨了一刀正在逃命的猪撞翻，爬起来后叫了一声"我的妈呀！"结果妈并没有来，而他爹却特意赶过来绕了他一个"绕驴的"大嘴巴。所谓"绕"是本地土话，意即抡圆了胳膊，驴被牵扯在内是因为在这样的打击下还能挺得住的只有驴。这是他爹——按西北风俗，在这种重要场合现在应该称呼他爹为"他的老父亲"——对他的成长阶段的关键教育，一个西北男子的基本气质必须极早形成，"哭爹喊妈"之类的娘娘腔表现要在第一时间得到纠正。

马小孬处理危机的本领虽非一流，却已足够，他一把扒拉掉老婆的"九阴白骨爪"，腾出手来扑扇眼前让他什么也看不见的尘灰，当然他还是什么也看不见，屋顶还在不停地往下落着灰土，不时会有那么几个不会致命但足以导致他的神经传感器向大脑输送"剧痛"信息的石块光临他的脑袋。他试着站了起来，床上几乎落满了石块以及玻璃碴之类的东西，他的双脚刺痛，口中终于喊出了声，狗的狂吠无处不在，这时它们想要逃跑简直轻而易举，但它们的主要兴趣依然集中在这个事件的中心。由于摸不着他，他的老婆王正梅开始大喊他的名字，当然叫的不是外号"马小孬"，而是大名"马大江"。

所幸的是儿子由于放暑假写作业，被送到姑姑马大水家去了，奶奶不放心孙子，前一天下午提着一大筐鸡蛋也追过去了，只有爷爷睡在里屋，马小孬没有理老婆，而是试了几试，声音在喉咙里打转，不过还是喊出来了，他在狗叫的空隙里喊"爹""爹"，每喊一声，都会逗起更猛烈的一阵狗叫，好像所有的狗都在帮他一起喊。

他爹马十前一直没有回应他，他用手向前摸，摸了好半天也没摸到墙，于是他更加大声地喊，狗也更加大声地叫，后面伴着王正梅的哭音，乱得就像世界的末日。院子外面也是同样的乱，夏季用电高峰期，路灯在十二点后就集体灭了，乡亲们拿着手电、火把什么的往来赶，各种亮光一闪一闪，可还是什么都看不清楚，马小孬还在喊爹。

终于有人开始砸门了，好几把手电筒在门外乱闪，鸡飞狗跳，人声喧嚷，马小孬从窗户跳了出来，跌跌撞撞地打开了门，说了句"快救我爹"就几乎晕过去，于是大伙儿打着手电往里照，乱七八糟地往里爬，好大的一通忙活之后，发现在炕的里角盘腿坐着一个人，一动不动，又经过好大一通忙活，甚至把马小孬和王正梅都拽了进去，拽到了跟前，那意思是要让他们见老人家最后一面了。

于是马小孬和王正梅一面跪着一面哭，一面大喊"爹你快醒醒"之类的话，过了一会儿，马十前的眼睛果然睁开了，不过那绝不是苏醒过来的一双老人的眼睛，而是马小孬打记事起就熟悉无比的一双三角鹰眼正在黑暗中熠熠发光。

他马上不哭了，但是由于哭了这么久，还是不由自主地打了一个冷嗝。


车头正卡在马小孬卧室墙里，车门打不开，大伙儿拂开前窗玻璃上厚厚的一层灰，发现司机师傅和副司机师傅像一对蜕了毛的鸡似的，正待在驾驶室里筛糠。大概有七八个人挤在前窗那儿好奇地往里看，毫不客气地用七八只大手电仔细地耐心地观察他俩，这两人倒也老实，除了眼神像四只萤火虫一样到处乱飞之外，双手抱在胸前，头发直立，哆哆嗦嗦，既没表现出应有的歉意，也没表现出被营救的愿望。大伙儿都十分惊奇，相互看了看，还是捣烂了早已变成蛛网状的前窗玻璃,把他俩拎了出来。这时马小孬的堂弟马二虎找了一根锄头把,想过来尽尽受害者亲属的义务,被大伙儿拉开了。

这两人被安置在院墙的拐角处蹲着,大伙儿商量了一会儿,不过就是胡乱说了几句,就又一起过来,还是七八只大手电毫不客气地照着,然后问他俩准备怎么办,两个人还是待在驾驶室里的那副神情,就好像出事的那一刻的巨大的能量转换已将他俩变成了两台玉米脱粒机,除了不停地筛,什么都不会了。于是大伙儿又问了一遍,耐心地看着他俩,直到其中的一个终于被七八只大手电晃得回过来点神儿了,知道如果不答复就不仅筛得像脱粒机,还得被晃出摇头疯来。于是他张开嘴,试着想说点什么,张了几张没说出来,害得大伙儿急得跟着他一起张嘴,恨不得替他说。不过他最终还是说出来了一个"赔"字,虽然那个"赔"字他用的是颤音,而且足足拖了有四拍那么长,大伙儿还是松了一口气,又回头去商量到底是把他们锁在地窖里还是捆在树上,因为大伙儿还要回去睡觉。后来看见村长来了,就一致决定,还是把这两人送到村委会去比较保险。

村长是和派出所的副所长张佑民一起来的,张佑民同志一到场就郑重宣布,交警队的同志明天一早才能过来,请大家注意保护现场。保护现场的基本要领是闲杂人等赶紧回家,于是该走的都走了,只留下了几个实在不把自己当闲杂人等看待的。村长和张佑民代表组织亲切慰问了以马十前为代表的受害人一家,老头的眼睛只睁开了那么一下就又闭上了,而且既不说话也不挪窝,不知出了什么问题,村长说了半天,见老头毫无反应,就把该说的说完,转头去组织"紧急情况处理小组",大家都围在村长身边,留下这一家三口自己待着。

马小孬自被他爹看了一眼，就如同被施了定身法，也坐在那儿闭目养神，只不过他爹是盘腿坐，有点道行的意思，而他是叉着两条腿坐着又仰着头，好像要破罐子破摔了。

天开始发亮，王正梅还在有一搭没一搭地哭，她重新抱住了马小孬的一条胳膊，心里踏实了许多，但这爷俩的沉默还是让她放心不下，于是隔那么一阵儿就哭几声，捏捏马小孬的胳膊，好像在向这爷俩讨点主意似的。结果主意没讨着，公鸡倒开始打鸣了。问题又来了，平时总是自己家的公鸡第一个叫，今天被人家抢了先不说，隔了这老半天也不见吭一声，以自己家的公鸡的脾气，那不是光荣牺牲，就是被"清理现场"了，真是福无双至、祸不单行啊，有人忙着救人，有人忙着抓鸡。王正梅想着想着，就又放声大哭起来，村长一帮人正在商量索赔金额，被这一阵大哭打搅，以为出了什么事，连忙围拢来看，看了半天，不见有异，想了想，一拍脑袋：

"送医院！"

于是一家三口被连拉带拽，送进了乡卫生院。

长话短说，该突发事件让马小孬家得到赔偿金计三万元整，除修缮房屋、答谢乡亲所费，马小孬净赚一万八。大伙儿都说要是这样的事情一年来上两次，真是可以睡着吃了，还搞那么些生计干吗，还是你的风水好啊之类，不然怎么不撞别家撞你家呢。

马小孬赚了钱本来还有点高兴，被这一席话说得心跳加速、脸上变色。马小孬的生计路人皆知，那就是饲养繁殖贩卖各种宠物狗，说"各种"还有点抬举他，他所养的也就是那么三两种，但是他善于搞"来料加工、组合拼装"，创造各种新品种，老婆王正梅青少年时代在"时代发廊"学徒，练得一身染发烫发的好本事，这会子全派上了用场，经他家加工过的狗无不身价十倍。这还罢了，半年前马小孬想出了一条毒计，每条被卖出的小狗都被他喂了慢性药，短则三天，长则半月，被爱狗人士高高兴兴买回家的小狗就会一命呜呼。本来这办法他是让那些卖出去的冒牌怪狗不致因为时久失修而露馅，人家跟他纠缠，没想到此举一出，销售量几乎增长了一倍。刚开始的时候，他还比较开心，为自己的小聪明沾沾自喜，特意带着老婆到城里的"上岛"吃了一顿，没想到日子一长，他的心里起了变化，每条小狗在被带走的时候都眼泪汪汪地望他一眼，就像是临终告别，他感觉这一眼的力量如此之大，仿佛一缕狗魂如梦如烟地从狗眼睛里飘出来，静静地附在他的身上，结果半年下来，他的身上附着了三十多条狗魂，这三十多条狗魂就像三十多条小细绳，把马小孬绕得失魂落魄、晕头转向。

不仅如此，他还因为弄虚作假、图财害命的一系列勾当，不得不对自己的各种行为在作出责任认定时满口扯谎，大白天在街上走都要瞻前顾后左看右瞧，唯恐被以前的主顾撞上，贼头贼脑，人不像人鬼不像鬼。他爹马十前自从发现了他的不法行为后，绝食三日，老泪纵横，声称再不与其交一言，要不是自己的老宅子早被拆平修了公路，那是绝不和他一起住的。马小孬哀告多日，并保证再不卖狗了，老头才开始进食，可万万没想到，刚过了几天安静日子，心里的别扭劲还没完全过去，一辆卡车不请自来，撞开了水泥墙，停在马小孬的胸前：

"报应！"

这两个字自他爹马十前神目如电地将他一看的那一瞬，就像一个大黑碗一样把马小孬严丝合缝地扣到里面了。

几天下来，倍受煎熬的马小孬如同被电打了一样，蔫头耷脑，走路都是一顺边。他的第一求助对象是酒精，基于以前的经验，当他饮酒超过150克时会剧烈呕吐，然后在半个小时内就基本清醒了，于是这一次他以迅雷不及掩耳之势捏着鼻子紧闭双眼一口气儿灌下去了半瓶，企图与自己的胃以及人体功能抢时间——在把酒吐出来之前尽可能地多吸收一些酒里的麻醉与晕眩。但他可耻地失败了，那半瓶酒在进入他的消化系统后甚至没来得及停止液体运动惯常的晃动与涡漩，就以一个超级加速又从嘴里跑了出来，就像是孙悟空伪装成酒精被喝了下去，结果刚进去就发现势头不对不能让这个喝酒的人达到目的，于是一个返身又窜了出来一样。马小孬像一口高压水枪仰着头四处乱喷，屋里被弄得酒气冲天、臭不可闻，划根火柴就能点着。已经四五天没睡着、听见拖拉机声都要哆嗦的哭哭啼啼的王正梅直接从被窝里蹦了起来，大喝一声，举着两只白森森的爪子就扑了过来，马小孬右手一护后脑勺，顺势一个箭步飞出了屋门，只听见身后"咣"的一声，门被重重地关上了，接着就传出了王正梅嗞里哇啦撕心裂肺的一阵狂哭。

为了让王正梅继续住在这间修缮一新的临街的房子里——因为他们也实在没处可去，马小孬足足费了三斤唾沫，可王正梅虽然在他的大局分析和政策攻心下没有反对，但是拒绝在天黑得实在没办法之前进入这间屋子，就是在进来了之后也仍然拒绝睡觉，支棱耳朵听每一辆汽车路过的声音，并在汽车接近的时间段继续对他的胳膊使用"九阴白骨爪"，再后来就因为这种过度的专注产生了耳鸣，那意味着每时每刻都有一辆该死的汽车要穿墙而入。而且该妇女还因为过度专注过度兴奋而过度疲劳，过度疲劳又得不到应有的休息，从而转化成为脾气的极度暴躁，用"变了一个人"已经不能形容她的状态了，马小孬的母亲对邻居说：简直是变了三个人！

被赶出屋子的马小孬只好蹲在院子的黑影里一口一口地吐那些由于酒精刺激而分泌过量的唾沫，他的身心极度疲惫，不论是蹲着站着走着随时都会睡着，可又在睡着的那一刹那，脑中像巨大闪电闪过一样闪出一片惨白，从而惊醒。他很明白，必须拿出办法来，否则全家都会疯掉。

可他又实在想不出任何办法，这种事情不是写一份检查交给村长或派出所所能解决的。在为他争取赔偿时，村长和派出所已经出了大力，为此他给派出所送了一面锦旗，给村里的小学买了十套桌凳，给村长送了两瓶酒一条烟外加一条未曾命名的小白狗。村长的小女儿刚七岁，见小狗胖乎乎的，就起名"壮壮"，结果被马小孬听成了"撞撞"，又闹了半天心。

这时他从院子里走了出去，听到他出门王正梅又是一阵狂嚎，他顾不了那么许多，不能老是耗在老婆身边而又束手无策，他必须去解决大问题。街上人很少，车也不多，远远地看见王老四家的小超市的灯还亮着，就是买盒烟和人说说话也好啊，他挪着步子向超市走去。老四家的超市叫"宏盛超市"，名字起得大，其实很小，马小孬进去一看，老四不在，老四的爹王有宝正脚翘得高高的在那里看电视，电视里有一大堆警察在那里开会，每个人都举着一支烟。于是马小孬就说买烟，王有宝给他拿了一盒他经常抽的"喜气郎"，他付了钱马上就打开点了一支，坐在旁边跟王有宝一起看警察开会。看了一会儿，他就问老四怎么不在，王有宝说带着媳妇子到东山进香去了。

"进香？"

马小孬一激灵，燃了一半的一支烟随手就掉到地上了。

"什么时候走的？"

"下午。"王有宝说，"要住一晚。"

王老四结婚两年来一直没有孩子，全家人急得不得了，看来是想出办法来了。

"哪个庙？"他问。

"东山里还能有哪个庙？"王有宝回头看了他一眼，"自然是武当庙。"

马小孬抬腿就走，连招呼都没顾上打，他预计今晚一定能睡个好觉，现在简直连眼睛都睁不开了。


第二天一早，马小孬借了堂弟马二虎的摩托，直奔东山武当庙，为此，他甚至没有吃每天早上铁打的一碗羊杂碎，连水都没有喝一口，就上了路。武当庙建在半山腰上，必须把车停在山脚下再爬上去，大概有半里的小路，马小孬挥汗如雨，奋力上山。现在是中午十一点多钟，太阳的热力已经充分发挥了出来，上山的人只有他一个，下山的人倒还有几个。走着走着，马小孬觉得有点不太对劲儿，怎么下山的人都是一男一女一对一对的，男的打着伞，女的走在旁边。看见他都一起注目，仿佛很奇怪的样子，自己是上山的时间不对，还是因为走得太急模样有些古怪？

一进山门，就有四大天王各举着自己的武器冲他瞪眼，好歹他没有被吓住，但这时已经多少有点不满了，因为这个庙实在是很小。他前后转了一圈，前面是元始天尊、通天教主、太上老君挤在一起，殿宇狭小，泥胎斑驳，太上老君手持拂尘上的毛基本掉光，好像写坏了的一杆秃笔，香案上的七盏油灯黑烟滚滚，闻之不似香油，倒像是机油，还是用过的那种。后面是斗母宫，稍稍宽敞一些，不过好像正在大修，搭了一堆脚手架，斗母的许多胳膊都拆下来放在旁边，乱七八糟，只剩下一个到处露着稻草的身躯顶着个几乎和身躯一般大小的脑袋，和蔼可亲地看着马小孬，眼都不眨一眨，把马小孬看得浑身发紧，继而发凉，连忙奔出。院子里再无旁人，马小孬左转右转，左找右找，才发现生活区竟在庙外，只见两个老道和两个工人各自端着一个脸盆大小的碗蹲在那里吸溜汤面，个个吃得满头大汗，好像很爽的样子。尤其是那个老道士，赤睛紫髯，方口狮鼻，把面条吃得是虎虎生风、青筋暴露，马小孬一见便有些腻味。四个人发觉来人，便一齐抬头，微露诧异，张口便问：

"么事？"

见马小孬迟疑不语，老道士放下大碗，咳嗽一声，又用两根手指清理了鼻腔，正冠理髯，整理袍服，然后长袖一摆，叫声：施主这边请。把马小孬让了出来，一径来到庙内厢房，分宾主落座，目光炯炯，看定了马小孬。

事已至此，马小孬期期艾艾，将自己的事情大致讲了一遍，老道叫了声：无量佛！就皱眉蹙额，摇头不语。马小孬一见情急，顾不得先前的许多不满，连声追问，老道这才长叹一声，说出一番话来。

原来此庙规模甚小，多年来经营不善，已日渐衰微，好在灵根未断，还有一技之长：专治男女不孕不育。弄些香资。像马小孬这种为死狗超度亡灵的，实在荒唐，不过找上门来，也算有缘，但因道人短少，不能凑足北斗七星之数，需要外聘五名，费用大增。

马小孬就问钱数，老道又说，道场一开，即以七数，七天最少；因狗是凶死，不能少于五七，一七两千，五七一万；狗命比人命贱，打七折，再者与施主有缘又减两千，一共五千；三十五天的道场超度，与施主化去冤魂，祈福求财，喜乐平安。

此时马小孬的心里稍稍安定，见老道如此狮子大开口，生意人的本性就又显露出来，他鼓足干劲，要求继续打折，一直说到只出资一千六百元外加一桶五升的香油就办下了这件大事。对方提出在此情况下本庙只能以两名道士加两个民工再加贴了符箓的三块砖头来为他诵经超度，虽然规模和设施简陋，但法力不减。于是双方高高兴兴地签了约，马小孬当即交纳了一千六百元的超度费，请他们当天晚上就开道场，并答应第二天就将香油送来。

老道又嘱咐他这三十五天要静心默守，不能出远门，更不能与妇人同房。马小孬满口答应，他现在怕的是必须与王正梅同房，哪怕仅仅是只待在一个房间里。

一回到家，马小孬就向家人通报了此事，他老子马十前照样是爱搭不理的，王正梅难得地集中注意力听了他一句话，就又跑到院子的顶里面待着去了，而且叫魂似的把儿子叫了过去抱在怀里，只有他妈听他讲完了所有的经过，老太太因为这一千六百大洋出得肉疼，眼皮子一个劲地跳，但联想到家中如此不顺，也没说什么，只安顿他把柜子里最右边的那桶油给道士提了去，那油放得太久已没法吃了，不过给道士点灯总还不妨事。马小孬答应说他本来就是要拿那一桶的，不然给他们五斤就算了，何必给十斤。

第二天下午，马小孬提着香油上了山，他要亲眼看看道士们是如何操作的。院子里布置了一个七星坛，其实就是在周围摆了一圈砖头，过两天可能就砌到哪堵墙上去了，其中挑了三个大号的砖头用黄纸仔细地包裹了，又写上字，施了法，因此也算是三名道士，两个民工盘膝而坐，四只眼睛滴溜溜乱转，手持木鱼不停地敲，小道士低头默诵经文数念珠，声调仿佛有针对性地忽高忽低，老道则手持木剑居中策动，口喷符水，目射金光，好一个"七星剑阵"就此摆成。

马小孬看得目驰神摇，心花怒放，连声赞好，心满意足地回家了。一路骑着摩托高歌猛唱，把自己会唱的歌全都唱了一遍，后来索性摘了头盔挂在车把上，被埋伏在树丛后面的交警逮了个正着，罚了五十块钱才放回来。

如此的一番折腾，他进门时已经快凌晨一点了，因为怕惊吓了王正梅，离家好远他就将车熄了火灭了灯，一路推进去，没想到一进院门，对面墙根下坐着的一个黑影"嗖"一下站起，双手扶墙，战栗不已，马小孬就知道王正梅中邪已深，今天的法事没顶什么事，还要老道们再接再厉了。

他放好摩托便牵着王正梅进屋，孩子跟着奶奶早就睡了，王正梅如今的习惯已改成他不回来就不进屋，进了屋也只待在门口，他不得不把一张沙发摆在门口好让她能休息休息，结果那张沙发的特殊位置使他每次夜里回家都要摔一跤。这次是两口子一起跌了进去，所幸的是王正梅并未大喊大叫，这让他多少松了口气，但王正梅接下来说了句话，又让他把这口气吸了回去。

"大江啊，咱们搬家吧。"

对马小孬来说，这种想法比发疯更可怕，因为这意味着他得再售出五百条死狗，而狗如果不是死的，那他连五十条也卖不掉。他当然不能对老婆说他除了卖狗骗钱什么都不会干，而新学一个能赚到足够买房子钱的本事目前来看除了吸引卡车到家里来做客之外还想不出有第二桩，所以搬家这种事情是提也不能提的，这是动摇根本。虽说搬了家可能一切都会顺利解决，但搬家这件事本身却在马小孬解决问题的能力之外。于是他说："咱家多好啊，扛扛就过去了。"

接下来的数天，马小孬基于对老婆的关心也罢，内疚也罢，总之是一直没有出门，弄了本书和老婆一起坐在墙根下面熬日子，一下午能喝十七碗绿豆汤。孩子又让姑姑接走了，这段时间他姑姑每天都来一趟，生怕她一旦不在现场，这里就会被那些外地人的卡车推平。她家离这儿最多有五千米，也在国道边上，但她对自己的家从不担心，可能因为那附近没有发生过任何一起卡车"扰民"事件，所以她对自己家的风水特别有信心。

对于她的风水观念马小孬始终评价不高，认为是封建迷信。那些扣着一顶瓜皮帽，戴着一副黑墨镜，拿着罗盘摆锤四处乱逛的风水师让马小孬很瞧不上眼，认为其全靠满嘴的唾沫星子骗钱，还不如他这个卖死狗的，多少还卖个东西给人，他不信任那些没有固定办公和经营场所的家伙。他姐对他这一点恨得要死，却没有一点办法，她同样说服不了王正梅跟着她回去，王正梅虽然容易精神紧张，经常对马小孬使用"九阴白骨爪"，但总的来看，她对丈夫的信任还是超过了对其他所有的人，如果非要信任谁的话，她还是愿意信任丈夫。所以当马小孬以其非常逻辑的理性思维判断说，他姐家也在公路边上，与自己家没有任何区别时，她就婉拒了姐姐的盛情邀请，虽然她仍然只愿意待在院子的墙根下。

这几天王正梅的状态已经好很多，不再每五分钟就紧攥住手边的不管什么东西，直攥到手指的关节发白。她更多的时候是若有所思，所以马小孬只不过是在一旁抱着一本油乎乎的刑事案例集，她的心里也就踏实许多。马小孬冷眼旁观，好像道士们的法术就要奏效了，可惜每当他差不多要确定这个结论的时候，一辆路过的"轰隆隆"卡车又会将他们夫妇重新送回噩梦中。这样过了差不多有五六天，马小孬对道士的工作效率感到十分恼怒，可惜第七天下雨，他第八天才又重上东山。

离开公路的那段土路极不好走，摩托车无论是在前进速度还是直观景象上都像是一部插秧机，甩得全身到处都是烂泥。好不容易走到一处比较硬的路面上，马小孬索性将车停在那里，接下来的三公里路他是连滚带爬上去了，进山门的时候已经看不出人样了，活像刚刚经过了沼泽战斗的"勇敢的米哈伊"。

待到庙里四下一看，马小孬的心就凉了半截，一个人都不见，他顾不得清理身上的泥巴，满世界地找人，并在找人的过程中附加了大功率的大喊大叫，好半天才从斗母宫后面的一间没窗户的房间里传出了有人的动静，他以为此庙遭了劫，没等对方开门就闯了进去，结果一头撞在了仿佛是个巨大棉花包的恶臭里，差点晕了过去。里面黑乎乎的什么也看不清，只听见一个人在顶里头的拐角处不停地哼哼，听声音好像是老道士，马小孬捏着鼻子，掏出打火机打着，循着哼哼稳步靠近，只见老道士躺在一张狗窝似的小床上，胸口不停地起伏，好不容易睁开眼瞧了他一下，哼哼的声音反而加剧了。马小孬不解站在旁边，打火机开始烫手了，他见床旁边的桌上有油灯，连忙将其点燃，又上前了一步，口称：

"道长？"

只见那老道士运足了气，仿佛毕生的修炼只为了今日此时还能有足够的气力说出一番话，而这番话的反作用又足以抵销他一生的功力，因为他极其违反出家人道德地宣称将使用古老的黑暗世界的邪术：

"你总算来了，你这个卖死狗的！"老道士深吸了一口气，"我要……我要采战你妈！"

老道士边喊边从床上慢慢立起了上身，他的眼睛在油灯闪烁的光亮之下变得通红，并且好像随时都会喷射毒汁和火焰。没办法，马小孬只能逃走，一方面他害怕老道会做出什么不理智的过激行为，另一方面，他对这个馋嘴道士所经营的宗教场所已彻底地失去了信心。自己的投资没有产生任何效益，况且这些人很可能会向他讨要医药费，因此他以最快的速度离开了那个东山小庙，又骑着那个在公路上甩了半里路烂泥的摩托回家了。至于该庙宇的法定经营者由于吃了他家的臭油普遍卧床达一个月之久，并且为此不能进行正常的经营活动，导致了王老四的媳妇到年底仍然没有怀上孩子的严重后果，马小孬由于不知情而没有负起任何责任，他一直为自己能够从那个地方顺利脱身而庆幸。

到家后没多久就是午饭时间，他那个自打出事后就没有正眼瞧过他一眼的老子马十前今天好像气儿顺过来了，居然在和他面对面吃饭时睁开了眼睛，这使马小孬多少有点受宠若惊，并同时做好了迎接暴风雨的准备。实际上他在搞砸超度死狗亡灵的法事活动后，虽然成功逃脱，但内心的恐慌成倍增长，现在除了那些无辜丧命的狗之外，他又得罪了以古代圣贤老子为代表的一大批神仙，而这些神仙又无一以宽宏大量著称——他们会毫不犹豫地报复他这个罪孽深重的小人物。所以当他爹马十前岩石般的脸上终于出现松动的时候，马小孬立刻看到了希望，看到了父亲手腕上的那串自十几年前就不曾离手的佛珠。

"阿弥陀佛！"他心中默念，悲欣交集，泪流满面，就像一个流落歧途多年的糊涂蛋，一旦悟道，看到金光大道就在眼前。

"道士们不灵，"马十前老人家轻轻地说，"你还是要去金牛禅院。"

下午就去。

金牛禅院是本地的大型历史文化遗产保护单位，据说始建于天宝四年。当年玄宗皇帝李三郎风流快活之余，夜得一梦，见一神僧牵金色神牛一头，且唱且走，李三郎呼之不应，只得勉强跟随，待到灵州界内一座石山之前，神僧大哭三声，又大笑三声，弃牛而去，金牛卧地而化，草木立生，顷刻没顶，玄宗悚然而醒，不解何意，乃行政拨款三十万缗，命人于灵州西山建寺一所，名之曰：金牛禅院。后遇安史之乱，玄宗入蜀，太子灵州登基，是为肃宗皇帝，整理乾坤，平定天下，皆金牛之佑也。故一千余年，香火极盛。

待到马小孬出发时，马十前老人家又嘱咐他，心要虔诚，行为要肃整，不能骑着摩托这种不着调的东西，疯疯癫癫，不成体统，最好是步行，路太远不行，就搭公共汽车吧。饶是如此，从公共汽车上下来，马小孬还是步行了一个多小时，才到金牛禅院。只见祥云缭绕，金顶灿烂，有诗为证：

满山遍种菩提树，一片西方极乐天。

入得寺来，马小孬逢佛必拜，磕头无数，一张张面值一百的"红色通行证"不知塞了多少，执事僧冷眼旁观，击磬助兴，又劝马小孬烧了九百八十元的高香，一时间，额头共钞票一色，青烟与弥陀齐飞。这边礼毕，那边小沙弥飞一般地跑进去，不一会儿，两个身着明黄僧袍的胖大和尚快步而出，双手合十，口诵佛号：

"阿弥陀佛，施主如此这般，必有宏大愿心。快请后堂用茶，快请，快请。"

马小孬晕头转向，踉踉跄跄，一路被人扶进后堂，只见一清癯老僧在那里入定，双目微闭：须眉胜雪三分白，守定丹田一缕魂。听见这一行人进来，那老僧双臂一振，念谒道：

"身是摇钱树，心如聚宝盆，本来无一物，后来无物无。"

马小孬见他仙风道骨，鹤发童颜，口中又念念叨叨不知说些什么，想是法术通天，已知自己的底细，不由得纳头便拜，口称：活佛救我！活佛救我！那老僧连忙将他扶起，顺便帮他拍打了几下身上沾染的灰土，说道："罪过！罪过！"又将他扶到客位上坐好，吩咐看茶，这才回过身来坐下。不一会儿，小沙弥将茶送上，马小孬经此一番折腾，早已口干如焚，却不敢喝，满头大汗，只是坐在那里干喘。老和尚见他如此模样，微笑道："施主不必客气，快请用茶。"礼让再三，马小孬方才端起茶来，也不知该说什么，只是连头带手点了几下，这才沾唇，不想突然一阵手抖，灌下去了一大口，烫得肠子都直了，嘴唇和舌头像被揭了皮，扔了似的放下茶碗，直着脖子踮着脚尖满地打转，口中"嘶嘶"不已。

诸位高僧见他痛苦如此，无不动容，双手合十，大诵佛号。屋内梵音绕梁，有如仙乐一般，马小孬听着听着，只觉心头一阵清凉，如啜甘露，如沐春风，因此左转三圈，右转三圈，"风乎舞雩"，大喝一声，直挺挺地往后便倒。

众僧大惊失色，一起抢上，幸而并未伤及颅骨，只是摔了个屁墩。马小孬经此一摔，万千思绪涌上心头，不由得坐在地上，放声大哭，一桩桩、一件件的痛苦与磨难，死狗们无辜的眼神，老婆莫名的恐惧，父亲无声的责备，邻里们暧昧的笑容，甚至小时候掏鸟蛋误掏到小鸟后气急败坏的残虐，以及最近用臭油放倒了一窝道士的惶恐，都通通来到心间，并且随到随说，把众僧听得目瞪口呆，摇头叹气，不能做一语。

过了许久，在马小孬饱含晶莹泪水的双目逼视下，老和尚才代表金牛禅院最终表了态：施主罪孽如此深重，若不以本寺独门的"天牛大法"禳解，必然不能化得干净。但"天牛大法"一动，遮天蔽日，万物重生，我辈僧众的元气亏失太大，云云。

马小孬听了这番话，觉得里头味道有异，但他马上反应到这是自己生意人的劣根性在作怪，因此极力摒弃那些俗气有害的关于钱的想法，力图把自己的心稳定在虔诚的方面不动摇，把住了老和尚的法术不放松，继续用自己的大眼睛寻求帮助。老和尚见他再不说话，道了一声"失陪"，转入后堂去了，先前接待他的那两个穿黄袍的胖和尚，笑眯眯地围了上来。

马小孬十分机灵，知道关键的时候到了，连忙站了起来，说："请师傅指点。"

两位师傅相视一笑，显然对他此举十分赞赏，双手合十，口宣佛号，讲出了一番大道理。

原来当年大唐御弟唐三藏千辛万苦，一路西行，历经九九八十一难，来到西天大雷音寺，磕头烧香，求取真经，佛祖不予。唐僧无奈，乃命弟子悟能献上紫金钵盂一只，反复求恳，佛祖才将经书赐予，由此才知佛法向不轻传，只度有缘。如今马小孬家里鸡飞狗跳，若不传法，恐怕有伤慈悲，因此缘分已到，若要传法，也须尽一些人事。

马小孬听罢，急忙将身上所有的钱都掏了出来，放在桌上，不过两千余元，两位师傅一齐摇头：

"罪过，罪过。"

马小孬一听更急，又将手上的一个八克多的金戒指取下，放了上去，师傅们仍然摇头：

"罪过，罪过。"

马小孬心一横，将老婆王正梅送他的结婚礼物——一块走了十二年仍然"嘀嗒"乱响的手表摘下，正待往钱堆里放，只见两位师傅的脸上忽现金刚伏魔之相：

"罪过！施主罪孽既深，俗念又固，倘若心再不诚，福缘一尽，得罪了菩萨，可就麻烦了。"

马小孬一听之下，魂飞魄散，六神无主，双膝一软，就要下跪，胖和尚上前一步，将他扶住，顺势放在椅子上，双眉微蹙，大有忧色。旁边那和尚于心不忍，乃劝道：

"师兄，马施主一时糊涂，须容他几日慢慢考虑，悟道的事情，怎能着急？"

又转过身来对马小孬说：

"九月初九，地藏王诞辰，本寺的头一炷香，明码标价，童叟无欺，乃是六万八千元整，众香客争执不下，乃加价到八万八千元，足足多了两万元，才消除了众人的争竞之心。阿弥陀佛。施主要行'天牛大法'，须得本寺百余僧众日夜祈禳，一共七七四十九天，不算人力，耗费的香烛纸马就数以万计，虽然我佛慈悲，只以度人为愿，但这一份人事，施主也得尽到了才是。"

就这一席话，说得马小孬哑口无言，他用眼角扫了一下桌上那堆刚从身上热乎乎掏出来的钞票，隐约觉得自己不知是替谁跑了这一趟，交了这许多的钱？就好像他满心欢喜进了一家饭馆，准备好好地花上一笔，结果拿过菜单一看，才知自己连盘茴香豆都吃不起，这家饭馆的服务虽好，却并没有将他列入消费对象。于是马小孬思想片刻，端起那大半杯剩茶，"咕噜噜"地全倒进了嘴里，连茶叶都刨着吃尽了，忍了再忍，没有拿钱，只将戒指取过重新戴在手上，又将手表扣好。心中默念：为了我爹的那串佛珠啊。站起身来，抬腿走了。

两个胖和尚看着他慢条斯理地进行这一切，知道煮熟的鸭子要飞，叫苦不迭，后见他抬腿就走，并不拿钱，大喜过望，一个箭步窜到桌前，右臂一挥，一招"袖里乾坤"使出，桌子上干干净净，阿堵全无。事后哥俩二一添作五，闷声大发财，只是每日做功课之余，心中多少还念叨马小孬几句好话，好让他的钱总算不是彻底白扔，这是后话不提。


话说马小孬一文不名地从寺里出来，走了没几步，一股无名怨气，渐渐生成。胸中气闷，仿佛有一个小小的黑洞，要把一切吸干吸净。他找了个台阶坐了下来，吸了支烟，站起要走，还是走不动，于是原地坐下，又点了一支烟。加上老道的那一笔，五千多块就这么没了，当初要有这五千多块，他也不卖狗了，好歹凑一凑，给王正梅开个理发店也行啊，害得老婆一身好手艺，全浪费在狗身上了。

他左思右想，想不出个名堂。比起道士来，对待和尚的态度够好的了，怎么事情总是办不成呢？他想骂，很多解气的字词整装待发严阵以待，可就不知道该冲谁去。五千多块啊，城里的楼房都能买两平方米，差不多放下一张双人床了。

他又站起来，不回就没车了，可回去又能怎样？老婆就是不回屋、不睡觉，你能把她怎样？老爹就是不睁眼、不说话，你又能把他怎样？这么多天，都没顾上搭理儿子，好在是放暑假，儿子平时又不是特别捣蛋，可这一切又什么时候是个头啊。

马小孬越想越气，越气越走不动，就像珠峰登顶的最后五百米，每走一步，都要干喘数声。这时他又开始希望那两个胖和尚能追出来，叫住他，告诉他价钱还有得商量，于是回头张望了好几次，望得眼都酸了也不见有人出来，终于忍耐不住，骂了数十句"秃驴"，骂完之后，又意识到这下子可将"佛缘"骂没、无法回头了，长叹一声，腿下虽然艰难，也就一步一步往前走了。

幸好没走几步，当头就碰上了王正梅表姐夫嫂子的三大妈在那里卖冰棍，真是意外之喜，连忙上前问了好，借了两块钱坐车回家。

半年之后，由于马小孬有事没事乱骂"秃驴"的不良行为让一位好心人实在看不过眼，指点他说，金牛寺的主持多宝大师是一家什么协会的副会长，行政级别是副处级，比镇长的官还大，并告诫他这种"毁僧灭佛"的做法从来没有好下场，是要遭报应的，马小孬才又重新恢复了对神秘世界管理者的敬畏之心。这也是后话。

那天马小孬回家之后，连着蔫了好几天，精神极度颓废，整天躺在床上，叫吃饭就起来吃饭，吃完了还回去躺着，有时闭眼有时不闭眼，闭眼的时候也不知道是否在睡。他的老父亲马十前根据自己"知子莫如父"的人生信条，判断他这是在为没有把事办成而逃避责任的一贯的恶劣表现之一，而这种表现的目的就是要骗取同情，以便最终骗取全家的原谅。主张不用管他，连吃饭也不要叫，任其自生自灭，总有他装不下去的那一天。这个在教子方面的鹰派主张几乎刚一出口就遭到马小孬妈妈的拒绝，她听都没听就将一碗鸡蛋拌面送到儿子的床头。在老太太的心目中，一家之主的角色早在一年前马小孬开始卖狗时就已经转换了，以老爷子为代表的农耕经济让位给以马小孬为代表的商品经济是历史发展的必然趋势。虽然老太太说不出这么些大道理，但现实她还是能够看得清的，原来的经济基础——责任田变成了高速公路——既然已经消失，新的经济基础就必须建立起来，单靠征地补偿款的坐吃山空是无法走向富裕的小康之路的。马小孬的商业运作虽然出现了一些问题，但直到目前为止，从他每个月都能成功地赚取到足够维持家用的物质财富的角度来讲，他对市场的探索还是有一定意义的，总比那些得了征地款就到城里胡花的败家子强吧？所以老太太坚定地站在了儿子的一边。

　　另一方面，老太太始终认为，在前进的道路上遇到挫折是正常的，全家人应该站在一起全力解决，多提建设性意见，互相鼓励，互相帮助，把问题解决掉是第一要务，因此老头子的气急败坏让她很不以为然，认为是落后的生产力对先进经济模式的一次打压和反扑，必须坚决予以反对。况且在卖狗的事情上，全家都有责任，不能让儿子一个人负担，有必要尽快召开一个全家会议，让所有的人都明白这一点。

　　于是在马小孬卧床的一个星期之后，这次会议在老太太的强力推动下，如期召开了。马十前老人家因为老太太在会前通气会上确定的本次会议的议题与他的人生观世界观严重不符而拒绝发言，甚至一度要拒绝出席，后因老太太以扣发每月香烟麻将基金计一百元相威胁，老头儿才被迫参加。虽然他一天吸不了三支烟，但每日三餐后若有所思地点燃一支香烟几乎成了一个一家之主显示权威的仪式，像马小孬那种胡抽乱嗑、咬得烟嘴上全是牙印的做派他是一百个不屑一顾，所以无论如何一家之主只能是老头自己。他怎么也想不明白这些人究竟为什么这么处心积虑地篡位夺权？关于麻将老头也只是小耍一点，一毛两毛的，其主要目的不是赌博赢钱，而是为了显示自己出凡入圣的打牌技巧，以使那些能有幸与他同桌打牌的人得到学习的机会。这两项小爱好每月所费的一百元居然会被老太太起心扣掉，难怪老头十分震怒，但念在多年的夫妻恩爱，老太太居家还是有功的，为儿子的不肖出此下策，也就不与她过多计较。

会议的开幕仍然是在饭桌上，马小孬的姐姐姐夫马大水和杨一条也被专门叫来了，杨一条本名杨永宁，因酷爱钓鱼不辍，曾经有过一个多月一天只钓上来一条鱼的纪录，因此人送外号"杨一条"。等老太太领着儿媳妇王正梅把饭摆好，喊了一声"吃吧"的时候，大家知道，会议开始了。老太太一贯不和家人一起吃饭，总是等他们吃完了才吃，她主持会议的方式也比较特殊，搬了个小板凳背对着大家坐着，好像见不得别人吃饭似的，对着墙神了一会儿，扔出一句：

"大江，你说。"

马小孬不得不第三次向人陈述自己的罪恶，因为事关王正梅的精神状态，这是他一直小心翼翼不愿在家里讲的，至于这事和卡车有什么必然的联系，现在也没有得到确认，但三十多条死狗搅得他整日心神不宁是基本的事实，现在的主要问题是如何处理他的这种严重的心理与精神危机。当然，王正梅更严重的心理与精神危机他仍然小心翼翼地略过没提。

这番话别人也只是听着，而姐夫杨一条却听得心惊肉跳，他联想到了自己钓的那许多的鱼，不知在无意之中造了多少孽，不过他还是以多年"稳坐钓鱼台"的心理素质将这股子异常活跃的念头压制住了。在这个家里他一向不多言。

马小孬说完之后，低头拨拉饭去了，老太太又神了一会儿，说：

"咋办？"

马小孬就又汇报了他去找道士的经过，接着又汇报他依照他爹的指示去找和尚的经过。马大水插了一句：阴阳先生才要三百。被她弟弟翻了一眼：道士一千六都不顶事！三百？马大水不出声了，不过她还是忍不住，乘马小孬吃饭之际又说：那阴阳先生还能便宜呢，再说了，小钱也能办大事。这句话一下子让她妈转过了身：

"不行就让阴阳来试试？"

马小孬这时赶紧咽下嘴里的那口饭，伸着脖子说："妈，可别，那钱都是白花，我思摸着还是'天牛大法'好使，不然还找和尚吧。"

"那得多少钱？"

"我再找和尚说说，他们要得多，我再还还价。"

"那是多少？"

"得有个五六万吧。"马小孬终于报出了他的底价和这许多天的思考，他的愚蠢让老太太非常失望：

"咱家哪有钱？"

"咱们不是还有十二万的征地款没动吗？"

"做梦！"

老太太蹦了起来，开始收拾饭桌上的碗筷，连马小孬没吃完的小半碗饭都拿走了。看来"新兴的商品经济"还很不成熟，还不能成为主流经济，现在家里的经济主流依然是征地款。

"不管了。"老太太扔下一句话，气得连饭都不吃，到厨房洗碗去了，过了一会儿，所有的碗和盘子像过年秧歌队的锣鼓点儿一样响了起来。

马小孬一瞬间就失去了自己最重要的支持者，他的老父亲马十前看着他，目光中充满了占尽优势的同情，儿子马晓春和外甥女杨佳一直在埋头吃饭，嘴巴虽忙耳朵却闲，听了个不亦乐乎，孩子在父亲这个权威被更高的权威——比如奶奶——镇慑时总是很开心的。

会议就这样结束了。本次会议没有为今后的发展指明任何方向，包括家里剩下的十三条狗是卖还是不卖，也没有形成决议，其中的两条母狗眼见着要下狗崽了。

母狗要下崽的事情是王正梅向马小孬正面交涉的，无论今后怎么样，恐怕先得给母狗接生。王正梅最近的状态比马小孬还略强一点，她现在对拖拉机和小汽车的声音已经恢复了免疫力，但大卡车的隆隆声还是会让她感到紧张。在丈夫马小孬状态很糟的这段时间里，王正梅强打精神，主动承担了喂狗的重任，母狗要下崽就是她发现的。在狗的命运没有确定以前，他家已经自动减少了狗食的投放量，狗的伙食标准也相应地做了下调，所以一段时间以来，这些狗的状态大不如以前，毛色发暗，眼睛发绿，神情颓丧，既不喊也不叫，见人只是哼哼。这些重要情况王正梅都一一地向马小孬进行过汇报，也给婆婆多少提过一些，但决策者们显然无心关注此事，王正梅按照以前做事的逻辑，一方面着手准备迎接新生命的到来，另一方面必须稳定狗的军心，加大喂食力度，提高喂食质量。

这天早上，当王正梅推醒马小孬，向他要钱以改善狗的基本生存状态的时候，马小孬发了脾气。他认为做事的原则是先处理好主要矛盾，然后在此基础上再处理次要矛盾，不能本末倒置。在死狗的超度问题没有解决好以前，活狗的生活问题作为一个小问题，是难以提到议事日程上的，况且他目前正遭遇信任危机，不便插手此事，因此他让王正梅"找妈去"，又扭头躺下了。王正梅找妈的结果也不好，老太太的"中央"财政预算中根本没有这一项，因为此前都是马小孬夫妇负责这个项目，收支都和她没关系，只不过"卡车之夜"以后，由于家里的混乱，她才以剩饭菜垫支了一段时间。况且她认为他们给狗吃猪肝火腿肠之类的奢侈品根本就与她的人生观价值观严重冲突，现在居然还要让她出这笔钱，简直不可能。

"没钱！"

王正梅两处要不着钱，只好回来哭，哭了好大一会儿，马小孬也不理，王正梅一时兴起，索性大哭起来，正是：

> 君问惊车未有车，梨花带雨为狗食。
> 何当共解惊车梦，却话梨花带雨时。

只哭得天昏地暗，月落乌啼，无边落木萧萧下，不尽长江滚滚来。马小孬不胜其扰，乃奋臂而出，又上街去了。

时间已到了九月中旬，天气渐渐凉了下来，马小孬自从那日以来，灰心丧气，一言不发，只和老婆王正梅两个人，干上老本行，一心待弄母狗，终于，接下了一共七只小狗。

这一次，因为没有计算什么投资、成本、收益之类的事情，感觉大不一样。马小孬尽心尽力地看护照顾，几乎是不离寸步，并且试图从这些新降生的小狗眼中看出点不管哪个造物主暗示给他的原谅来，但都没有确实地领会到，他变得更加沉默了。

王正梅对卡车声音的神经质已经不再那么敏感了，她的注意力逐渐地转移到丈夫的状态上，因此经常唠唠叨叨地跟马小孬说话，而她的话题又主要集中在劝说马小孬继续到街上卖狗。这一方面是由于狗的数量激增，使得养狗费用大增，如果不通过卖狗回笼资金，达到以狗养狗的效果，势必会生产过剩大量积压库存，最终演变成他俩没钱花的经济危机。另一方面，如果马小孬整天就这么在家窝着，闲话也没有一句，这种状态的前景是非常令人担忧的，在她看来，把男人送到街面上去应该会对他有所帮助，而自己的唠叨一向是很有效的武器。但这一回的马小孬一反常态地无动于衷，除了跟狗在一起，时不时地摸摸小狗的脑袋之外，谁都不理。目光呆滞，神情萎靡，半个月没刮的胡子长了有半寸长，稀稀疏疏地支棱着，有几根竟然像狗毛似的发黄，叫吃饭就吃饭，不叫就不吃，叫睡觉就躺下，衣服也不脱，叫起床就起来，光着脚满地乱走，弄脏了不洗，而是耷拉着脑袋，反复查看，好像能这样把脚看干净似的。后来连他爹马十前都坐不住了，背着手过来转了一圈儿，没看出究竟又走了，但显然老人家受到了巨大的影响，好几天都没出去打麻将，而是待在家里吸掉了半条香烟。马小孬的妈妈吓得差点就吐口要出钱上金牛寺行"天牛大法"，一忍再忍，连忍了五天才忍住，因为这一天的下午五点半，孙子马晓春准时放学回家，放下书包后郑重宣布，班主任郑大东要在晚上家访，拜访他爹马小孬。

马晓春开学已有半个多月了，因该同学一贯表现良好，尊敬老师，团结同学，无不良嗜好，学习成绩名列前茅，从一年级起就当少先队中队长，是家里仅有的骄傲。班主任突然要家访，难道是最近家里比较乱，影响了孩子？于是全家大小除马小孬外，都是一阵紧张。

尤其马晓春的班主任老师郑大东，更是本乡镇非同小可、如雷贯耳的人物。此人身长五尺七，体重一百二，目若晨星（戴眼镜），发似流金（染黄了），当年以乡试第一的解元身份考入西夏大学法学院，毕业后分入镇政府，官拜九品秘书郎。为人好学善辩，执一说而骋己见，虽十数人不能屈。任职期间，力主现行成法皆须改易，每论则滔滔不绝，痛诋其非，乃至目领导为愚顽的地步。又好包揽诉讼，怂恿乡民上访，结交媒体闲散人员为其张目。当年年末，河西镇政绩考核即跌落全县最后，书记镇长皆深畏之。后被奸佞陷害，贬入河西小学当老师，时人莫不唏嘘。乃染发明志，自号"河西无畏生"，以天下为己任，撰写博客，主持论坛，人称"为人不识郑大东，就称英雄也稀松"，一时名重如此。

吃罢晚饭，全家人整装以待，唯马小孬一身短打扮，不过好歹套了拖鞋，被拥至在一张椅子上坐下，到了七点三十分，吉时已到，王正梅和奶奶连忙把大门全部打开，与马晓春同学一起，站在门口瞭望。天空乌云渐浓，大有雨意，过不多久，只见郑老师胯下一匹飞鸽自航驹，腰间别一管激光手电筒，挟风雷而至，三人急忙上前迎接，郑老师跳下车来，朗声大笑，并且摸了马晓春同学的后脑勺，相见甚欢。待得寒暄已毕，让至在屋内，分宾主落座，王正梅捧上香茶一盏，爷爷马十前递上香烟，这才问起来意。

原来事情还是出在马晓春同学身上。只因最近家中变乱，暑假中的马晓春看在心里，记在心头，家长们事多心烦，对其唯以"写作业"为训，于是马晓春笔耕不辍，将其父事迹，撰文纪之，以充作业。文中纪事颇详，并将家中所卖之狗，于未卖之前，一一取名，视为家庭成员，既卖之后，乃注明何年何月何日，将何狗卖出，得钱几何。此皆其素日留心听取父母对话，潜心默记，始有此成。马十前等人听郑老师讲至此处，无不骇然。更记卡车撞破自家南墙之后，父亲马小孬自知罪孽深重，大搞封建迷信，先是在东山"与道士们胡屠"，后又于西山金牛寺访得"天牛大法"，因资用不给才作罢，深刻地暴露了其不学无术、没有爱心、唯利是图的丑恶本质。文章的最后，马晓春同学以极其沉痛的笔调，悼念了那些被父亲马小孬卖掉的、生死不明的狗狗，突然笔锋一转，写道："虽然爸爸的做法很不对，但他现在也后悔了，我想了很长时间，最后还是决定原谅爸爸，希望他以后不要再做这样的事了。"

最后这段话，郑老师并没有讲，而是将作文本硬塞在马小孬手里，令其看完。马小孬浑身上下犹如电击一般，战抖不已，喉间嗬嗬作响，只是说不出话来。

那天郑老师翻看学生作业，偶然看到马晓春同学的这篇奇文，不由得心潮澎湃，感慨良多，当夜就十指如飞般录入电脑，贴到了soulong网站的社区论坛里，名之曰："三农"问题之后的灵魂救赎！——请看一个小学生的暑假记录。没出三天，网上的跟帖就达到了三千多条，不仅普通网民大量发言，大学教授、"三农"专家、心理医生、媒体记者也争相关注，把郑老师忙得焦头烂额，连吃饭睡觉的时间都没有了。

网上的滚滚洪流最终大致分成了三派。一派以动物保护主义者为主，主张贴上马小孬的照片，砸烂他的"狗头"，但念在他是马晓春的爸爸的份上，就不追杀了，暂且寄下他的一条"狗命"，好养活儿子。另一派以唯心主义者为主，号召大家共同捐款，凑钱行"天牛大法"，好让这种"非物质文化遗产"在21世纪重新焕发光彩，顺便超度那些冤死的狗狗。第三派后来居上，对以上的两派都大加反对，认为他们完全忽视了这个卖狗的人身后深刻的社会危机与经济转型期间的必然矛盾。动物保护主义者无视马小孬的社会生存环境而横加指责，这种绝对道德主义的做法是很不负责的。至于唯心主义者的提议更是荒唐，自人类进入现代以及后现代社会以来，"天牛大法"所有的哲学意义都被解构了，只能勉强算得是一个人文景观，金牛禅院的主持如果脑子转得快，常开常办，大量吸引旅游者观看，一方面可以提高本寺的知名度，另一方面可以尽早地将寺院提升为旅游景点，带动本地区的旅游事业，发展旅游经济，用不着在一个卖狗的人身上诈钱，更用不着网友们集资。何况最近网上查账的人很多，比审计局的都厉害，一不小心就会被这些人说成是骗子，弄个灰头土脸。

这一派的人主张对马小孬这种"幼而失学"的人进行正面教育，帮助他建立正确的人生观和世界观，加以正当的职业培训，这样，当生活压力减轻而思考能力加强时，他就会获得新生。郑老师马上问，谁来教育？谁来培训？那边回答说，当然是有关部门。郑老师又问，尊驾是不是有关部门？回答说不是。

此言一出，动物保护主义者和唯心主义者立即进行了疯狂反扑，并且马上结成了同盟。同盟口号有两条，一条是："要以绝对唯心主义的态度保护动物！"另一条是："生命平等！动物与人平等！"政治和经济学派的招架不住了，现在无论他们说出任何合情合理的理由，都被这个同盟的人视为彻头彻尾的虚伪。也就是说，不论他们做了怎样的努力，写了怎样的长篇大论，怎样漂亮的文章，相互之间怎样的击节叹赏，后面总会有几个愣头愣脑的反对者在第一时间跟帖，而且从来只跟三个字母和一个标点：NMB！这种做法最终激怒了所有还打算平心静气讨论问题的人。

于是这个论坛的帖子立即呈几何数激增，未出一个星期就到了三万条，爆发了一场"NMB"大战。更多的人被牵扯进来了，soulong网的高层忧愁万分，因为战争已经蔓延到了整个社区。一开始他们关闭了几个论坛窗口，战火反而有了燎原之势，没奈何他们关了几天服务器，战火就冲出樊篱，烧到了别的网站上，等他们重新打开服务器时，战争已经升级到了"核大战"，两大阵营的人就差拿着菜刀追到对方家里去了。

马晓春同学的社会记录和马小孬的困境就这样被抛到了一边，郑老师为了扭转这种局面，为了转移大家的注意力，让事情回到问题本身，特意赶到马小孬家，力邀其以第一当事人的身份现身说法。

可怜马小孬自打看了儿子的那三行字后，一直痴痴呆呆，一会儿哭一会儿笑，手里紧攥着儿子的作文本不放，迫使郑老师永久地丧失了这份极为珍贵的原始材料，况且这家人的精神状态他也一一看在眼里，这让他更进一步放弃了对他们的跟踪研究——万一其中哪一个以精神分裂收场，他郑大东可是难辞其咎啊。更何况网上最近如此火爆，自己已是捞足了人气，人生坎坷，何必再在此等小事上磋磨。于是郑老师一声告辞，蹁腿上了自家的万里独行飞鸽自航驹，打亮了刺穿黑幕激光手电筒，单手掌把，在风雨中摇摇晃晃地回家了。

儿子的作文公开宣布了他对父亲马小孬的谅解，这总算使这位一直努力工作养家的自由职业者感到了一丝温暖，同时也捞到了一根及时的救命稻草。是啊，如果马小孬不以身入地狱般的代价换取一定量的经济补偿，全家的生计又将从哪里取得呢？想到这里，马小孬甚至隐隐觉得有点悲壮。他的眼泪哗哗地流，好像排污似的，心里也舒服了许多。

我们一定要爱护各种狗狗！

现在马小孬有点觉得狗狗们不一定会记恨他这个一心挣钱养家的人。狗狗们的品质是那么好，对主人是那么忠诚，吃点亏狗狗们是不会太计较的。马小孬摊开了双手向世界发问：怎么办？现在我能有什么办法？世界只好这样原谅他，干瞪着眼一点办法都没有。

且说马小孬凭空遭此一难，长吁短叹，感慨良多。自思自量，总是自己平时修养不到，行事太过随便之故，因此于一日清晨起来，忽有所悟，决定采取一些积极措施，以补赎良心道德。于是他刷牙洗脸以毕，仍郑重对王正梅言道：我要戒烟。为表示决心，马小孬将身上的零花钱，一共一百七十多元，只抽出一张二十的自己装着，其余的通通交与了王正梅，然后擦亮皮鞋穿好衣服，要到街上去。此一番出门，有分教：

　　　双手劈开生死路，一心要念圣贤经。

作为先进经济形式的代表，他不得不面对这样一个事实：在生产方式不能适应新的意识形态的发展时，旧的生产方式必须被抛弃，而新的生产方式必须尽快建立起来，否则他自己将进入历史的垃圾堆。形势的迫切性促使他得去寻找一个全新的挣钱办法，而这样的一个办法，只能来源于繁华热闹的大街上，对他来言，这是首先被考虑到的一个条件。

精神面貌焕然一新的马小孬上街的头一件事是立即开始了反向思维的理论推定。首先，他不能再去走那条熟门熟路的贩狗路线，在那里他除了会遇到狗贩子猫贩子，就是卖兔子卖鸽子的。在这件事上，他和王正梅的意见还有出入，王正梅的意见是还要继续干下去，"咱们好好干！"这是她的表述，意思是从马小孬的全套贩养方法剔除使用毒药这一项，为此她使用了两个"好"来着重指出了这一点。而马小孬认为继续卖狗的可行性为零，从纯商业的角度来讲，他们以前的成功几乎全部建立在这种化学催化剂的专利上，如今一旦放弃使用这个专利（必须放弃，而且是不容置疑地坚决放弃！），他们的生意事业将毫无优势。狗贩子的数量比起两年前有了很大的增长，单一向度内从业人员的大量增加必定会引起恶性竞争，况且现在大部分人都倾向于一种高成本的宠物店消费方式，在街边贩售的机会越来越小，而基于他们以前的经营方式属于短期行为，一锤子买卖的情况居多，会被大量死了狗狗的买主纠缠，陷入索赔危机，所以宠物店是根本开不成的。因此这个行业也就干不成。

其次，他们的邻居们从事的职业大致分为两种，一种是开出租车，另一种是贩菜。这两种职业马小孬也不打算考虑。贩菜需要的两个条件是早起和一辆农用三轮，马小孬不能忍受自己在冬天的清晨流着擦也擦不干净的鼻涕的糟糕形象。开出租车的人太多了，最近听说，本村又有几家要卖车。所以这一行也以不掺和为上。

考虑来考虑去，他决定还是上茶馆里去看看情况。这是早年间他常去的一家茶馆，无名无匾，也不知存在了多少年，反正只要一说"茶馆"大家就知道是这一家，说别的茶馆倒要加上名字。全镇的闲人都要在这里，早年间只要五毛钱就能陪着一杯茶坐一天，更早的时候听说只要一毛，这是马小孬听他爷爷说的，再早的时候就不知道了。现在要一杯茶是两块钱。

马小孬马上回家，骑了二虎的摩托直奔茶馆。路虽然不远，但因他原来一向是骑自行车去，这一回事隔多年，不免要多少替自己装些门面，正是：

油门轰出致富路，喇叭长鸣小康村。

一骑红尘鸡狗跳，无人知是小孬来。

下得车来，马小孬摘下头盔，挂在车把上，整理头面，在后视镜中反复观瞻，又将衣裤拍打一番，昂然而进。茶馆的小厮不识，忙欠身上迎，口称"老板"。此言一出，马小孬顿时民颜大悦，虽然身上只装了二十块钱，也不免微微颔首，大手一挥，令其头前带路。举目一看，只见茶馆依旧旧时模样，烟熏火燎只比往日为甚，昏昏黄黄的几盏小灯，大白天开着，也不见有多少光亮。桌椅早已是漆色褪尽，只因是早几十年前打就的老家什，倒还敦厚结实，擦拭得也还干净。寻来觅去，通不见一个相熟的人，只得找一张空桌坐下，小厮随即奉上茶来，一问价，原来已是五元了。

马小孬的兴头，至此方才稍稍有些下来了。没奈何，双手捂着茶杯，且听这些人说什么。原来这家茶馆有五间房大小，桌子有二十来张，宽宽敞敞，来往的无非是打牌下棋的老头，做生意说事的掮客。如今隔出了二间房子出租给别人卖烟酒，茶馆只剩了三间左右，桌子也只剩了十来张，下棋的一个不见，当中是三桌麻将，靠窗的是一溜儿四桌纸牌，每人的前面都散碎摆着几张小钞，攒眉立眼，在那里赢钱。并无一人说话，一局打完，才有些动静。马小孬无事，便看着前面一人打牌，只两三眼，便知他们玩的是滑水麻将，只许碰不许吃，放炮掏钱，自扣全掏。他因一向知道此等场合的牌局最是有人合伙做局骗人的，因此留心观察有无蹊跷。果然，他才看了不到二十分钟，对面的那个左手拇指上套个白玉扳指、脖子上挂了个白玉牌的黑瘦子，不漏声色地连扣三把，一百八十元进了腰包。见马小孬看他，眉毛一挑，双肩一张，身子往后靠了靠。马小孬继续看，就知此人有鬼，他和牌只扣自己面前的那摞，因为这种玩法只掷一次骰子，所以他码好牌再掷骰子，掷骰子的功夫必定一流，不是拿到一副好牌，就是留好牌到自己面前自摸。

马小孬再看这人，忽然觉得有些面熟，早几年一起赶场子挖坑的是否有此人在内？正思想间，只听椅子乱响，原来这桌麻将和牌的机会太不均等，有人推牌不玩了。那人坐着没动，右手捏着一张牌把玩了一会儿，抬头冲马小孬一笑，站起身端着茶杯就过来了，到了马小孬面前，冲马小孬指着椅子又一笑，马小孬连忙起身让座，满脑子地找这人的名字。

说时迟那时快，就在这人屁股落到椅子上的那一刹那，他脖子上垂着的那块玉牌招人眼目地刚晃了两晃，马小孬电光火石般地想起，他名叫白玉方，正是邻村三道湾人氏，只因一向好以脑力取人钱财，人送绰号"白古捣"。姓得不好，做事却是从不白做的。

马小孬见他落座，不免打起点精神，要与他周旋一番。只见白古捣言笑自若，先道了寒暄。

原来马小孬"幼而失学"，十八岁就在家务农，没过两年家里的数亩良田修了高速路，全家人领了征地款，搬至镇上居住。每日无事，联络些同家朋友下棋打牌看电影，虚度时光，不觉已是二十有三了。人大心大，只因少时在黄花中学看上了邻班的同学王正梅，一直痴心不改，三番五次在同学圈子里打探，终于探得此女已于半年前只身进城，在一家美容院打工，学习理发、染发的各种手艺。此时的马小孬，已非往日之腼腆少年，不免腰携手机，足蹬皮鞋，光光鲜鲜地前去会面。那王正梅一见马小孬这般光景，如何不知来意？出双入对了三月有余，饭也吃过几顿，电影也看了几场，酒吧里也坐了几坐，待到马小孬提起话头，想要谈婚论嫁之时，王正梅端容敛色，说出一番话来：

你我两家家境相当，知根知底，又儿时有旧，互生好感，原是十分般配。但如今世道，无钱不行，你我两家都领有政府所发的征地款，办婚行礼是富富有余，若要生儿养女，生花一世，却是远远不够。我也不图你挣下万贯家财，只需日有进项，小有积蓄，不做那坐吃山空的混混，我能依你为靠，这才嫁你。

一席话说得马小孬心潮澎湃，热血沸腾。对王正梅深爱之余不免又多了一份敬重。二人当晚击掌立誓，给马小孬一年时间，三百六十五天，多一天都不算，要凭空挣出两万块钱来，若挣不到，马小孬自承羞见天下人，再不登门。王正梅见马小孬如此慷慨豪迈、男儿气概，柔肠寸结，欣然而泣下，乃许以事成之后，即以身相许，再无反悔。

此一番谈话，因是那晚看完电影后在"隆中面馆"吃宵夜时所起，二人日后谈起，俱称之为"隆中对"。批语云：未出面馆，已定终身。有诗为证：

> 君住河西村，妾住城东北。
> 整日思君不见君，忘打洗脸水。

又有诗曰：

> 隆中一对百年计，面条牵出月老丝。
> 两万现洋何足道，却待春宵一刻时。

再写一首：

> 堪比青山妩媚诗，红颜何惧得来迟？

自古男儿当自立，哪管三七二十一。

第二天一早，马小孬就到中国农业银行河西分理处开了一个户头，零存整取，每天六十元，一年到期。银行的工作人员再三申明没有按天存钱的，可以考虑每月一千八，一年到期，马小孬坚执不允。后来争执不下，只好给他开了个活期存折，马小孬自己提笔在折子上写了"每日六十元一年到期"字样，描了又描，仔细装在上衣口袋里，临出门又拍了几拍，为自己喊了一番"加油"，这才出来站在银行门口，开始踅摸。

银行的对面，即是全市有名的河西镇农贸批发市场，此市场成名已久，已有三十余年，全市的蔬菜瓜果，俱从这里出入，便是全国的商贩，也往来不绝。临街的饭馆酒楼，比比皆是，划拳行令，热闹非凡，马小孬站立在街头，用目观瞧，但见车如流水行人如织，瓜果堆积如山，一派说不尽的繁华景象。工商税务，往来穿梭，拿着小票换零钱。更有一伙闲人，穿黑衫戴墨镜，龇着大牙蹲在墙根下面吸烟。马小孬一看，认得是本村的混混吴二鬼和他的几个小兄弟在那里乘凉，不由得心中一动。

原来这吴二鬼本名吴金贵，在家排行第二，年纪比马小孬长着两三岁，在学校时就打架斗殴，无所不为，后因主动在学校门口接送低年级同学并向其收费，被学校开除。十六岁走上社会，一向在这市场里淘摸混饭。不想年前有两伙人在市场里打架，打得天昏地暗，三死七伤，公安局一怒之下，将市场上下里外反复清理打扫，抓了个精光，事后开了公审大会，宣布"打黑除恶重点行动"胜利结束。吴二鬼因年龄幼小过犯不多，逃过此劫，在家中睡了几日，便又重回学校，将往日的几个兄弟，半逼半劝，都退了学，先在村里的篮球场上操练了几日拳腿，然后选了个黄道吉日，重回市场。他以史为鉴，再不与人正面冲突，收费时也以反复劝说为主，遇到实在啃不下来的硬骨头，才在深夜出动，将其瓜菜涂以秽物，以示警告。因此不出两月，即顺利接管，当上了大哥。有人查问，则自称"山东贩枣子的客人"，问话的人不明其妙，往往放过不提。

这日马小孬见到吴二，因是旧日相识，不免心中大喜，上前参见，以"二哥"称之。一番寒暄之后，出言试探，向吴二打听最近什么钱好赚。吴二见到马小孬，心中也是一喜，一来近日业务扩大，人手缺少，二来马小孬原在本村人氏，知根知底，便将自己的业务略略讲述一遍，又说了许多闲话，微露招揽之意。马小孬如何不知他的底细，此等行业，一经踏入，头上便顶了三年徒刑，还是轻的。即便侥幸无事，也是轻易不能脱身，王正梅又如何肯嫁一个这样的人？因此只是一味客气，不接吴二的话头。哪知吴二十分热心，不待马小孬拒绝，主动提出只要马小孬帮他这几天的忙，一切好商量，既可不摆入伙酒，又可不纳投名状，什么时候要走说一声就行。马小孬这才有些动心，便问是什么差事。原来吴二一向有个雄心壮志，要涉足"娱乐业"和"银行业"，刚挣了几个糟钱，就开了两家发廊。这几年的业务更是红火，使人提着钱箱子在各种地上地下的麻将馆里搞小额贷款，随借随还，随还随借，十分灵便爽利，做得好的一万块钱一晚上能翻出两三番来。这钱如此好赚，可恨的是伙里会算账的人太少，业务的规模一直无法扩大，多一个会算账的就多一份钱啊。因此极力劝说马小孬，讲定的工钱是一天一百，另加提成。

马小孬听说如此待遇，心中早已允了，只口中还是一味地哑吧，嗯啊不已。吴二用人心切，不得已又将工钱加了两成，双方这才握手言欢，讲定晚间即来上班。

当日因是与吴二第一次打交道，马小孬不好意思提借钱的事，转悠了几圈，下午到二叔马十元那里借了六十块钱存在银行不提。

这日在茶馆遇见白古捣，马小孬一下子想起这人正是当年为吴二放贷时所识，不由得心内一紧，再也放不开了。白古捣倒是气定神闲，只当是遇到了旧知，开口便叫："孬孬"，又给马小孬上烟，马小孬说戒了不吸，他也就顺手将香烟往桌上一放，马小孬定睛一看，是五块钱一盒的"兵坛"。

"在这里打牌，不能买好烟。"白古捣一边点了一支烟，一边说。

马不孬有点不好意思，他被白古捣猜中了打量对方的心思，还因为一向记得白古捣是不吸三十块以下的香烟的。

"你一身的本事，怎么在这里打牌？"他还是忍不住问了出来，老白的本事他是深知的，麻将谱倒背如流，一摞扑克牌看一眼就知道是几张。

"不能虚度时光啊！"白古捣说，"过日子哪天不要钱？"

只这一句便说到了马小孬的心坎上，但他同时就知道了老白的这话另有一番意思。这是说老白这几天不好过，不知在躲着什么人，因此只能在这种地方弄点小钱度日。

接下来两人有一阵子没说话，只是喝水，待茶馆的小厮一番来去之后，又重新喝水。白古捣见马小孬这副样子，左右看了好几圈，也不见有人凑桌打牌，于是又问：

"你最近干啥呢？"

"啥也没干。"马小孬已经不大想说自己的事了，特别是对老白这种人。

"不是听说你满街卖狗呢嘛？"

"卖了一阵儿不卖了。"

"那干啥着呢？"

"啥也没干。"

话说到这份上早就没有说下去的必要了，可老白这时实在是闲着没事，也是好几天没碰到一个说话的人了，谈话的兴致极高。

"吴二鬼抽大了你知道不？"

"知道。"

所谓"抽大了"是本地方言，意指吸毒上瘾，而且已经倾家荡产，再也没人形了。

"他找你借钱了没？"

"没有。"

"找我了，给了五十。"老白只顾自己说，"早晚的事。"

这个"早晚的事"指的是早晚得死，而且表明这桩死亡事件只会早不会晚。

马小孬发现自己所有的心思都在体味着老白的语言艺术，他宁愿听不懂。他现在还不知道的事情是挂在摩托车上的头盔已经丢了，以及，他还要在这里待多久，忍受老白多久。总之，遇见老白让他很不舒服，又让他记起了他以为早就忘掉了的过去。

"下场子走？"

老白的一声声音不大的探询，让马小孬浑身哆嗦，就像是刚刚点火的摩托车。他的古怪样子让老白十分吃惊，因为老白并不是个咋咋呼呼的人，平时说话还是很注意不要把对方吓着的，这是他的职业习惯——让每个与他打交道的人都安心，当然自己就更要沉得住气。特别是他一向认为马小孬的少言寡语很像是与自己一类的人，而此时马小孬的表现太过出人意料。

"不去！"

马小孬跳了起来，在喊这声"不去！"时脖子向右向上几乎扭到了极限，在落地的同时又把头猛地扭了过来冲着老白，眼睛瞪得溜圆，仿佛门神一样，愤怒的嘴角甩出了两绺鲤鱼胡子般的口水一闪一闪——他完完全全地失控了。

在逼退了老白之后，他又在原地站了一会儿，两只眼睛像 X 战警似的用火焰追赶灼烧着老白干瘦的身躯，直至其从门口消失。

"这人是个骗子！"

他又喊了一声。环顾了一圈茶馆里的人，除了傻张着嘴的茶馆小厮和明显不高兴的站在柜台里边的茶馆老板目不转睛地盯着他之外，茶馆里的人看了他一眼后就又回到自己的注意力之中去了。

"骗子！"

马小孬喊。继续看那些人，他很想把谁的耳朵咬掉，但还是没人理他，心情沉重的茶馆老板已经准备向他靠近了，马小孬不得不走了。他没明白的是，这里没有人钱多到可以输成倾家荡产，或者说就是倾家荡产了也不够老白塞牙缝的，因此他们虽然愚顽不灵，听不进他的逆耳忠言，却有足够的狗屎运不用去提防什么老白。

马小孬出门发现没有了头盔之后就做了个决定：要双手把摩托车举过头顶在街上走，然后再把车摔得碎碎的。最好能摔到没有任何一个碎片能有指甲盖大。最好能把车摔成一堆沙子。他蹲了下来，想举车，努了半天劲，裤裆都快努扯了也没见摩托车动上一动，他喘了一口气，又喘了一口气，接着努劲儿搬车，"口中亲爹亲娘无般不叫出来"，车还是一动不动。这时他突然看见茶馆的傻小厮正从摩托车的上边吃惊地看着他——这小子眼珠子都快掉出来了，就一下子泄了气，双手松开，仰面躺了下去，圆滚滚的后背像不倒翁的屁股似的托着他四脚朝天地在地上晃悠。说来也怪，就在他不再努劲搬车的时候，那个一直挺得直直的车把突然自动弯转，前轮一拐，向前滑动，车的支架倒了——那车就像个缓缓坐倒的大胖子一样压在了马小孬的身上，而且压上之后，前轮担空上翘，滴溜溜地转了起来，仿佛舒服已极。

自那日马小孬身背钱箱，要与吴二打工以来，如今已将近十年光景。他一直心中默默安慰自己：这一切都是为了爱情。可如此大话，连对王正梅都不敢说。

老白的一句"下场子走"，就像按了电钮，一幅幅三维全景赌场众生图就此开播。所谓"下场子走"，意指寻一家赌场去赌博，老白的邀请实际上有更深的一层含义，那就是要与马小孬沆瀣一气，骗人钱财。

原来当年马小孬立下豪言壮语，要自己娶媳妇挣钱，因此当上了吴二管理下的私人信贷员。他手中所放之款，利息为三天百分之十，借一千者只给九百，三天之内还一千。赌场之中，全是些红眼老赌鬼，谚语云：不怕输千输万，只怕手里精光。手里一旦精光，就再也没有机会扳本，输出去的钱才是真输了。这才会有马小孬这样的，坐在旁边给大家提供帮助，顺便赚些小钱。

所以场面上只见钞票的往来源源不断，输光了就向马小孬借，赢回来马上就给马小孬还。除非这屋里所有的钱都被一两个人赢走，马小孬的手里也没钱了，再也玩不起来了才散场。马小孬一般带两万块钱进场，散场时手里差不多能有四五万的欠条。钱带得太多了也不行，玩起来没完没了，不符合经济规律。

在那一两个赢钱的人当中，一多半倒有老白在内。没上一个星期马小孬就明白，老白是吴二安排下的牌手。这一发现让马小孬心中颇为不安。他和这世上大多数的傻瓜蛋存着同一心思，认为愿赌服输，各凭时运，说不定运气来了能赢一大笔钱。但这世上的安排是，永远不可能出现这样事情，除非开设赌场的人有意这样做：为了其他利益，或是将其套得更深。这种现实与马小孬的人生观世界观严重冲突，在他发现老白的真实身份后，不免将自己的所作所为和各种道德律令联系了起来，这一来便坏了大事，再也干不下去了。

他眼见着自己熟识的几个人在赌场里煎熬，被骗了个精光。其他的人还则罢了，不是素日有些小毛病，好贪便宜，给人揭破后反而大吵大闹的；再不就是一向小偷小摸，人一见其在附近出现莫不赶紧回家关窗收衣服的。唯有两个人着实令马小孬痛心，这两个人都是几辈子忠厚老实、诚实可靠，不知怎的被裹卷了进来，不出三日，把家财通通丧尽了。

第一个，便是吴二同村的王占云，因他家世代种萝卜，种的萝卜又长又大，全乡闻名，因此他爷他爹和他，外号都唤作"王萝卜"，但以"老王萝卜""大王萝卜""小王萝卜"区分之，又都简称"王萝"。自打全家迁到镇上以后，手中颇有几个钱财，先买了个手机挂在腰上，整日地不响，到了晚间便拿在手上躺在沙发上纳闷。又带着媳妇到市里的宾馆里住了两日，宾馆的人见他两口儿如此模样，虽是旅游淡季，也坚不与之打折，王萝卜一气之下不住了，回家自己住自己做饭吃。

也是活该有事，这一日在村中行走，当头正撞上吴二的哥哥吴大，被其一力邀请，硬拉到吴二的场子里坐下。那王萝先时还推以"你们玩得太大"不去，被老吴一句"你如今多大玩不了？在乎这几个小钱？"撺掇得昏了头，像只绵羊似的乖乖被牵进去了。

开始倒也没人管他，由他自玩，王萝虽然在村里也与人玩过这种"诈金花"，但那种小打小闹，如何能与这里的这群红眼老赌鬼相比，只打底就要五十元，五百封顶。他的牌运不好，数次要走，都被吴大劝住，因此不消三四个钟头，就把身上带的两三千元都输了。那吴大看他也倒得差不多了，正该老白发牌，就使了一个眼色，老白不动声色，发出一副牌来。王萝本待赌光了回家，又贪这最后一把，将牌拿起一看，不得了，原来是三个 K。

这王萝看罢牌后，眼中冒光，伸着头四处找吴大，马小孬一见便知要坏，叫苦不迭。因王萝的爸爸"大王萝卜"与马小孬的父亲马十前相善，年节往来颇多，他二人一向相识，但马小孬此时人在江湖，身不由己，又不欲王萝一家知道自己在干这种勾当，不然话传到他老子马十前那里，还不活剥了他的皮！于是只能隐忍不说，暗自着急。果然，吴大过去看了王萝的牌，纹丝不动，只问了声："咋了？"王萝回说："没钱了。"吴大又说："借不借？"王萝说："借。"吴大便向马小孬招手。

马小孬此时恨不得有个地缝钻进去，对笑脸相迎的王萝看都没看 眼，硬着头皮办理了贷款事宜。结果不说也罢，王萝打下的三万块钱欠条变成了真正的欠款，他的三条 K 被老白的三条 A 打死，面如死灰一般地呆坐了好一阵子，起身跟跟跄跄地走了。马小孬一心想要追出去劝他，但慑于吴二，到底没动。

以后的两天，杀红了眼的王萝一心要来翻本，不过是将白花花的银钱都整堆地倒给了人家而已。

这第二个，便是邻村菜农杨二龙，他的遭遇直比王萝还甚，连房子都押给人家了。因是父母已亡，两口子拉扯着儿子借住在岳父母家。这头一年老杨忍着说不尽的窝囊气，提着篮子满街乱走，"只落得个卖花生仁！"正是：

> 冬来鼻头焊冰柱，夏日心中似火烧。
> 不欲人说从前事，独自悲伤独自流。

有赋为证：

> 黯然销魂者，唯输而已矣。况先输兮不悟，复输兮精光。或提篮兮叫卖，遇乡邻兮躲闪不见。是以行子肠断，百感凄恻。

又曰：

> 嗟乎！时运不齐，命途多舛。陶朱易老，邓通失宠。屈王萝于赌场，非无好牌；窜杨二于长衢，岂择天时？所赖君子安贫，穷人知命。

话说小孬在茶馆偶遇白古捣，不由得想起这二人来，一时间愤懑郁积，难以言表。空喊两声，胸中烦恶不曾稍减，直至颠三倒四，被压在摩托车之下爬不起来，心中暗道：老子整日骑你，如今你倒来骑老子？此言一出，顿时恍然大悟，把挣扎着要爬出来的劲儿全都泄了，只盼着这摩托车足够重大，把自己压死了才好。

原来那日卡车不打招呼就进了家门，让他凭空吃此一吓，乃天行有常，降下报应，此节马小孬早已想到。但他万万没想到的是，此一番劫数原来并不是应在他毒杀狗狗、冤魂不散上，而是应在他的为虎作伥、倾人家荡人财、坏了天大的良心上。

出事的第二天，交警队前来踏勘，进行责任认定。杨二龙不计前嫌，特地放下买卖，跑来为他作证，说卡车撞进马小孬家的全过程，是他亲眼所见。虽然此事的事实与证据都清楚明白，并不需要人证，但马小孬还是很感谢杨二龙的一片热心，将手握了又握，直送到大门外去了。到了门外，他提醒马小孬一定要把这次的赔偿要求提得高高的："修房子才能花几个钱？你肯定能赚。"随后老杨又挤了一番眼睛，告诉他说，当晚因那卡车不熄大灯，他也不熄大灯：

"看谁闹不过谁！"

看来就是杨二龙无意间的这么一个举动，让马小孬遭了报应啊。

老杨说完，笑嘻嘻地走了。他把钱输光了反而踏实了，卖了一年花生，问老丈人借钱买了个三轮，贩菜过活，几年下来，重新买了房子，倒又恢复了以前的生气，仿佛把前事全都忘怀了。

躺在摩托车下的马小孬，被一干闲人七嘴八舌地解救了出来，一面道谢，一面拍打着身上的尘土。摩托终究还得骑回去给二虎还了，不要说摔不碎，就是能摔碎，到了又得买新的赔给人家，人间的事情就是这样，一还一报，再不爽的。想到此处，不免掏出钥匙，发动机器，又要回家。

他原来就知道那王萝卜自被骗光之后，两口子就一向在夜市上摆摊卖肉丝炒饼炒疙瘩、萝卜炖肉羊蹄子，一连摆了五年，攒了些钱，才又到市场旁边租下一间门面房，开起馆子来了，门头上写了三个大字"不愁吃"。马小孬决心把求神拜佛剩下的钱一分为二，给这两个人寄去，他知道，若由他拿着钱送过去，即便是说破了天，这两位也是不收的。反正他也没脸去向他们解释，不如通过邮局，让他们得些补偿，至于他们接到钱怎么办，就管不了那么多了。

他回到家就取了银行折子，偷偷地装在身上，还是先不要告诉王正梅，日后再慢慢说吧。他非常相信自己老婆的理解能力（不理解也要理解，在不理解中继续理解），自打他如期把两万块钱用信封装好交给王正梅的那一刻，他们之间的信任就没有动摇过。他从未对她讲过给吴二打工的那一个月的事情，也没有讲过那两万块钱的每一笔都是从哪儿来的，甚至他的六十元存款计划的每一日的艰辛，他都没讲过。生活的压力无日不有，这些事情还是比较容易的，马小孬从刚成年起就学会了每天四处找钱，以后也不过是将这样的日子继续下去。经历了最近一段的风风雨雨后，他开始补缀自己的心灵，这是人长到足够大的时候，又新多出来的一件事情。

第二天，马小孬到城里买了一张巨大的装饰画，准备用它来遮盖并装饰那面因为卡车拜访而被整整齐齐切出卡车车头剪影的墙壁，那面墙虽然在出事的第三天就被修补完毕，但从屋内还是能够清晰地分辨出修补过的痕迹，那个痕迹又无时无刻不在提醒住在屋里的人，那个地方曾经进来过一辆卡车。

大画拿回来之后，马小孬发现如果使用他同时买回来的图钉来钉画的话，那将会使他的这个重大举措具有临时性质，而永久性的办法照目前来看，最方便的只有一个，那就是将画裱上去。

于是他又去请母亲，由王正梅协助打了半锅糨糊，再和父亲马十前一起，拿出了小时候糊顶棚的本事，干了差不多整整一个下午，这才将那张大画平平展展、结结实实地裱了上去。

画面内容是他千挑万选才确定的，为了让自己在面对它时能够有一个好心情，他特意选取了一幅蓝天白云大飞机的摄影作品，既亮堂又开阔。

晚上，他与老婆王正梅一起躺在床上，开着所有的灯，欣赏这焕然一新的卧室。在夫妻俩多日不曾有过的私密气氛，以及内心的平静安宁都悄然滋长时，他清楚地知道：虽然那满墙的画面向他展示了广阔蔚蓝的天空，那翱翔的大飞机代表着美好富足的未来，但那飞机和天空的后面，除了红砖水泥白灰，还糊了一层薄薄的糨糊。

## 图书在版编目（CIP）数据

一条鱼的战争 / 金瓯著． -- 北京：作家出版社，2018. 10（2023.2重印）
（文学宁夏丛书）
ISBN 978-7-5212-0185-7

Ⅰ. ①一… Ⅱ. ①金… Ⅲ. ①短篇小说 – 小说集 – 中国 –
当代 Ⅳ. ①I247.7

中国版本图书馆CIP数据核字（2018）第198055号

## 一条鱼的战争

作　　者：金　瓯
责任编辑：杨兵兵
装帧设计：意匠文化·丁奔亮
出版发行：作家出版社
社　　址：北京农展馆南里10号　　　　邮　　编：100125
电话传真：86-10-65930756（出版发行部）
　　　　　86-10-65004079（总编室）
　　　　　86-10-65015116（邮购部）
E-mail:zuojia@zuojia.net.cn
http://www.haozuojia.com（作家在线）
印　　刷：固安兰星球彩色印刷有限公司
成品尺寸：152×230
字　　数：190千
印　　张：16.5
版　　次：2018年10月第1版
印　　次：2023年2月第2次印刷
ISBN 978-7-5212-0185-7
定　　价：34.00元

# "文学宁夏"丛书书目